读客悬疑文库

认准读客读悬疑，本本都是大师级。

GALLOWS COURT

伦敦恶之花

Martin Edwards

[英]马丁·爱德华兹　著　　潘鹤文　译

河南文艺出版社
·郑州·

中文版权 © 2022 读客文化股份有限公司
经授权，读客文化股份有限公司拥有本书的中文（简体）版权
豫著许可备字-2022-A-0062

图书在版编目（CIP）数据

伦敦恶之花 /（英）马丁·爱德华兹著；潘鹤文译
. —— 郑州：河南文艺出版社，2022.10
ISBN 978-7-5559-1421-1

I. ①伦… II. ①马… ②潘… III. ①推理小说 – 英
国 – 现代 IV. ①I561.45

中国版本图书馆CIP数据核字（2022）第162499号

伦敦恶之花

著　　者	［英］马丁·爱德华兹
译　　者	潘鹤文
责任编辑	王　宁
责任校对	李亚楠
特约编辑	张　齐　张敏倩
策　　划	读客文化
版　　权	读客文化
封面设计	陈绮清
出版发行	河南文艺出版社
印　　刷	河北鹏润印刷有限公司
开　　本	890mm×1270mm 1/32
印　　张	12.25
字　　数	273千
版　　次	2022年10月第1版　2022年10月第1次印刷
定　　价	49.90元

如有印刷、装订质量问题，请致电010-87681002（免费更换，邮寄到付）

致乔纳森和卡特琳

朱丽叶·布伦塔诺的日记

1919年1月30日

昨天，我的父母去世了。

亨里埃塔双眼噙泪，一只手搭在我的胳膊上，委婉地宣布了这个消息。我没说话，也没有哭。爱尔兰海的海风呼啸着席卷整座岛屿，仿佛在为我悲鸣。

亨里埃塔说哈罗德·布朗从伦敦给萨维尔纳克大法官发了一封电报。据他称，我的父母感染了西班牙流感，就像此前的成千上万人一样。一切结束得很快，他们在彼此的怀抱中平静地离去。

谎言。她空洞的声音告诉我她其实一个字都不相信。

我也不相信。我的父母死于谋杀，我敢肯定。

雷切尔·萨维尔纳克正是罪魁祸首。

1

　　"雅各布·弗林特又在房子附近晃悠了。"管家拔高嗓音，"你觉得他知道……？"

　　"怎么可能？"雷切尔·萨维尔纳克打断她的话，"别担心，我去应付他。"

　　"你不能去！"年长的女人抗议，"时间来不及了。"

　　雷切尔站在镜子前，整理了一下钟形帽，凝视着镜子里那张佯装端庄的脸。没有人能察觉出她的紧张。大法官戴上黑色法官帽宣判死刑时，也是这种感觉吗？她暗自思忖。

　　"时间足够了。车还要五分钟才到。"

　　她套上晚装手套。特鲁曼夫人递过手提包，帮她拉开前门。客厅传来低声的吟唱。玛莎正开着新自动留声机，听道尔西兄弟的音乐。雷切尔哼着科尔·波特的《让我们开始做吧》，踩着蓬巴杜式高跟鞋跳下几层台阶。

广场弥漫着雾气，一月寒冷的空气轻咬着她的脸颊。貂皮大衣的御寒效果令她甚为满意。昏暗的街灯为这团肮脏的灰色镀上一层诡异的黄。多年的小岛生活令她早已对此习以为常。从水面飘来的冬日薄雾时常让她萌生出某种奇怪的情愫，它仿佛纱帘般泛起涟漪，笼罩着潮湿的大地。然而，伦敦的雾却完全不同，它夹杂着煤灰、硫黄和罪孽，如同莱姆豪斯的恶棍般令人喘不过气。油腻的空气刺痛她的眼睛，辛辣的味道灼烧她的喉咙。不过，环绕着她的邪恶与污浊并不比威吓盲人的黑暗更令人困扰。今晚她感觉自己所向披靡。

　　黑暗中蹿出一个人影。透过昏暗的光线，她勉强辨认出一个身穿大衣、头戴软呢帽的高瘦男人，肩膀上松垮地垂着一条长长的羊毛围巾，步态有力却笨拙。她猜想对方许是鼓足了勇气才按下的门铃。

　　"萨维尔纳克小姐！很抱歉星期日晚上打扰您！"他的声音听起来年轻而迫切，但是听不出一丝歉意，"我叫……"

　　"我知道你是谁。"

　　"可是我们还没有互相介绍过。"一缕不羁的金发不经意地溜出帽檐，他浮夸地清了清嗓子，却掩饰不了自己的笨拙。二十四岁的他有着一副未经世事的学生模样，"我碰巧……"

　　"雅各布·弗林特，《号角报》的记者。你肯定知道我从来不接受媒体采访。"

　　"我做过功课。"他四下瞥了瞥，"不过，我只知道当残忍的凶手还在伦敦街头逍遥法外时，女士最好不要外出，不安全。"

　　"或许，我算不上什么淑女。"

　　他紧盯着她帽子上的钻石别针："您看上去是位十足的……"

　　"外表可靠不住。"

他倾身向前，一股碳油皂的气味钻进她的鼻孔："如果您算不上淑女的话，那就更应该小心了。"

"弗林特先生，恐吓我不是明智的选择。"

他向后退了一步："我很想跟您谈谈。还记得我给您的管家留的那张字条吗？"

她当然记得。当时她就站在窗口看着他的一举一动，看着他站在台阶前一边等一边紧张地摆弄自己的领带。他该不会蠢到以为她会亲自去应门吧？

"我的车马上就要来了，我不打算在任何地方接受采访，更不用说雾气氤氲的人行道了。"

"您可以相信我，萨维尔纳克小姐。"

"别傻了。你可是位记者。"

"老实说，我们之间有不少共同之处。"

"哦？是吗？"她伸出戴着手套的手——列举，"你在约克郡攻读了记者的相关专业；去年秋天来到伦敦，住在阿姆威尔街；疑心女房东的女儿想用自己的肉体逼你结婚；野心驱使你加入《号角报》，打探、挖掘别人的秘辛，而不是其他受人尊敬的报社；编辑欣赏你的毅力，同时也担心你的鲁莽。"

他紧张地咽了口唾沫："您怎么……"

"你对犯罪怀有病态的兴趣，近期汤姆·贝茨遭遇意外，这事儿在你看来虽然不幸，却也是个机会。《号角报》的首席犯罪调查记者时日无多，你嗅到了一个名声大噪的机会。"她喘了一口气，接着说，"提防你的野心。如果华尔街能崩盘，那么其他东西也一样。要是你前途无量的事业也如他那般夭折了，可就太不走运了。"

他瑟缩了一下，仿佛被扇了一记耳光，再开口时，声音嘶哑。

"难怪您能破获合唱团女孩谋杀案。您是位了不起的侦探，能让那些穿制服的小子无地自容。"

"你给我留字条的时候，莫非指望我什么都不做吗？"

"很高兴您不辞辛劳地调查我，真令我受宠若惊。"他一咧嘴，露出歪歪扭扭的牙齿，"还是说，您聪明到能仅凭我乱系的围巾和脏兮兮的鞋子便推断出这一切？"

"写写其他人吧，弗林特先生。"

"如果我的编辑得知我们的工作在别人眼里就是打探丑闻的话，一定非常震惊。"他迅速恢复镇定，"《号角报》给了普通民众发声的机会。这是我们最新的口号：读者有权了解真相。"

"与我无关。"

"如果不考虑钱的话，您和我没有什么不同。"他咧嘴一笑，"我俩都初到伦敦，好奇心强，像骡子一样固执。我发现您并未否认自己破获了合唱团女孩谋杀案。那么，您又如何看待近期发生在考文特花园轰动一时的玛丽-简·海耶斯惨死案呢？"

他停顿了一下，然而她并没有接话。

"玛丽-简·海耶斯的残骸是在一个麻袋里被发现的，受害者的脑袋不知所终。"他长出一口气，"案件的细节过于血腥，甚至无法公开。她是个正派的女人——这也是令我们的读者夜不能寐的原因。她并非罪有应得之人。"

雷切尔·萨维尔纳克面无表情地问："又有几个女人罪有应得呢？"

"这个疯子不会善罢甘休。他们从来不会。必须要赶在更多女性受到伤害之前，将他绳之以法。"

她打量了他一眼："这么说，你相信正义？"

肮脏的黄色雾霾中隐约浮现劳斯莱斯幻影流畅的曲线，年轻人连忙闪到一边，让出一条路，以免被车轧到。幻影停在雷切尔身旁。

"我该走了，弗林特先生。"

幻影里走出一个壮硕的男人，身高足有六英尺四英寸①，宽肩阔背。他拉开后车门，接过雷切尔递来的手提包。雅各布·弗林特机警地瞥了对方一眼。相比于司机制服，重量级拳击手的战袍似乎更适合他。他身上的纽扣仿佛警示灯般闪闪发亮。

雅各布微微地鞠了一躬："隐瞒媒体是不现实的，萨维尔纳克小姐。如果您不给我机会报道您的故事，那么落在其他人手里的时候，他们更不会审慎地对待您。给我一条独家新闻，您不会后悔。"

雷切尔抓着他松垮的围巾，猛地拉紧，勒住他的脖子。弗林特吓了一跳，倒抽了一口凉气。

"我从不浪费时间后悔，弗林特先生。"她耳语道。

说完，她松开围巾，接过特鲁曼手中的包，坐进幻影的后座。汽车缓缓融入夜色，她瞧见雅各布·弗林特一边摩挲自己的脖子，一边目送她离开。他能派上用场吗？向他透露她在探寻的故事或许有一定的风险，不过她从不畏惧冒险。那是刻在她骨子里的天性。

"那小子惹麻烦了吗？"特鲁曼的声音透过传音筒传来。

---

① 六英尺四英寸：英尺与英寸为长度单位，一英尺等于0.3048米，一英寸等于0.0254米。六英尺四英寸约为1.9米。——编者注（若无特别标注，本书注释均为编者注）

"没有，如果他知道些什么的话，早就说漏嘴了。"

雷切尔身旁的座位上放着一个包裹，外面覆了一层衬纸，用来保护酒红色的天鹅绒内饰。她撕开衬纸，露出里面的配枪。自学的枪械知识告诉她，眼前是一把韦伯利VI型转轮手枪。方格枪柄和镀镍枪身，造型独特，不过她不必追问这把手枪是否无法追踪，因为特鲁曼势必已经考虑了各方面的因素。她打开鳄鱼皮包，拿起枪，塞进去。

二人驱车驶往尤斯顿火车站，沿途雷切尔发现人行道上穿制服的警察比路人还多。眼下，没有哪个女人敢冒险独自步行出门。考文特花园谋杀案的杀人犯尚未被缉拿归案，没有谁会无缘无故地趁夜色在伦敦市中心闲逛。空气中充斥着恐惧。

一座多立克柱式拱门映入二人眼帘，这是一座为逝去的文明而建的怪诞纪念碑。她看了看表，五点五十分。尽管有雾，他们依然开得飞快。

"停在这儿。"

她跳下车，高跟鞋踩着鹅卵石，步履匆匆地走进车站。旅客们沐浴着茶点室亮蓝色的灯光，漫无目的地徘徊。雷切尔大步流星地走向行李寄存处。一个长得像极了斯坦利·鲍德温的老男人正挥舞着手杖，自顾自地朝着大纸板上黑色大字写就的信息发牢骚。

关闭

营业时间另行通知

她走到阿尔弗雷德·希区柯克《讹诈》黄色的电影海报下，停住脚步。现在，她只需要等待，仿佛一只优雅的蜘蛛静候一只倒霉苍蝇的到来。

五点五十九分，劳伦斯·帕尔多刚好出现在她的视野中。身材矮小但结实的他穿着羊绒大衣，头戴圆顶硬礼帽，小心翼翼地拎着一只廉价的胶合板箱子，好像里面塞满了德勒斯登陶瓷似的，一双眼睛不停地环顾四周，像是提防小偷打劫一般。

雷切尔看着他走向行李寄存处。距离纸板两码^①远时，他才注意到那个告示，只一眼便立刻被吓得喘不过气来。他把箱子放在地板上，掏出口袋里的手帕，擦了擦额头。人群中突然钻出一位壮硕的警察，朝他走来。雷切尔下意识地往前踏了一步，看到警察凑到帕尔多耳边小声嘀咕。

帕尔多挤出一丝难看的笑容，似乎坚称他很好，警官，不，谢谢，我不需要任何帮助。临别前，警察瞥了一眼胶合板箱子，乐呵呵地点了点头，转身离去。帕尔多松了一口气。

他会迫于恐慌逃跑吗？他是个病人：或许还会因为心脏病发作而晕倒。

不过，都没有。犹豫了一会儿，他又拎起箱子，步履沉重地走向出口。这是提示她原路返回的信号，雷切尔三步并作两步地往回走。

车站外，雾气渐浓，不过劳斯莱斯的轮廓依然清晰可见。特鲁曼拉开后车门，雷切尔顺势钻进车厢。她透过车窗看着帕尔多跌跌撞撞地穿过灰蒙蒙的夜色，寻找一辆挥着黑色翅膀的褐红色幻影，沉重的负担压得他喘不过气。

---

① 码：长度单位，一码等于0.9144米。

特鲁曼一言不发，大步地向前走去。他一把抓住那个胶合板箱子，塞进汽车的后备厢，示意帕尔多上车。

帕尔多察觉到她在车里之前，车门便已经合上。他的前额满是汗水，呼吸急促，脸色仿佛熟透的李子。年过五十的帕尔多平时很少锻炼，拿取东西也皆由其他人代劳。雷切尔嫣然一笑，心里期盼着他可千万不要过早地一命呜呼才好。

"晚上好，帕尔多先生。"

"晚……晚上好，"他上下端详了一番她的样貌，眯起眼睛，好似破译密码一般，"这不是……萨维尔纳克小姐吗？"

"您看出什么家族相似性了吗？"

"是啊，是啊！不太明显，当然了，不过……他是个了不起的人，你已故的父亲。"他摸出一块丝质手帕，擦了擦湿漉漉的额头，"萨维尔纳克大法官……非常可惜。"

"您看起来似乎很难过。"

他一阵咳嗽，说："我很抱歉，萨维尔纳克小姐，但是，我确实……度过了一段相当难熬的日子。"

他双眉紧蹙。莫非想看穿她的心思吗？绝无可能。他不可能预测自己的命运。

特鲁曼发动引擎，雷切尔一只手按着包。幻影安静地行驶，她几乎听得见帕尔多的脑袋正叮当作响。

车子拐进托特纳姆法宫路时，他突然开口："我们去哪儿？"

"南奥德利街。"

"那不是我家吗？"他困惑地问。

"您家，没错。但愿您照指示做了，吩咐过您的用人们今晚不要待在家。"

"我收到一位值得信赖的朋友发来的信息，通知我去尤斯顿火车站，然后……在行李寄存处留点儿东西。有人告诉我这辆车会来接我，我会遇到一位年轻的女士，她会带我去见我的朋友——只是，我没想到会是你，萨维尔纳克小姐。他也没有解释为什么要把所有人都赶出家门……"

"对不起，"雷切尔说，"信息是我发的。"

帕尔多的眼中闪过一丝恐惧："不可能！"

"没有什么不可能，"她平静地回答，"您必须相信这一点，即便这是您做的最后一件事。"

"我不明白。"

她掏出包里的转轮手枪，抵住他的肋骨："你不需要明白。现在，闭嘴。"

帕尔多的书房弥漫着一股木器抛光剂的酸味。这个房间只有一扇门，没有窗户。唯一的光源来自插在金烛台上的蜡烛；小型落地摆钟的嘀嗒声似乎格外响亮。帕尔多俯身倚靠着拉盖办公桌，双手不住地颤抖，好似罹患了麻痹症般。书桌上有一支钢笔、几张空白纸、两个信封和一瓶墨水。

特鲁曼坐在皮革翼背扶手椅里，右手握着枪，左手拎着一把闪着寒光的屠刀，脚边摆着一架柯达布朗尼相机。一张棕色的熊皮地毯铺在地板上，中间放着雷切尔用枪胁迫帕尔多拿进房间的胶合板箱子。

雷切尔翻了翻手提包，掏出一枚国际象棋棋子。一个黑兵。帕尔多轻轻地呻吟了一声。她走到书桌前，把棋子放在墨水瓶旁，接着拿起一张信纸和一个信封，塞进包里。

"你为什么要这么做？"帕尔多眨眨眼，挤出一滴泪，"隔壁有个米尔纳保险柜。密码是……"

"我为什么要偷你的钱？我的钱多得不知道怎么花。"

"那……那你想要什么？"

"我要你写一份谋杀认罪书，"雷切尔说，"不必担心措辞。我说，你写。"

他丰腴面颊的最后一丝血色也随着这句话消失殆尽："承认谋杀？你疯了吗？"

坐在椅子里的特鲁曼向前倾了倾身子，威胁的架势呼之欲出。雷切尔举起枪，指向帕尔多的胸膛。

"求求你。"帕尔多的喉咙咯咯作响，"你父亲不希望……"

"大法官死了。"她笑道，"不过，我继承了他对闹剧的喜好。"

"我……我一直是最忠诚的——"

"等你签上名，我们就离开书房，你锁上房门，钥匙插在锁眼里。书桌最下面的抽屉，紧固件坏了的那个，里面有一把装了一发子弹的手枪。用枪顶住太阳穴，或者塞进嘴里，随便你选哪个。一切结束得很快，比其他方式好得多。"

他抽搐得好似一只即将被活体解剖的豚鼠，"你不能命令我自杀！"

"这是最好的结果，"她说，"你已经被判了死刑。哈利街的朋友给了你多长时间？再熬六个月？"

他震惊地眨了眨眼："你不可能知道！我从没告诉过任何人，尤斯塔斯爵士也不会……"

"还记得尤斯塔斯爵士的预测吗？这是一次帮你摆脱漫长痛苦的机会。不要浪费那发子弹。"

"可是……为什么？"

"你知道朱丽叶·布伦塔诺怎么了吗？"

"你在说什么？"帕尔多紧闭双眼，"我不明白。"

"你说得没错，"她说，"你到死都不会明白。"她朝用刀抵着老人喉咙的特鲁曼打了个手势。

"不要老想着你必须做什么，"她说，"速战速决是一种解脱。六十秒，从我们踏出这间书房开始算起，这是你仅剩的时间。不能再拖了。"

帕尔多与她四目相对。她的眼神令他不禁退却。

过了很长一段时间，他嘶哑地说："好吧。"

"给你的钢笔灌满墨水。"

缓缓地，帕尔多依照她的指令行事。

"这么写。"雷切尔语速很慢，每一个字都仿佛一颗软头子弹嵌进他的脑子，"我用玛丽－简·海耶斯的围巾把她勒死，然后用钢锯肢解了她。我一个人动的手……"

2

雅各布·弗林特步行回家，运动有助于他整理思路。期待已久的同雷切尔·萨维尔纳克的谈话令原本就疑窦丛生的他萌生了更多的疑问。

失望压得他喘不过气，仿佛背负着一块大石头。弗林特自诩是个称职的调查记者，他经常研读《英国著名审讯案例》，钻研交互讯问的技巧。今天下午，他站在卧室的镜子前反复排练。然而，当他和那个女人面对面时，一切准备"咻"地一下化作泡影。一想起她冷静而专注的目光，他便觉得自己无比蠢笨，羞愧得面红耳赤，胸有成竹的问题也逐渐变成了胡言乱语。

他挖掘出了什么？关于玛丽-简·海耶斯的谋杀案，一无所获。他认识的一名警察参与调查了那个涉嫌谋杀、肢解、藏尸的恶魔。这位好说话的斯坦利·瑟罗警官无意中透露，伦敦警察厅推测雷切尔·萨维尔纳克对考文特花园谋杀案感兴趣。可惜，即便关于近期的谋杀案她已经有了些想法，她也没有向他泄露任何线索。他梦寐以求的独家新闻依旧如月亮一样远在天边。

弗林特拐进阿姆威尔街，心里默默地对自己说他并没有浪费时间。短暂的尴尬过后，他意识到雷切尔·萨维尔纳克思维缜密得不可思议。他写给她的那张字条，措辞谨慎，堪比一篇投给《泰晤士报》的社论，却招惹了她的一番调查。天知道为什么，她甚至查出伊莱恩·多德想嫁给他。

既然是轻易就能拒绝的事情，为什么还要这么大费周章呢？路过芒特普莱森特街洞穴般的邮政大楼时，答案仿若划破黑暗的火炬般精准地击中了他。

这是一种于心有愧的表现。雷切尔·萨维尔纳克怀揣着不可告人的秘密。

弗林特的女房东多德夫人拒绝用门牌号称呼她的家，她将其命名为"埃德加之家"，以此纪念在大空袭中被炸弹夺走性命的丈夫——埃德加·多德。这位富有的会计师保障了他的遗孀和年幼的女儿衣食无忧。不过，多德夫人的财产正随时间的推移逐渐减少，而她对法国时装和伦敦杜松子酒的喜爱又加快了财产缩水的进程。于是，她开始接纳房客维持收支平衡。

前房客奥利·麦卡林登是雅各布在《号角报》的同事，他向雅各布推荐了埃德加之家，这里距离佛里特街不远，价格又十分便宜。多德夫人给这位她视为"好人选"的男青年提供了优厚的折扣，而雅各布所付出的代价就是忍受她喋喋不休的唠叨和毫不掩饰的撮合。

尽管租金很便宜，他依旧是唯一的寄宿房客，而多德夫人也已经习惯邀请他同她和伊莱恩共进晚餐。据雅各布了解，多年来，多德夫人一直鼓励女儿和当地一位有钱布商那满脸粉刺的儿子交往，可惜收效甚微。她与奥利·麦卡林登相处得也不热络，后者似乎对异性没有兴趣。伊莱恩一直回避把母亲介绍给她最近交往的男朋友认识。雅各布怀疑那家伙已经结婚了，所以她才不能光明正大地聊这件事。有次她说漏了嘴，声称自己在雅各布来伦敦前不久已经结束了这段关系；他猜她是厌倦了等那个家伙离婚。或许她接受了母亲的观念，认为自己是时候安定下来了。不过，对于一个想要在这个世界闯出一片天的年轻记者而言，他的视野远不止于阿姆威尔街闲适的生活。

雅各布本想一口气跑进三楼的房间，谁知厨房门突然被打开，拦住了他的去路。炸香肠的味道飘了出来，多德夫人紧随其后。曾几何时，她或许算得上丰满性感，可是眼下只能让人感到膀大腰圆。她身着低胸露肩的雪纺连衣裙同女房东亲自下厨这件事一样出人意料。

"你回来啦，雅各布！多么糟糕的夜晚！你愿意和我们一起吃点东西，暖暖身子吗？"

雅各布踟蹰不前。饭菜的香气令人垂涎。"您人真好，多德夫人。"

她晃动着一根肉乎乎的手指："还要我说多少次，叫我派辛丝①，虽然我的性格并非如此。"

雅各布的肚子咕咕作响，他投降了。再说，伊莱恩也是个志趣相投的伙伴。她或许有办法让他暂时忘记雷切尔·萨维尔纳克。

---

① 派辛丝：房东原名Patience，在英文中有耐心的意思。

"你和你的那位红颜知己相处得怎么样？"坐在壁炉前的伊莱恩一边暖手，一边问道。

"她拒绝和我说话。"

"天哪！像你这样的帅哥，她在想什么呢？"

客厅里只剩他们俩，伊莱恩从她工作的花店带回来的风信子点亮了这个小小的房间。极具眼力见儿的多德夫人躲回干净整洁的厨房，只留下已故的丈夫——留着浓密小胡子的多德先生神情严肃地盯着二人。他的相框占据了壁炉架最显眼的位置，两侧五颜六色的小饰品承载着多年以前迪尔和威斯特克利夫的假日回忆。雅各布呷了一口茶，真希望自己没有如此随便地跟伊莱恩谈论过他的工作。这是一个很容易犯的错误。自打来到伦敦，他一心扑进新工作，偶尔写一封长信寄给住在阿姆利的寡母，他努力让自己成长为《号角报》不可或缺的一员，平常几乎没有时间结交新朋友。

一头红发的伊莱恩，脸上长着小雀斑，举止轻佻。二人之间的关系已经从客套的寒暄渐渐演变成友谊，某天她称店里的一位客人得知她喜欢看演出，便送了她两张多余的虚空剧院门票。她和雅各布跟着辛巴达和他的姐妹们一起唱歌，随着芬尼根的高空表演屏住呼吸，魔幻而神秘的努比亚女王奈费尔提蒂的魔术让他们大吃一惊。奈费尔提蒂很漂亮，不过当雅各布被舞台上曼妙的舞姿深深吸引的同时，他也察觉到伊莱恩坚挺的身体正紧贴着他，这同样令他兴奋不已。

后来，他带她去摄政王剧院观看了埃德加·华莱士的《告密者》（当时，她坚持要在剧院后门等伯纳德·李，一心期盼着得到辛巴达和奈费尔提蒂的签名后还能再收集到他的签名）和两次电影。伊莱恩对他和他工作的兴趣取悦了他，某天晚上待多德夫人睡觉后，雅各布吐露了心声，他希望能凭借雷切尔·萨维尔纳克的独家新闻打响自己调查记者的名号。她热情地回应了他的吻，雅各布一阵晕眩，她仿佛以为他就是她的男主角，艾弗·诺韦洛。她那位已婚的仰慕者显然教会了她一些东西。伊莱恩健康的英伦外貌或许不如奈费尔提蒂那般精致，但是她的身材却可圈可点。她喜欢雅各布的北方口音，称他的口音让她心跳加速。

雅各布猜测对方同意发生进一步关系之前，势必要他承诺些什么，而且他也害怕伊莱恩怀孕，因为一旦如此，他出于道义也有责任跟她结婚。她的母亲一直暗示，女人到了二十三岁已经准备好为人妻、为人母。伊莱恩一边畅想家里有个记者的场景，一边夸张地眨了眨眼睛，他的焦虑瞬间演变成惊慌。对于雅各布而言，埃德加之家幸福的家庭生活更像是一种终生监禁。他们还是维持好朋友的关系为妙。

"难以置信，我赞成。"

伊莱恩笑着和他一起陷进沙发。二人间隔着若有若无的距离。

"名花有主了，对吗？"

"据我所知，没有。"

"你不是自称新闻猎犬吗？我打赌她喜欢扮神秘。"

"我不觉得她在假装什么。"

"听起来她像是对你施了魔法的女巫。拜托，如果她是我的情敌，我得了解关于她的一切。"

他摊开手认输："我知道得不多。没有人知道。"

"别想敷衍我，雅各布·弗林特。我不傻，从实招来！"

雅各布憋了口气。没错，伊莱恩一点也不傻，更不会轻易翻篇儿。他无意中勾起了她对雷切尔·萨维尔纳克的兴趣。

"最初，我是从熟识的警察口中得知了她的名字。那天晚上我们在讨论合唱团女孩谋杀案，喝了几杯酒之后，斯坦利·瑟罗打开了话匣子。"

伊莱恩眉头一蹙。她常说自己已经不再看报纸，因为新闻着实令人沮丧。华尔街崩盘，经济衰退，全世界陷入疯狂，而普通人却无能为力。

"是那个……可怜的女孩吗？"

"多莉·本森，是的。窒息致死……并且受到了侵犯。当我提起我听说凶手自杀了，他给我讲了这个故事。一个名叫雷切尔·萨维尔纳克的女人突然现身伦敦警察厅，宣称她知道凶手是谁。当时，警方已经逮捕了多莉的前未婚夫，并指控他谋杀。雷切尔·萨维尔纳克的父亲是一位著名的大法官，否则她根本进不去那扇门。她是个业余侦探，又是个年轻女孩。一向傲慢的警察凭什么把她当回事？"

伊莱恩抚摩着他的手臂："永远不要低估女人。"

"雷切尔·萨维尔纳克请警方追查凶案发生当晚克劳德·林纳克的行踪。林纳克是个富有的半吊子艺术爱好者，内阁大臣的弟弟，自诩艺术家；欣赏沃尔特·理查德·西克特，同他一样喜欢以死亡为主题的作品，可惜却没有一样的才华。他进入多莉所在剧院的董事会，私下结识了她。后来，多莉甩了男朋友，还跟朋友们吹嘘自己交往了一位百万富翁。雷切尔说林纳克才是多莉的恋人，还推断他之所以痛下杀手是因为她怀孕了。"

"她真怀孕了？"

"没错，多莉怀孕了，不过警方一直没有公开这一信息。即便如此，雷切尔的说法听上去也像是荒唐的猜想。她声称自己热爱侦探工作，但是伦敦警察厅的高层怀疑她记恨林纳克。或许对方曾回绝过她，她想报复。又或许她只是个闲得没事干的好事者。警方礼貌地感谢了她的关心，然后把她打发走了。二十四小时后，林纳克服用了士的宁，剂量足以杀死一匹马，更别说毒死一个人了。"

"上帝啊！"伊莱恩打了个哆嗦，"他留下供罪书了吗？"

"没有，但是警方在他位于切尔西的家中发现了定罪证据。他的烟盒里塞着死者的六绺头发，画室里有一幅未完成的多莉的裸体画，他还在画上潦草地涂了好些污言秽语。"

"所以，你的朋友雷切尔说得没错。"

"她不是我的朋友。警方还发现了一封她发给林纳克的电报，电报提及他俩通过电话，还说她打算拜访他家。"

伊莱恩瞪大眼睛："听着像是他觉得游戏结束了，于是选择了自杀。"

"谁知道呢！法庭并没有传唤雷切尔出庭做证。医学证据表明嫌疑人精神错乱，判决结果是自杀。林纳克的哥哥设法掩盖了整件事。受控谋杀多莉·本森的男子获释，调查也悄然结束。同瑟罗聊过之后，我又追问了汤姆·贝茨关于这个案子的情况……"

"汤姆·贝茨是那个前几天被车轧的家伙吗？"

"是的，可怜的家伙。我们的首席犯罪调查记者。他听了我的爆料一点也不意外。他早听说雷切尔·萨维尔纳克指控林纳克是凶手，但是没有人愿意公开和他聊案情。林纳克的哥哥是首相的左膀右臂，权倾朝野。"

"所以其他记者不会冒险刊登这篇报道吗？"

"没错，尽管他们也听到了同样的传闻。但是雷切尔勾起了汤姆的兴趣。她为什么扮侦探？她又出于什么原因怀疑林纳克？她也收藏现代艺术品，或许有机会得知一些隐情。林纳克出了名的爱吹牛，很可能不经意间出卖了自己。"

"呀！"伊莱恩幸灾乐祸地笑道，"这么说，雷切尔·萨维尔纳克算不上是位出色的侦探喽？"

"如果罪犯从不失手，监狱岂不是形同虚设。事实上，雷切尔推测得对，错的是伦敦警察厅。试想一下，对于《号角报》而言这是一个多么重磅的独家新闻啊！但是，她没有理会汤姆的采访邀约。我们甚至连一张她的照片都没拿到。于是，汤姆鼓励我写一篇文章刊登在八卦专栏，隐去她的名字。他绞尽脑汁地哄她开口，可惜希望渺茫，结果一无所获。直到被撞的那天，他依旧在挖掘线索。后来，又一名女性在伦敦市中心惨遭杀害，我想知道雷切尔·萨维尔纳克会不会再次被牵涉进来。据我的朋友瑟罗说，伦敦警察厅也有同样的怀疑。"

伊莱恩瞥了他一眼："这两起案件不一定有关联吧？"

"如何断言呢？不过，如果她只是对犯罪事件感兴趣呢？……眼下，汤姆又是这么个状况，所以我想跟她谈谈。"

"结果却被恶声恶气地轰走了？谁让你在安息日去打扰那个可怜的女人呢，活该。"伊莱恩咯咯地笑，"她漂亮吗？"

"嗯……我觉得，"雅各布小心翼翼地开口，"这取决于个人审美。"

"男人承认自己被迷住时的一贯说辞。"伊莱恩戏剧化地叹了口气，"再接再厉。我知道你无法抗拒漂亮脸蛋儿。还记得你有多迷恋奈费尔提蒂女王吗？"

"我才没被迷住！"

"别胡扯了。总之，我想知道关于这个妖冶女人的一切。她长什么样？"

"如果女人能当大法官的话，她能感化被告席所有的无耻之徒。"

"可是她漂亮吗？"

雅各布回避了这个问题，仿佛足球运动员绕过后卫的阻截："至少她没遗传萨维尔纳克大法官的鼻子。大法官出庭时，《笨拙》杂志曾刊发过一幅他的漫画，调侃他的鹰钩鼻。"

"没听过他的大名。"

"人送外号'绞刑台萨维尔纳克'。萨维尔纳克大法官可是出了名的严苛。他的妻子在战争爆发前便去世了，后来，他的情绪逐渐失控，出庭时的举止也随之反复无常，判决愈加残暴。最终演变成一桩丑闻：他在伦敦中央刑事法庭休庭期间割破了自己的喉咙。"

"天哪！"

伊莱恩打了个寒战，雅各布伸手搂住她，袖子擦过她的胸部。"他没死，只不过就此从司法部退休了，然后回到萨维尔纳克庄园——位于冈特岛的老家。"

她温热的呼吸拂过他的脸颊："那是哪里？"

"爱尔兰海，距离坎伯兰郡西海岸不远。据说位置很偏僻，只有一条退潮时才会露出的崎岖堤道连接着大陆。其他时候要乘船，但是水流湍急。雷切尔在那里长大，陪伴她的只有精神错乱的父亲和几个随从。"

伊莱恩又打了个哆嗦："听起来似乎比被困在本顿维尔监狱更糟糕。"

"去年她父亲去世后，她开始了新生活。她的房子能俯瞰全伦敦最宏伟的广场之一。前房东是某公司创始人。过去的十八个月里，他为这栋房子配备了各种现代化便利设施，包括健身房、地下室暗房甚至顶楼游泳池。"

"那他为什么要卖掉它？"

雅各布哈哈大笑："他花在房子上的钱都不是他的。他犯了诈骗罪，被判处十年监禁，其中两年强迫劳役。雷切尔从破产财产受托人手里买下这栋房子，并将其命名为冈特公馆。"

伊莱恩温热的大腿紧贴着他，薰衣草香气直往他鼻孔里钻，他想："她为什么要提醒自己那段与世隔绝、荒无人烟的孤岛经历呢？"

"据我所知，那是田园般的生活。"

"田园般，瞎说！"她叹了口气，"你知道吗，听完这些我都不确定自己还会不会嫉妒她。"

他笑嘻嘻地说："如果我告诉你她的劳斯莱斯是定制款，家具出自巴黎胡尔曼，你就会改变主意。她购买的那些花哨的现代艺术品的价格高得令人咋舌。业余侦探似乎是她唯一的兴趣，她既不同上流社会来往，也不喜欢跟媒体打交道。"

"这能怪她吗？"伊莱恩反驳道，"并不是每个人都希望《号角报》印满自己的脸。我想如果我很有钱的话，也不希望你们这种爱管闲事的家伙来打听我是怎么花钱的。"

"还有一件事令我很好奇。她的用人少得惊人。只有一对夫妇和一位女佣。注重私人空间，这我理解。可是，为什么要在家政人员身上如此节省呢？"他闭了一会儿眼睛，"她是个有故事的女人，我想报道她的故事。"

"我仿佛已经看到了标题，"伊莱恩轻声说，"《侦探佳丽》。"

他开心地大笑："太棒了！我可能会剽窃这个点子。如果你被解雇了，可以考虑做个助理编辑，肯定前途光明。"

"我就当你是在称赞我了。"她依偎得更紧密些，雅各布的另一只手滑进她的粉色开襟羊毛衫。

前门传来一阵急促的敲门声，止住了他四处乱摸的手。门厅回荡着多德夫人咚咚的脚步声，她哗啦一下拉开门，紧接着低声惊呼。

片刻之后，伊莱恩打理好乱糟糟的头发，女房东手里捏着一个密封的信封大步流星地走进客厅。信封上用优雅的笔迹写着雅各布的名字。

"这种鬼天气竟然有人留了张字条给你！我本想看看是谁，但是他们已经消失在雾色中。"

他撕开信封。

"谁留的？"伊莱恩问。

雅各布盯着字条，然后抬起头看了多德夫人一眼。

"没有署名。"

"匿名！"女房东急了，"不是匿名诽谤信吧？"

"不……不是……"

"亲爱的，你似乎很焦虑。"多德夫人的蓝眼睛闪烁着兴奋的光芒，"别卖关子啦！字条上写了什么？"

他暗自叹息，质问自己为什么要跟房东太太和她的女儿谈论自己的工作。不过，现在也别无他法。雅各布清了清嗓子。

"南奥德利街199号有你想要的独家新闻。九点整。"

身材魁梧的塌鼻子年轻警察像一堵砖墙一样堵住了人行道。他举起铁锹一般的手："对不起，先生，你不能过去。"

雅各布跳下自行车。这条路设置了警戒隔离线，透过夜雾，他依稀辨认出三辆警车和一辆救护车。其中一幢宅子房门大开，身着制服的警察和便衣们进进出出。邻近的房子都亮着灯。左邻右舍撩开窗帘，试图弄清楚究竟发生了什么事。

"你不认识我了吗，斯坦？雾气虽大，但你总该记得我这张丑脸吧？"

"小弗？"警官的声音里透出一丝惊讶，"你怎么这么快就听到风声了？"

"什么风声？"

"别装出一张可怜巴巴的无辜脸，小子。你的花言巧语或许能讨女孩子们的欢心，可是糊弄不了我，何况我还正当值。一个初出茅庐的调查记者可不会偶然碰见这种事。"

"什么事？"

斯坦利·瑟罗探员皱起眉头："你的意思是你不知道发生了什么吗？"

雅各布贴近探员肿胀的耳朵："我跟你直说吧。我得到消息说出事了，但是我并不清楚究竟发生了什么。"

"谁告诉你的？快点，小弗，别瞒了。如果我能掌握一些内幕的话，对我和查德威克警司都好。我得跟他处好关系。"

"对不起，我不能说。即便我想告诉你，我也得守口如瓶。你知道的，记者从不透露消息来源。线报没有署名。"

瑟罗皱着眉："指望我相信你的话吗？"

"为什么不信？这是事实。"

"那我就是詹姆斯·拉姆齐·麦克唐纳[1]。"

对方的话惹恼了雅各布，他掏出外套口袋里的字条，夸张地挥了挥。瑟罗靠近一点，站在灯光下凝视着那张皱巴巴的信纸。

"你瞧，"雅各布说，"就算我想猜是谁，也很有可能错得离谱。"

"笔迹秀气。不像男人写的。"虚张声势紧接着取代了粗鲁，"你的某个女朋友，小弗？说实话，这对我们而言没有区别。我们没打算追查任何跟本案有关联的人。"

二人默默地看着两个救护人员将担架抬出屋外。一条床单从头到脚把担架盖得严严实实。

雅各布惊呼："死了？"

"死透了。"瑟罗压低声音，"我只私下跟你说说，那个是住在这里的家伙——帕尔多。"

"谋杀、意外还是自杀？"雅各布沉吟一会儿，"如果你说警方不打算追查任何人的话，我猜他是自我了结。"

"一枪毙命。"探员朝房子的方向指了指，"你最好等探长工作结束后跟他聊一聊。"

"你确定没人助他一臂之力？"

"不可能。他把自己锁在书房里，留了一张详尽的字条，然后近距离开枪自杀，倒是帮我们省了不少麻烦。"

"你什么意思？"

---

[1] 詹姆斯·拉姆齐·麦克唐纳（James Ramsay MacDonald，1866—1937），本书故事发生前后的英国首相。

"他留了一份认罪书，声称自己杀害了考文特花园的那个女人。"

雅各布喉咙发紧，仿佛当初雷切尔拉紧围巾勒住他时那样。"这个男人是谁？他可能疯了。你怎么能确定他说的是实话？"

瑟罗咯咯笑道："一点没错，小弗，大实话。你不是从我这儿听来的，对吧？如果头儿不介意的话，让他亲口告诉你。"

"当然。"雅各布低声说。

"你所谓的决定性证据在我们破门而入时正目不转睛地盯着我们。"

"你这话是什么意思？"

"胶合板箱子里摆着那个可怜女人不知所终的脑袋，刚好跟我们大眼瞪小眼。"

3

"满意了吗？"特鲁曼夫人问。

坐在扶手椅里的雷切尔·萨维尔纳克抬起头，放下最新一期的《号角报》，上面有雅各布·弗林特令人屏息的独家新闻。报道中每隔一句话便要插一句"据称"，但是任何声明都无法抵消这起耸人听闻的自杀事件以及一位享有慈善家声誉的杰出银行家供认谋杀罪所带来的冲击。这位年轻的记者显然已经搞到了自己的独家新闻。

"满意？"她苦笑了一下，"这才刚刚开始。"

女管家摇了摇头："昨晚，一切照计划行事。帕尔多的家佣们没有谁偷偷溜回来。行李寄存员收受贿赂后关闭了行李寄存处。帕尔多明白倘若他不自杀，特鲁曼手里那张他像捧着战利品一般捧着那个女人脑袋的照片也能毁掉他。可是，我们不会一直这么幸运。"

"幸运？"雷切尔指着报道说，"幸运是靠我们自己争取的。我们有求必应的记者替我们完成了工作。你留意他最后一段写了什么吗？"

特鲁曼夫人斜倚着她的肩膀，大声念道：

"死者凭借慷慨助益公益事业的善举闻名遐迩。他的个人财富源自以其名字命名的家族银行。多年来，他服务于众多尊贵的客户，担任他们的私人理财顾问，社交圈子中不乏贵族、政客，甚至诸如已故的萨维尔纳克大法官这样杰出的公众人物。"

她踌躇着开口："弗林特怎么知道大法官和帕尔多有关系？"

"他做了一些功课。"

"我不喜欢他这样。没有必要提及大法官。"

"这是一条伪装成细枝末节的线索。"雷切尔凝视着熊熊燃烧的炉火，看着它上下翻滚，"他在给我传递信息，炫耀他的推断。他猜那张带他去帕尔多家的字条是我写的。"

"你不应该怂恿他。"

管家双臂交叉，站在壁炉前。三十多岁的她头发已经花白，前额布满忧虑留下的深深烙印，然而结实的体格和方正的下巴却常常令人觉得即使地震也无法撼动她。

雷切尔打了个哈欠："事已至此。"

宽敞的客厅俯视整个广场。中央花园里橡树和榆树的树冠沐浴在淡淡的阳光下，前一晚的雾气消失殆尽。屋内的家具雅致而精巧，象牙和鲨鱼皮点缀着异国情调的木材纹理。壁炉一侧的壁龛里塞满了书。另一侧的墙面挂着风格各异的画作：忧郁的、邪恶的、印象派的。特鲁曼夫人清了清嗓子，瞪着吉尔曼笔下的横陈在一张乱糟糟的床上的裸女玉体，流露出不满的神色。

"如果他比汤姆·贝茨更难搞怎么办？如果他发现朱丽叶·布

伦塔诺的事……"

"他不会。"雷切尔的声音平淡而坚决,"她已经死了。忘了吧。"

"他肯定把你的字条给他伦敦警察厅的朋友看了。"

"当然了。不然他要怎么解释为什么会在晚上九点出现在南奥德利街?"

"你似乎一点也不担心。"

"我很兴奋。林纳克和帕尔多死了。至于伦敦警察厅,让他们好好猜吧。"

"想知道下一个是谁?"女管家拾起拨火棍,"如果你问我的话,我希望是雅各布·弗林特。他太蠢了,不该把大法官和帕尔多的名字相提并论。他还不如往自己脖子上套个绞索。"

"他喜欢玩火。不过,我也一样。"

女管家捅了捅燃烧的煤块:"总有一天,你要玩火自焚。"

雷切尔的目光又落回《号角报》那篇标题花哨的头条新闻:"无头女尸凶手"中枪身亡,百万富翁慈善家疑自杀。

"危险,"她轻声低语,"正是生命的价值所在。"

"还不错。"沃尔特·戈默索尔说。

这句话从《号角报》这位编辑嘴里说出来已经相当于溢美之词。戈默索尔的五官像他祖辈的奔宁山脉一样粗犷而不屈,从不泄露任何情绪,然而雅各布却从老男人低沉的嗓音中察觉出一丝欣慰。这位编辑就喜欢抢《号角报》竞争对手们的风头。

"谢谢您。"

戈默索尔指了指椅子："小伙子，坐下歇歇脚。"

雅各布落座，像等待主人指令的小狗一样听话。戈默索尔是个粗鲁而狭隘的兰开斯特人，尽管红白玫瑰郡是由来已久的宿敌，然而当汤姆·贝茨生命垂危之时，他依旧给了这个来自利兹的年轻人一个证明自己的机会。出身格兰奇奥沃桑茨的贝茨曾告诉雅各布，编辑比其他伦敦暴发户更器重北方人。

"有个问题。"戈默索尔拉了拉左耳垂。他的耳朵特别大，他常说一对大耳朵是一位记者最大的财富，"你怎么这么快就赶到案发现场了？"

雅各布犹豫了一下，回答道："收到信儿了，先生。"

这是雅各布遇到的每个守口如瓶的警察最喜欢说的一句话。但愿戈默索尔能欣赏他的机智，不要迁怒于他的避而不谈。

编辑交叉双臂，雅各布屏住呼吸。他或许太无礼了。

"好吧。既然你没有直接回答这个问题，那么我再问一个。为什么提到萨维尔纳克大法官？"

雅各布的答案早已蓄势待发："先生，因为他去年去世了。假如我提及帕尔多其他依然健在的朋友或者客户的话，势必会引起轩然大波。上流社会没有谁愿意同一个公开承认自己是杀人犯的家伙扯上关系。"

戈默索尔扮了个怪相："好吧。帕尔多为什么要这么做？"

"我已经跟负责这个案子的探长谈过了，先生，他拒绝给我看认罪书，但是警方推断动机是……呃，性方面。帕尔多狂乱中杀害了那个女人，然后砍掉她的脑袋，处理他的战利品时又突然吓得惊慌失措。"

"她是个职业护士，照理说身份体面。而他原本是个品格没有污点的银行家，简直难以想象这种自相矛盾的说辞。他闲暇时间花点钱，积德行善。女方没有不正当性行为的前科，男方也没有暴力史。"戈默索尔摇摇头，"说不通啊！"

"您说得太对了，先生。"汤姆·贝茨常说奉承是记者至关重要的武器。或许报刊编辑也不得不屈从于它的诱惑。"奥克斯探长似乎很困惑。"

"聪明伶俐的小奥克斯，不像他们那个派来掌管警察厅的老糊涂蛋。"戈默索尔噘起嘴，"如果帕尔多是无辜的呢？假如这是一场事先安排好的骗局呢？"

雅各布眨了眨眼："他是在一间上锁的房间里举枪自尽的。"

"小伙子，任何事都不能只看表面。"

策略性撤退的时间到了。"我已经想好如何跟进我的报道。我已经致电伦敦警察厅，要求面见奥克斯探长，还打算采访死者的家人和认识帕尔多的人。"

沃尔特·戈默索尔挑起乌黑浓密的眉毛："免得你胡闹。"

"当然，前提是您同意。我们要抢先《见证者》一步，超越《先驱报》两步。对吗，先生？"

"那么，动手吧。不过，要小心行事。"

"一旦查明真相，我会实话实说，"雅各布说，"无论是帕尔多又或者是老法官，都构不成威胁，他们无法以诽谤罪起诉我。"

"别太自信，"戈默索尔说，"我担心的不是帕尔多，也不是那个丢了脑袋的可怜女人。还记得汤姆·贝茨的遭遇吗？"

雷切尔·萨维尔纳克每天花一个小时锻炼身体，有时耗费在地下室的健身房，有时则是顶楼的游泳池。脚步声传来时，她正在木制跑步机上挥汗如雨。她回头瞥了一眼，看见女佣玛莎从楼上下来。

"有客人？"她气喘吁吁地问。

玛莎点点头。如果手势能表达清楚意思的话，她很少开口。她穿着笔挺的灰色制服，遮掩身材，戴着一顶令人不敢恭维的帽子盖住浓密的栗色秀发。任何人瞥见她的右脸都会瞬间被她的美貌所吸引，然而她却习惯避开所有人的目光，唯恐看到人们初次发现她左脸毁容疤痕时的嫌恶。

雷切尔在跑步机上停下："不是加布里埃尔·汉纳威吗？"

玛莎点点头。

"对一个老人来说，动作倒是很敏捷。"雷切尔擦了擦额头，"告诉他等我一会儿，给他一杯威士忌，他需要喝点烈酒稳定情绪。"

雅各布回到拥挤嘈杂的初级记者办公室时，脑海中依然回荡着沃尔特·戈默索尔临别时的嘱咐。这位编辑说话一向字斟句酌，难道他怀疑贝茨是遭人蓄意袭击？

贝茨的调查记者生涯能追溯到二十五年前。很久以前，他曾见证过克里彭和塞登夫妇的审判，浴缸新娘谋杀案宣布乔治·约瑟夫·史密斯罪名成立时他也在场。童年时罹患小儿麻痹症导致他一条腿肌肉萎缩，无法服兵役。虽然倔强的性格帮他战胜了小儿麻痹症带来的种种不便，但是也造成他目无权威。他屡次激怒上司，最后不得不主动辞去优渥的工作免遭解雇。面对独家新闻，他拥有其他记者难以企及的敏感性，可惜无论是比弗布鲁克抑或是诺思克利夫都忍受不了他的臭脾气，他的离经叛道同样超越了掌管《先驱报》财政大权的工会大佬们的忍耐限度。只有决心扩大发行量的戈默索尔愿意给予他在英国新闻界的最后一次机会，尽管二人不止一次险些大打出手，但贝茨依然为自己在《号角报》挣得了一席之地。

沉默寡言、脾气暴躁的贝茨从来不怕自己没人缘儿，他教会雅各布坚持的价值。自他从伦敦警察厅的线人那里得知谜一般的雷切尔·萨维尔纳克不知为何认定林纳克就是合唱团女孩谋杀案的真凶后，贝茨便像狗见了骨头一样紧咬不放。他想挖掘案件的全部经过，报道给《号角报》的读者们。然而，后来他在帕尔马尔附近的一条小街被一辆路过的汽车撞倒，肇事车辆逃逸后竟留他独自在路边等死。

事故发生时正值一个雾蒙蒙的夜晚，一名年轻的威尔士十字路口清道夫目睹了全过程。救护车和警车赶到时，他声称自己看见贝茨失足滑了一下，刚巧一辆汽车拐弯将他撞翻在地。当时能见度很低，车开得很慢，但是司机始终没有停车。那样的浓雾天气，威尔士人也不敢保证司机有没有发现自己其实撞了人，而不是什么小障碍物。肇事车辆好像是一辆福特，但是小伙子当时急于救人，并未注意车牌号码。起初，他以为贝茨死了。记者双臂骨折，脑袋撞破了，大量失血。虽然他没有当场死亡，但是内伤严重，治愈希望渺茫。

雅各布需要采访一下这位清道夫。在他看来，这种人属于狄更斯时代，那时穷人帮阔绰的路人掸去街道的灰尘，赚取几枚硬币，不过现在仍有一些人在伦敦从事这种营生。事故过程听起来没什么纰漏。贝茨受残腿牵连有时会失去平衡，夜晚或者浓雾中很容易踩进水洼或泥坑滑倒，被卷入驶过的滚滚车轮。可是，如果那个威尔士人看错了呢，又或者他撒谎呢？

"请原谅我不请自来，亲爱的，"加布里埃尔·汉纳威用低沉而沙哑的嗓音说道，"我在附近办事，一想到你一个人待在这儿，我就良心不安。我疏忽了。我得确保你与世隔绝地在冈特岛住了这么多年后，能够愉快地适应伦敦的生活，这是我欠你已故父亲的人情。"

雷切尔莞尔一笑，加布里埃尔·汉纳威所谓的良知惹得她发笑。

"您心肠真好，"她喃喃道，"不过我喜欢独处，特鲁曼夫妇和玛莎满足了我的所有需求。"

汉纳威是大法官的多年密友兼私人法律顾问。她第一次见他还是拜他屈指可数的几次冈特之旅所赐，这个干瘪的小个子男人在过去的四十年里可能一直穿着同一件双排扣黑色长礼服。年龄的增长和肺气肿的摧残大大折损了他的魅力。印象里，他的皮肤一直暗黄、粗糙、皱巴巴的，一双黑色的小眼睛转来转去，仿佛不停地寻找逃脱的办法——又或者法律的漏洞。他让她想起一种恶毒的爬行动物——躲藏在沙漠巨石裂缝中的尖齿鬣蜥，小鼻子嗅着空气，追寻猎物的气味，然后猛扑上去。

"像你这么漂亮的年轻姑娘身边不该只有用人。"他的假牙发出咔嗒的声响，仿佛表达着自己的不满，"自打你来伦敦，我只见过你一次，我很自责，不过我并不是不想见你。"

"抱歉，我实在不爱社交。我喜欢解离合诗或者难搞的填字游戏，听最新的黑胶唱片打发时间。我特别喜欢美国现代音乐。"她露出天真的微笑，"你喜欢《狂欢吧》这首歌吗？"

汉纳威哼了一声："爵士乐，是吗？不管那个词究竟是什么意思，都是一派胡言，亲爱的！"

雷切尔眯起眼睛，律师寻思了一会儿，结结巴巴地说："确实……益智游戏和唱片很适合行动不便的人，但是我们不能放任你堕落在这种孤独的消遣中。我能再次邀请你同我和文森特一起吃顿饭吗？"

雷切尔没有接话，他顿了一下接着说："你们俩会相处得很好。谁知道这样的友谊能发展到什么程度呢？我儿子特别欣赏有精气神的姑娘。"

"他真有礼貌。"

"富有的年轻女孩初到一座陌生城市，天真的个性很容易被人利用，轻信他人，成为冒险家嘴下的猎物。这时候抓住值得信赖的朋友伸出的援手才是明智之举。"

"我在冈特岛学会了如何照顾自己，"她说，"我不是弱不禁风的家伙。"

鬣蜥的眼睛闪烁不定："别生气，亲爱的。我想我有点说过头了。这又一次提醒我，是时候寻觅一个可靠又年富力强的人担任你的法律顾问了。文森特是伦敦最能干的律师，不仅画技高超，打官司也是一把好手，判断力无懈可击。你可以完全信任他。"

"很高兴听到你这么说。不过，目前我并没有那么迫切地需要他明智的建议。你应该还记得，根据大法官的遗嘱，我在二十五岁生日那天已经获得了遗产的控制权。"

"没错！"汉纳威喘不过气来，"令我吃惊的是你父亲还尸骨未寒，你已经从帕尔多银行取走了钱。你一直过着与世隔绝的生活……"

"你这么想吗？"雷切尔问。

"冈特过于偏僻，不适合孩子成长。"他挥舞着一只手，"我们生活在绝望的经济时代。如果我们的政府不负责任地放弃金本位制……简单地说，如果你愿意讨论一下你的打算，我或许能提供一些谨慎而有益的建议，让你的财产多一份保障。"

雷切尔咧开嘴："昨晚那件事发生后，我很好奇你会不会打电话来祝贺我的远见卓识。"

汉纳威干瘪的五官皱成一团："的确，亲爱的！虽然董事会主席不幸离世，但是帕尔多银行依然由最优秀的一伙人掌管。文森特和我恰巧也是董事会成员，其他董事也同样精通金融事务。主席的死不会引发银行挤兑。帕尔多银行的投资人是精挑细选的精英团队，完全有能力化解任何愚蠢的恐慌冲动。"

"别存这种念头。"

"得知你已经变卖了你的股权，我也很痛心。请原谅我的直言不讳，但是对于一个年轻女人而言，无论她多么自信、多么独立，都需要时间才能懂得这些处世之道。"

"男人真的更可靠吗？"她又呷了一口大吉岭茶，"每天早上我都能读到某个股票经纪人要么吞下氰化钾，要么被关进本顿维尔监狱的新闻。"

"你父亲也很有主见。"汉纳威喃喃道，"虽然我不敢妄自揣测大法官如何评价你投资的这些花哨的法国家具，以及……所谓的艺术品位。"

他瞪着一幅色块鲜艳的西克特作品——性感的交际花，欣赏着镀金镜框里自己丰满的身影。

"鉴于目前市场遭遇的种种灾难，他或许要钦佩我的投资眼光。更不消说鲁尔曼的设计赋予我的快乐，以及艺术家对人性的洞察力了。"雷切尔抬起纤细的手，朝西克特的作品挥了挥，"难道克劳德·林纳克没能让你了解卡姆登镇集团的美吗？"

"美？"汉纳威咳嗽了一下，"我很难想到这个词。小林纳克没什么出息，传言他吸毒成瘾。"

"或许，最终我们会意识到劳伦斯·帕尔多也一样……懦弱。"

汉纳威吞了口唾沫："胡说八道！劳伦斯·帕尔多，杀了人再自杀？"

"他或许一时之间受困于严重的精神错乱。待他恢复理智，无法消化自己的恐怖罪行，最后只能体面地选择自我了断。"

汉纳威叹息中带着浓浓的痰意："整件事都骇人听闻，尤其那家恶劣的小报《号角报》的报道。今天早上我起床后得知了这个消息，接着仔细阅读了第一个赶到案发现场的记者的文章。"

"哦，是吗？"

鬣蜥的眼睛紧盯着她："令我意想不到的是他竟然提到了你已故的父亲。"

"每个见过大法官的人都对他印象深刻。"

"那个记者跟你年龄相仿。"汉纳威气冲冲地低声说，"他没见过大法官，也没跟他一起出过庭。我担心他会制造麻烦……给每个人。"

他挣扎着站起身，努力压下喉间涌起的咳意。雷切尔好奇哈利街的尤斯塔斯·莱弗斯爵士对他病情的预断是不是比劳伦斯·帕尔多的乐观些，似乎不太可能。她看着汉纳威的目光在房间里游荡，最后落在远处的角落——一块嵌入精雕细琢的红木桌子里的棋盘。他拖着脚走过去，俯身凝视星罗棋布的棋子。

"国际象棋是我用来排解孤独的另一个消遣，"她说，"你也下棋，是吧？相信你一定认得出著名的'塔弗纳残局'。很有意思，你不觉得吗？美丽而残酷。"

老律师斑驳的脸色一阵灰白。

雷切尔指着棋盘："接下来是'被动强制'。黑棋被迫移动，可是无论移到哪里都不可避免地陷入更大的危险之中。"

仿佛事发偶然，汉纳威的礼服袖子碰倒了棋盘上的白皇后，棋子骨碌碌地滚落到地板上。

"亲爱的，不管玩什么游戏，一个人玩是大忌。"

"那个清道夫名叫西尔。"新闻编辑乔治·波泽告诉雅各布。乔治是一位经验丰富的记者，谈及细节常如数家珍，《号角报》得知旗下记者遭遇了危及生命的事故后，他第一个抵达了事故发生现场。

"你见过他？"

"给了他几先令表示感谢。不错的小伙子。多亏了他，不然汤姆可能都撑不到医院。"

"这是他的说辞。"

波泽戴着硕大的牛角框眼镜，一双外凸的眼睛不停地眨，人送绰号"泡泡眼"。他又胖又秃，不讨喜的外表令他沦为许多人的笑柄，但是那双泡泡眼向来不漏掉任何细节。

"你是说他夸大其词吗？你觉得他想把自己塑造成英雄？"

"随口一说。"雅各布不想引起不必要的骚动，"我打算去米德尔塞克斯医院探望汤姆，想必他也想多了解一些那个帮他保住命的小伙子。"

波泽皱了皱塌鼻子："别抱太大希望。前天我去探望过汤姆。他要是能挺过来，我就是小狗。"

"你知道西尔的全名和住址吗？"

"稍等一下。"波泽把塞满长条校样纸的书桌抽屉翻了个底朝天，抽出一本折角的笔记本，"在这儿。'包罗万象'，各就各位，是吧？伊尔沃斯·西尔，没错，就是他。基尔伯恩，巴拉克拉瓦马厩街29号。"

三十分钟后，事故真相大白。全伦敦，雅各布根本找不出任何一个叫伊尔沃斯·西尔的人。基尔伯恩没有一条以巴拉克拉瓦马厩街命名的街道，伦敦的其他地方也没有。一个靠清扫马路赚取仨瓜俩枣谋生的年轻人或许有一些不得不向当局和媒体隐瞒自己身份的苦衷。可是，如果有人雇用他谎报汤姆·贝茨的遭遇呢？

雷切尔·萨维尔纳克的话在雅各布的脑海中回响。

"要是你前途无量的事业也如他那般夭折了，可就太不走运了。"

朱丽叶·布伦塔诺的日记

1919年1月30日（后续）

从亨里埃塔口中得知我父母的遭遇后，我跑回自己的房间。我整晚都待在房里，听着风雨呼啸着拍打大海中这座孤零零的岩石岛。我不想下楼吃饭。我再也不想吃任何东西。

经过楼梯时，我与雷切尔擦肩而过。我们俩谁都没说话，但是我敢说，她清楚地知道究竟发生了什么。她眼中闪烁着兴奋的光芒，得意扬扬，一副没必要多加掩饰的模样。

我父亲奔赴战场后，我和母亲来到冈特岛，自那时起，她就瞧不起我。雷切尔和我的生日只隔了几周，我父亲觉得我们俩能成为要好的朋友。她母亲撒手人寰，大法官又缠绵病榻、深居简出。父亲说她在冈特岛一定很寂寞。他太不了解她了。

雷切尔不需要朋友。她认为自己是这座荒凉岛屿的女王，根本不想跟另一个女孩分享它。当她得知我的父母并未结婚，便嘲笑我是个私生女。

现在，她得偿所愿。我的父母离我而去，而我只能任由她摆布。

4

"你还想参观美术馆吗？"特鲁曼问。

雷切尔捡起老律师打翻的棋子，握在掌心："当然。"

"帕尔多的同伙们会像飞蛾扑火一般紧跟着你。"

"说他们是闻见腥味的苍蝇或许更贴切些。如果他们感兴趣的只是我可爱的个性，我可能要得意忘形。事实上……"

"嗯？"

"我期待发生一些煞风景的事。"

特鲁曼耸耸肩："如果你下定决心继续……"

"嗯，当然，"雷切尔说，"我心意已决。"

特鲁曼夫人推开客厅的门，步履匆匆地走进来："列维·舒梅克来了。我让他在楼下稍候，我上来看看你有没有空。"

"他来干吗？"她的丈夫问。

"递交辞呈，"雷切尔说，"帕尔多的死成了压垮骆驼的最后一根稻草。"

"你想见他吗？"

"为什么不呢？"

特鲁曼夫妇二话不说，转身离开。一分钟后，管家领进来一个中等身材、头发稀疏花白的男人。他面色蜡黄，一双深邃的小眼睛，神情温和而忧郁，仿佛窥见太多不幸的人生。他的年龄在五十岁至六十五岁之间，五官看不出任何泄露其人种出身的特征，唯一的特点是始终如一的警惕。

"真是意外之喜啊，舒梅克先生。我能邀请您共进下午茶吗？"

"谢谢，不用麻烦了。我不会耽搁您太长时间。"

握手时，雷切尔发觉他的手抖个不停。对方的紧张令她萌生出一种莫名的兴奋感，因为列维·舒梅克比大多数男人更坚毅不屈。此前，他曾为基辅警方工作，在犹太人清洗运动中惨遭解雇。他的妻子和兄弟在大屠杀中被活活烧死，逃往英国之前，他也经受过严酷的拷打。后来，列维辗转伦敦，成为一名私家侦探，虽然收费高昂，但是他的专注很快令其名声大噪。然而，他依旧过着低调的生活，不菲的收费只是方便他取舍工作时有能力挑挑拣拣。

"你已经看过新闻了？"她说。

"关于昨晚发生在南奥德利街的事？"他摸索着大衣口袋，掏出一份《号角报》，"鉴于我曾代表你调查过已故的劳伦斯·帕尔多，得知他突然离世，我不免有些疑惑，又看到第一个赶到案发现场的记者姓甚名谁。小弗林特的报道让我迅速拿定主意。"

"你想终止我们之间的雇佣关系？"

"你是个优秀的侦探，萨维尔纳克小姐。处处先人一步。"他的每一句英语都说得很慎重，几乎没有口音，措辞像律师一样字斟句酌，"没错，我来结束我们之间的雇佣关系。事实上，我打算金盆洗手了。下个星期的这个时候我已经出国，温暖的气候更有益于我的健康。"

雷切尔扬起眉毛："就因为一个银行家举枪自尽吗？"

侦探摇摇头："我已经被跟踪过好几次了。受够了，仅此而已，我更喜欢观察而不是被观察。"

"你认出跟踪你的人了吗？"

"先后出现过三个人，目前还没有确定对方的身份。我推断他们的出现跟我帮你做的事情有关。"

"你凭什么这么认为？"雷切尔厉声问。

舒梅克抬起一只胳膊，仿佛要抵挡想象中的一击："见谅，萨维尔纳克小姐。但愿我的坦诚没有惹恼你。为了你的案子，我几乎全力以赴，为此我拒绝了其他所有的潜在客户，包括一位公爵夫人和一位主教在内。我的行动根本没有其他理由能突然吸引他人的注意，对方甚至阔绰得雇得起一队人跟踪我。一开始你就说过，你的案件复杂而敏感。所以，那其实是委婉地提醒我会有性命之虞吗？"

雷切尔黑漆漆的眼睛泛着光："没想到你是个懦夫。"

"我在乌克兰目睹过的种种恐怖场面早已让我变得铁石心肠，萨维尔纳克小姐。即便如此，我也不想上赶着送死。你可以称之为懦弱，汤姆·贝茨已经为此付出了高昂的代价。他年轻的追随者——弗林特很可能也面临类似的下场。"舒梅克伸出食指，戳了戳报纸的头版，"昨晚是你指使他去南奥德利街的吗？如果真的是你，你为什么要这么做？"

她没有理会这个问题："有人威胁过你吗？"

"没有人跟我说过一句话。我感到了某种诡异的恐惧。我已经不年轻了，不再适合以身犯险。最近，我逐渐意识到这件事似乎超出了自己的能力范围。"他举起墨迹斑斑的报纸，朝她挥了挥，"小弗林特的报道佐证了这一点。"

"既然如此，我就不再浪费你的时间了。"

他端详了她一会儿："你从未隐瞒过一个事实，除我之外，你还雇用了其他人代表你进行调查。毫无疑问，未来他们可以帮助你。"

"的确。"她略点了下头，"眼下我能做的只剩感谢你的帮助，希望你多保重。务必要同我保持距离。不过，现在或许已经太迟了。"

莉迪亚·贝茨是个矮小、皮肤苍白的女人，在棱角分明的丈夫的阴影下生活了二十年，甚至连原本的约克郡口音也很难分辨出来，这也是她压抑个性的另一个表现。虽然雅各布毫无征兆地出现在她家门口——位于法灵顿路附近某个小街区一楼的公寓，莉迪亚依旧礼貌地招呼他进屋喝杯淡茶，吃点消化饼干。不过，雅各布看得出她的心思在别处，在米德尔塞克斯医院她丈夫的病床边。

"戈默索尔先生一向热心肠，"她一边说，一边迎他进门，"《号角报》支付了汤姆的全部治疗费，还有一些杂七杂八的费用。天知道，没有这笔钱我该怎么办。"

莉迪亚领他走进干净、整洁的客厅，然而一种不可避免的绝望情绪令它滋生出一种昏暗、凄凉的氛围。餐具柜上摆着的相框里嵌着一张贝茨夫妇结婚当天拍摄的照片，画面明朗得几乎让雅各布辨认不出。角落里立着一棵枯萎的棕榈树，旁边的架子上搁着六本书。一本老旧的家用《圣经》、一套莎士比亚全集、《大卫·科波菲尔》、《远大前程》、爱伦·坡的《神秘及幻想故事集》以及一本常常翻阅的《比顿夫人的家庭管理书》。

雅各布一边回忆汤姆·贝茨那些让紧张的证人放松的技巧，一边喃喃地寒暄着。谁也没有想到，有一天雅各布要从贝茨妻子那里打听谁有可能谋杀她丈夫的线索。

"我试图联系过他，"当雅各布提到伊尔沃斯·西尔时，她这么回答，"他是汤姆的恩人，曾救过他的命。他也是个可怜的家伙，清道夫——显而易见，不是吗？但是警方记错了地址。住址不存在，也没有那条街。一定是哪里弄错了——这样的错很容易犯。我也核查过名字相似的街道，可惜一无所获。太遗憾了。"

"小西尔是第一个赶到事故现场的吗？"

"哦，是的。据我所知，当时他正清扫街道的那一边。那是片繁忙的街区，即便有雾，夜晚那个时间也有几个人在附近闲逛。"

这解决了困扰雅各布的一个疑问。如果西尔受雇于某个意图伤害贝茨的人，他为什么不继续司机未完成的任务呢？当一个人受伤躺在地上时，只需要小心而有技巧地踢几脚便能大功告成。或许他的任务很简单，仅仅是待救援抵达时声情并茂地讲好一个故事，将事故责任完全归咎于贝茨和他那条跛腿，隐去没有停车的司机。有一件事可以确定，如果西尔撒谎的话，肇事车辆想必也不是福特。

"你知道汤姆那天晚上要去哪里吗？"

莉迪亚·贝茨摇摇头："关于一篇他正在写的报道。一个大新闻，我只知道这些。"

"雷切尔·萨维尔纳克呢？他跟你聊过她吗？"

她摇摇头："他很少聊自己的看法。至少没聊过他的工作。有时候，我希望……他能多信任我一些。我总表现得兴致盎然的样子。"

她已经用过去时态谈论她的丈夫了。雅各布暗想，她的潜意识在保护她，帮她适应即将面临的一切。

他咬了一口饼干："我应该继续跟进这篇报道。"

"关于这个姓萨维尔纳克的女人？"

"是的。哪怕……"雅各布憎恶自己谎话连篇，"以此表达对汤姆的敬意。当然，我们都期盼着有朝一日他能重返岗位，但是与此同时……"

"汤姆永远都无法重返岗位，"他的妻子说，"医生们快要放弃了。他伤得很重。放他走，或许……是更好的选择。"

雅各布安慰似的抚了抚莉迪亚·贝茨纤弱的胳膊："嘘，别这么说。"

她憔悴的面容写满挫败，生命力似乎已消失殆尽。她甚至提不起力气回答。

忽然，他灵光一闪："汤姆有没有用来记录报道素材的笔记？"

"没有。你知道他有多邋遢。要是他把家当成办公室，我们早就被纸片淹没了。"

邋遢，在雅各布看来只是一种委婉的说法。汤姆在《号角报》大厦可是出了名的杂乱无章。"所以你对那些报道一无所知？"

"他过去常开玩笑说，伦敦需要更精彩的犯罪。事故发生前，他一度情绪低落。他说他认识的一个恶棍被其所属的帮派谋杀了。对方本打算卖他一条报道线索，可惜要价太高。汤姆很沮丧，他觉得自己错过了挖掘更多线索的良机。至于其他的……我就不知道了。"

"那不是哈罗德·科尔曼的案子吗?"

科尔曼曾经与威胁伦敦赛马场的罗瑟希剃刀帮有瓜葛。六年前,他曾因过失杀害一位不愿支付保护费的赌马庄家而被捕入狱。去年年底,他从沃姆伍德-斯克拉比斯监狱越狱,一路逃亡——直至他欠下的孽债又找上门。一对情侣在树篱下发现了他的残骸。汤姆·贝茨通过《号角报》报道了科尔曼的凶杀案,还刊登过几篇后续报道。尽管这种犯罪在伦敦黑帮成员中司空见惯,性质如此恶劣的尚属罕见。雅各布觉得,坏人们相互残杀并不是一件坏事,但是汤姆对那起凶杀案的兴趣确实令他困惑不解。

"不好意思,我记不清他有没有提过什么名字,"她说,"事故发生前几天,他一直心事重重。我猜这就是他被撞的原因,他的心思没放在看路上。"

关于汤姆注意力不集中这一点,她说得没错,雅各布想,可是他究竟为什么心烦意乱呢?犯罪调查记者每天都跟生活的阴暗面打交道。无论这起案件多么可怕,终究要如马耳东风。否则,还怎么活?

"他没说过别的吗?"

"我只能告诉你这些。"她压低声音,小声说道,"有天晚上,应该是事故发生前一两天,他做了个噩梦,一直说梦话,把我吵醒了。"

雅各布的脊背一激灵:"他提到雷切尔·萨维尔纳克了吗?"

"没有。"悲伤浸湿了莉迪亚·贝茨的双眼,"他提到了一个地方。我从没听说过这个地方,但是他一直重复那几个字。"

"什么地方?哪几个字?"

"绞刑场。"

凯利·罗宾逊的四幅巨幅油画占据了米德尔塞克斯医院的门厅。《善举》是受一位富有的捐助者委托创作而成，描绘了关怀病弱无助的孤女和战场归来的伤兵的场景，象征着克服逆境的人类精神。不过自雅各布上次造访以来，这些画便一直萦绕在他心头。孤儿们面容沉静，若有所思，戴着白褶帽，有序地排着队领取牛奶。然而，其中一个孩子凝视着画布外的他，仿佛恳求他做一些类似治愈绝症这种不可能的事。她眼中的渴望流露出某种恐惧，她担心再也没有谁能帮助她。

雅各布讨厌医院，乙醚和消毒酒精的味道总让他犯恶心。他隐隐觉得良心不安，因为事故发生后他只来探望过汤姆·贝茨一次。令他却步的并不是那些神秘的壁画，他只是无法忍受同事灰白的面容、乱蓬蓬的头发和日渐消瘦的嶙峋身体。汤姆蜷缩在病床上，似乎在等待末日的降临。

"有好转吗？"他问护士，对方是个丰满的泰恩赛德人，挂着像毛毯一样温暖的笑容。

"啊，这倒是个难题。他曾短暂地苏醒过一两次，甚至喃喃自语地说了几句话，但是我们根本搞不懂他说的是什么。至于其他时候……"

"我明白了。"虽然活着就有希望，可是即便莉迪亚·贝茨也不得不接受在所难免的结局。

"我刚见过贝茨夫人。"

"啊，可怜的姑娘，对她而言太……太难了。"

护士拉了一把椅子摆在床边。贝茨喘着粗气，她低声说他可能又醒过来了。刺耳的呼吸声不由得令雅各布想起溺水的垂死者，挣扎在起起伏伏的海浪间，直至被大海夺走性命。

消毒剂的刺鼻气味和病床上粗重的呼吸声让雅各布浑身起鸡皮疙瘩。这已经不是第一次了，自我厌恶的痛苦席卷了他。一个如师长般慷慨待他的前辈将不久于世。他却站在这里，捏着鼻子不敢看他，徒劳地挣扎着克服厌恶情绪。他自私地暗自祈祷贝茨千万不要趁他站在榻前时咽气。倘若最坏的状况不幸被他言中，他又该如何安慰那位遗孀呢？那似乎成了他的过错。

护士离开去照顾其他病患，雅各布靠近病床："汤姆，你醒着吗？你能听见我说话吗？我是雅各布，雅各布·弗林特。我跟雷切尔·萨维尔纳克聊过了。"

那是他的幻觉，还是病人的眼皮在颤动？呼哧呼哧的喘气声令人难以忍受。

"她卷入了另一起谋杀案。"

病人的眼睛慢慢睁开了一条缝，雅各布紧抓着铁床的床沿儿，凑得更近了些。眼睑下，贝茨的白眼仁布满血丝。他目光涣散，但是雅各布看得出他正以超出常人的努力试图与他交流。雅各布口干舌燥，他不敢想象病床上的人正经历着怎样的痛苦，这些问题又令他怎样煎熬。他能找到那把开启大门的钥匙吗？

"汤姆，告诉我，绞刑场在哪儿？"

贝茨的嘴唇嚅动了一下，但是没有发出任何声音。雅各布凑近耳朵，眼看就要贴在老人脸上。终于，他听见了几个字，声音几乎微不可察。

"科尔曼说他知道她的秘密。"

"谁的秘密？你说的是谁？"

贝茨的眼皮眨了眨，过了好长一段时间，老人才勉强挤出那个名字。

"雷切尔·萨维尔纳克。"

当雷切尔找到《泰晤士报》填字游戏的最后一条线索时，电话铃声大作。片刻之后，特鲁曼夫人探头进来。

"弗林特想和你谈谈。"

"舒梅克警告过我，他很固执。"

"电话从米德尔塞克斯医院打过来。贝茨还活着，他刚探望过。他似乎很激动，好像有什么发现。"

"我们得到的信息称贝茨不会恢复意识。或许医生低估了他的恢复能力。"

"要我回复他你没空吗？"

雷切尔望向窗外的广场。即使在这样晴朗、清爽的午后，周围也没什么人。高大的乔木和常绿的灌木丛之间孤零零地摆着一张铁艺长椅，但是她从没见过有人在此逗留。与冈特公馆间隔一条狭窄过道的建筑归属某个严肃却闲散的文学哲学学会，而住在隔壁的那对老夫妇则赶赴安提比斯海角越冬去了。这个位于大英帝国首都中心的广场此刻仿佛一片宁静的绿洲。

"不，我来听电话。"

管家皱着眉说："最好不要再鼓动他。"

"不搭理贝茨也没打发掉他。"雷切尔折起《泰晤士报》，

"请你收拾一下这副棋好吗？'塔弗纳残局'已经完成了它的使命。"

她大步走到宽敞的楼梯平台。放电话的桌子紧挨着高大的窗户。窗外是房子后面的大花园，长满了郁郁葱葱的常青树，四周的围墙墙头安装了尖钉栅栏，即使最胆大的入侵者也要望而却步。

她举起话筒："你好，弗林特先生。"

"萨维尔纳克小姐？"记者的语气似乎打算孤注一掷。

"我昨晚没说清楚吗？我不接受媒体采访。"

"我想谢谢你，"他说，"感谢那张字条。你给了我职业生涯中最轰动的独家新闻。"

"字条？"

"你给我捎了个信儿，告诉我去劳伦斯·帕尔多位于南奥德利街的住处，那时距离你规劝我放弃独家新闻还不到两个小时车程。即便你出于某种奇怪的原因不愿意承认，我也非常感激。"

她沉重的叹息仿若出自被蠢笨的学生烦得忍无可忍的女教师之口："弗林特先生……"

"你不厌其烦地了解我的一切。我不敢相信你竟然没看今天的《号角报》。"

"我很快还有个约会，"她说，"现在，如果你不介意的话……"

"等一下！请你等一下。我想问你一件事，你了解绞刑场吗？"

她柔声回答："我帮不了你，弗林特先生。"

"汤姆·贝茨查到点子上了，不是吗？他想调查一个叫科尔曼的家伙的遇害案，关于绞刑场发生的事。"他的声音越来越激动，

"这就是汤姆被撞的原因吗？你对这场所谓的意外事故了解多少？"

雷切尔紧攥着话筒，攥得手掌生疼。

"昨天晚上我告诉过你不要恐吓我，弗林特先生。你应该听我的劝。相比汤姆·贝茨遭遇的厄运，还有更糟糕的命运。"

5

"该死，干得可真漂亮。"

微弱的阳光透过办公室狭窄的窗户，洒向助理警务处处长办公桌上摞成山的报纸。伦敦警察厅如同由幽闭办公室和花岗岩楼梯构成的蜂巢，不过这栋办公大楼依然令戈弗雷·马尔赫恩爵士深以为荣。舒适的软垫扶手椅和土耳其地毯营造出一种奢华的氛围，办公室甚至还配备了微型电话交换机，通过私人线路连接政府的主要部门。

戈弗雷·马尔赫恩爵士双臂抱于胸前，仿佛意图怂恿他的同僚反驳他，不过并不存在那样的风险。亚瑟·查德威克警司一路晋升到刑事侦查总局，靠的可不是顶撞上司或者该邀功时不邀功，而是有眼色。

"是，长官。"

戈弗雷爵士捋了捋小胡子，这是他的招牌动作。他曾经当过兵，一副典型的助理警务处处长的样貌，身材高大，古铜色皮肤，方下巴，一头青灰色的头发。"帕尔多社会地位显赫。一半的家产都用来行善了。显然，也没有犯罪记录。有任何财务舞弊的嫌疑吗？"

查德威克晃动秃得像颗子弹的脑袋，惋惜地摇了摇头："银行家不可能洁白无瑕，但是帕尔多属于保守派，跟他的父亲和祖父一样。他的客户清单仿佛摘自《名人录》，没有哪个像能轻易被恶棍骗走钱财的傻瓜。"

戈弗雷爵士老成地咳嗽了一声："没什么……私生活方面的麻烦吗？"

"奥克斯探长尚无这方面的发现，长官。帕尔多是个鳏夫，除了做慈善其他地方花钱不多。他既不赛马也不赌博。尽管他仗义疏财，慷慨地向许多慈善机构捐赠，但是行事并不高调。不到一年前，他失去了第二任妻子，自那之后，一直过着平静的生活。"

"她的死有什么可疑的地方吗？"

"她死于难产，长官。"

听了这个回答，他又捋了捋小胡子："考文特花园谋杀案这样骇人听闻的犯罪事件非比寻常……出人意料。你相信这个男人谋害了海耶斯，然后再自杀吗？他不可能是被第三方杀害的吗？"

查德威克喘着粗气，掏出笔记本。他身材魁梧，年轻时曾以业余拳击手的身份赢过奖杯，现如今的腰围全拜他妻子的厨艺所赐，难以相信曾几何时拳击场上的他身手敏捷。多年来，他一直囿于办公室，但是曾多次出席伦敦中央刑事法庭，所以非常清楚除非是书面形式的记录，否则事实便称不上是事实。

"完全没有，长官，我们进行了最权威的调查。当时，我通知鲁弗斯·保罗立即到场，他在案发现场对尸体进行了彻底的检查。"

戈弗雷爵士点点头："非常明智。没有比这更恰当的应对了。"

"的确，长官。房门反锁，钥匙留在原处。书房没有窗户，上下也没有能进入书房的通道。枪身印着帕尔多的指纹，认罪书握在他自己手里。笔迹很难伪造，而他的机要秘书也确认那是帕尔多亲手写的认罪书。枪械是知名型号，不过我们尚未追查出他的枪支来源，目前推断是一件传家宝。此外，我们还在他家地下室找到了他将那个女人斩首时所用的钢锯。锯子经过清洗，但是洗得不够彻底，上面还残留着那个女人的血迹。"

"真糟糕。"

戈弗雷爵士喜欢一些陈词滥调，这让怀特霍尔街的许多人觉得他愚蠢，更不用说新闻界。思想开明的少数派则认为，被低估对他而言再适合不过了，他甚至摆出一副虚张声势的军人姿态来伪装自己。

"的确如此，长官。"

"自杀有一个好处，"戈弗雷爵士轻轻敲了敲钢笔吸墨器，"它帮大家节省了大量的时间和麻烦。他的健康状况如何？"

"哈利街的尤斯塔斯·莱弗斯爵士诊断出他罹患了恶性肿瘤。显然，他没告诉过任何人。尤斯塔斯爵士证实他预计帕尔多几个月后便会撒手人寰，他觉得自己有责任提醒对方最后的一段日子很难熬。帕尔多的认罪书中提到自己已经时日无多，这同时也证实了认罪书的真实性。"

"胶合板箱子呢？"

"我们查到了卖他箱子的商店。帕尔多当时穿了一件破旧的阿尔斯特大衣隐藏自己的身份，鸭舌帽拉得很低，遮住眼睛，还操着一口伊顿公学腔的爱尔兰口音。"

"能确定是帕尔多吗？"

"店主已经看过他的照片，不敢断言身份。他当时意识到那家伙可能要搞些什么勾当，不过当然没猜出为什么买箱子。"

"我猜帕尔多昨晚支开用人们就是想安安静静地了结这件事吧？"

"没错，长官。"查德威克吸着烟斗，"他的秘书称他昨天似乎很焦虑。男管家也这么说。"

"但是你们发没发现他有精神不稳定的病史？"

"一无所知，长官，不过尤斯塔斯爵士说帕尔多难以接受诊断结果。显然，他处理了大量的文书，一页一页地烧掉。至于他是否销毁了某种损害其名誉的材料，我们永远无从得知。只有被内疚和羞愧压垮的人才会忏悔。"

戈弗雷爵士啧啧道："我想，亡羊补牢犹未晚矣。关于他的私生活，我们还知道些什么？"

查德威克翻了翻笔记："他的第一任妻子死于肺痨，没有疑点。三年前，他再婚了。他的第二任妻子的年纪还没有他一半大，长官，据厨子描述，那女人举止轻浮，秘书则称其极为平庸。她是个戏剧演员。失去她和他们的孩子之后，帕尔多似乎也失去了理智。"

"符合自杀的特征。"戈弗雷爵士说，"否则，一个受人尊敬的银行家为什么表现得像个禽兽？"

"确实，长官。"

"给我讲讲那个年轻记者吧。尸体刚发现几分钟，他就赶到帕尔多家门外，太离奇了。"

戈弗雷爵士的语气中流露出一丝不情愿的钦佩。他的职业生涯彰显了他击球手似的把握时机的天赋。世界大战期间，他荣获了比伤口更多的勋章，停战协议墨迹未干之时，他便决意离开军队。同级别的现役同僚们身心俱疲，在无暇享受和平时，他已经坐稳了助理警务处处长的职位。负责刑事调查处工作的助理警务处处长提前十二个月退休，戈弗雷爵士凭借资历自然而然地成为接替他的不二人选。不过，比起监管交通和处理财产失窃，刑事调查处的代言人也面临着更严峻的挑战。

"他名叫弗林特。"查德威克用食指戳了戳最上面的那张报纸，"小伙子来自利兹，供职于《号角报》。"

"依我说，冤家路窄。"戈弗雷爵士不屑地皱了皱鼻子。《号角报》曾尖刻地批评刑事调查处对合唱团女孩谋杀案处置不当，并归咎于案件负责人领导不力。

警司曾多次因《号角报》的赛马情报获利，渐渐地也发现《号角报》冷静的竞争对手们其实无趣得很，于是选择默不作声。"您或许已经知道，他们的首席调查记者贝茨最近被车撞了。"查德威克说。

"我看是阴沟里翻船，侥幸难再。"

"我听说医生们也只是在尽力而为。弗林特初出茅庐，不过据说野心勃勃。"

"为什么有人透露帕尔多的情报给他？"

"奥克斯昨晚跟他聊过，长官。要我叫他进来吗？"

查德威克按下内线电话的按钮，接着吸了一口烟斗。不到一分钟，一个比他俩小二十岁的瘦弱的尖下巴男人走进办公室。菲利普·奥克斯探长是警察队伍里的稀罕物，这位毕业于雷普顿学院和凯斯学院的高才生在工作中也处处彰显着自己的聪明才智。昂贵的教育并不能保证他受到其他警察同事的欢迎，丰富的词汇量和文明的餐桌礼仪也令查德威克对这位年轻的毕业生秉持着怀疑态度。仕途艰险，奥克斯却一路高歌猛进，究竟靠的是头脑和努力，还是运气和人脉，警察联合会内部对此众说纷纭。

奥克斯说："弗林特自述并不知道通知他去帕尔多家的是谁。"

戈弗雷爵士�’起肥厚的嘴唇："你相信他吗？"

"我从不相信记者告诉我的任何事，长官，"奥克斯回答，"弗林特给我看了那张通知他去案发地的字条。我说我想验一下指纹，他只是象征性地抗议了一下。"

"他大概以为字条上只有他的指纹？"查德威克说。

"没错，长官。事实也证明如此。"

"你不认为字条是他自己写的？"

"他的女房东证实那张字条是昨晚送到她家的，当时弗林特正在跟她女儿聊天。当然，也有可能是他自导自演。"

"那就太奇怪了。"助理警务处处长说。

"戈弗雷爵士，真正奇怪的是那张便条纸的出处。虽然便条纸没有注明地址，但是它跟帕尔多的私人文具完全吻合。我们在他举枪自尽的书房里找到了备用品。"

"天哪！"

"我们跟邦德街一家高端文具店核实过情况，他们已经十八个月没卖过那个牌子的纸了。劳伦斯·帕尔多是最后一批顾客中的一位。虽然这并不能证明那张便条纸源自帕尔多的库存，可如果不是的话，那也太巧了。"

"你认为字条是帕尔多寄给弗林特的？"

"我想不出他为什么要这么做，长官，但这是三种可能性中的一种。其二是弗林特自导自演。又或者是第三方所为。"

"第三方？帕尔多信任的人？"

"或者某个知道他要自杀的人。"

查德威克皱眉沉吟："他的某个用人？他的秘书？"

"或者，某个外来者。"

"你想到了谁，奥克斯？"戈弗雷爵士追问，"有话快说，伙计。"

"我跟雅各布·弗林特提了一个名字，"奥克斯说，"虽然他不肯承认被我说中了，但是他听了之后满脸通红，我便猜了个八九不离十。"

"所以是谁？"

"据我判断，他认为字条来自雷切尔·萨维尔纳克小姐。"

戈弗雷爵士转过座椅："你怎么看，查德威克？她可能牵连其中吗？"

"说不准，长官。"这位警司另一个成功的秘诀就是尽力避免陷入争议性的观点之中，"坦率讲，概率极小。而且也解释不了她是如何拿到便条纸的。"

"弗林特凭什么认为她知道帕尔多谋杀了玛丽-简·海耶斯？更别说他打算自杀的事了。"

"新闻投机，"奥克斯说，"他听说过她与多莉·本森案的瓜葛。考文特花园谋杀案也已经见诸报端。倘若他怀疑雷切尔对那些臭名昭著的犯罪感兴趣的话……"

"说服你了吗，查德威克？"

他抬起光溜溜的脑袋："扪心自问，她为什么指控那个叫林纳克的畜生杀害了多莉·本森，长官？我觉得她在报私仇。"

"然后侥幸猜对了？"奥克斯平静地问。

"还能是什么呢？杰出的业余侦探只存在于故事书中。侦探不是女士们的游戏，女性的第六感替代不了细致入微的侦查工作。林纳克案充其量只是个例外，纯属侥幸。"

"你有什么意见，奥克斯？"

"过去的四十八小时里，媒体大肆宣扬了玛丽-简·海耶斯惨死案以及她惨遭斩首的事。显然，萨维尔纳克小姐痴迷于犯罪事件。如果这次她没兴致勃勃地跑来扮演侦探的话，反而出乎我的意料。假如有谁足够精明，查到了帕尔多的马脚，我敢打赌是她。"

查德威克扭动烟斗通条，掰成三角形："你觉得她是怎么归罪于帕尔多的？"

"被你问到了，长官，"奥克斯和颜悦色地回答，"假设她让帕尔多知道自己正在调查他。她或许已经预见对方会像林纳克一样选择自杀，而不是面对正当的司法程序。于是，她通过字条将消息透露给弗林特。"

"为什么联系他，却不联系我们？"戈弗雷爵士问。

"也许我们上次的回应让她失望了。"

查德威克冷哼一声："牵强附会。"

"没错，长官。不过恕我直言，这符合萨维尔纳克小姐的一贯作风。她的行事风格极其神秘。"

戈弗雷爵士点点头："林纳克自杀后，她无疑只想让我们难堪或者抢警方的风头。不得不说，我很钦佩。谨慎是女性的优良品质。"

"她为什么接近林纳克？"查德威克追问，"老实说，先生们，我一点也不相信那个女人。如果不是她出身好、长相美，恐怕会被打上形迹可疑的标签。"

助理警务处处长闻言直皱眉。查德威克很少这样直言不讳，也从未流露过阶级意识。这家伙肯定不会因为自己父亲是肖迪奇市的车夫而心怀芥蒂吧？

"即便我说得对，"奥克斯说，"还有一个想不通的地方。如果雷切尔·萨维尔纳克察觉帕尔多是凶手，并打算自杀——她为什么选择通知弗林特，而不是一个知名的犯罪调查记者？"

"或许，"戈弗雷爵士沉吟道，"她断定野心勃勃的年轻记者只满足于一篇独家报道，不会追问太多关于情报来源的问题。"

"还有一种可能性，"奥克斯说，"我密切关注着报纸刊登的消息，搜寻雷切尔·萨维尔纳克的名字。她年轻、妩媚、未婚，而且出手阔绰。总之，她很有新闻价值，但奇怪的是小报上几乎见不到她的名字。然而，最近《号角报》刊登了一篇关于她的八卦文章，都是些琐碎的废话，但是那篇文章称她高深莫测，并提到她喜欢解决棘手的谜题、填字游戏、离合诗、国际象棋，凡是你说得出来的。字里行间，你或许能察觉她在林纳克案中扮演了什么隐晦的角色。我很好奇那篇文章是不是出自弗林特之手。他是不是怀疑萨维尔纳克小姐有什么不为人知的秘密？"

戈弗雷爵士拿起裁纸刀，戳了一下吸墨器："有损名声的事？"

"坦白说，长官，我没办法回答这个问题。一个富有的年轻女孩为什么要把自己的兴趣放在谋杀案件上？"

"不管怎样，这都不是我们该关心的问题。帕尔多死了，考文特花园谋杀案侦破了。"戈弗雷爵士笑着说，"皆大欢喜，祝贺你们。"

"谢谢，长官。"

"哎呀，查德威克，你不该高兴吗？怎么一副苦大仇深的模样？"

"不好意思，戈弗雷爵士。"警司站起身，"当然，我很高兴了结了这个棘手的案子。眼下，长官，请见谅……"

"还有一个小问题确实没有解决。"奥克斯说。

"那是……？"戈弗雷爵士问。

"帕尔多的墨水瓶旁发现了一枚棋子。一枚黑兵。"

"那又怎么样？"

"长官，奇怪的是我们在房子里没有发现棋具。"

6

"一具精致的尸体。"雷切尔·萨维尔纳克就着杯子啜饮了一口血红色的勃艮第葡萄酒。

她的同伴犹豫了一下，然后报以老练的微笑。这位身材高大、皮肤黝黑的加泰罗尼亚人穿着剪裁考究的西装，举止优雅，视雷切尔·萨维尔纳克如同公主一般。他更愿意称她为赞助人，而非顾客，当大多数富有的艺术爱好者因为金融危机不知所措时，雷切尔的光顾保障了加西亚画廊的成功。画廊里人声鼎沸、烟雾缭绕，不过雷切尔猜想其他客人更愿意品尝哈维尔·加西亚酒窖里的藏酒，而不是把钱挥霍在这些现代艺术品上。

"噢，是啊，"加西亚说，"精致的尸体。隔壁有一份巴塞罗那的样品。或许，您愿意……"

"尸体？"一个声音在二人身后喃喃自语，几乎隐没在一片嘈杂之中，"那正是我精通的领域。就私人感情而言，我本希望能清静一个晚上。"

加西亚脚跟一转："哦，尊敬的先生，您的幽默感还是一如既往地敏锐。恕我冒昧，您见过雷切尔·萨维尔纳克小姐吗？亲爱的女士，这位是鲁弗斯·保罗先生，法……"

"法医病理学家。"雷切尔绽放出天真无邪的甜美微笑，"我当然知道您的名字。"

鲁弗斯·保罗，体态臃肿、面红耳赤，汤姆·贝茨曾在《号角报》的一篇报道中这样描述过他。鲁弗斯的证词曾在某次审判中将一名谋杀妻子的凶手送上绞刑架，因为对方看起来像个乡村屠夫。要是这样，他就是最高阶的屠夫。鲁弗斯凭借最微不足道的人类遗骸断定死刑案件的天赋常让人觉得不可思议。与此同时，担当鉴定证人时，他的证词也不止一次地挽救了财大气粗的被告，使其免遭绞刑。

雷切尔抓住他健壮的手，想象着它挥舞着切肉刀时的样子。她察觉到他的目光向下滑去。大多数男人沉迷于欣赏她穿着索尼娅·德劳内设计的丝绸连衣裙的身体，而保罗则是出于职业好奇审视她骨头上包裹着几两肉。

"很荣幸见到您，萨维尔纳克小姐，"他说话时加西亚悄然离开，转身招呼其他来宾，"我年轻时曾在中央刑事法庭您已故父亲的庭上做证。那是一次我永生难忘的经历。"

"这无疑跟我对尸体的兴趣一样令人惊惶。哈维尔和我正在谈论超现实主义，我聊起了精致的尸体这一概念。"

"哎，"保罗说，"我的出身像《干草车》这幅画描绘的一样卑微。对我来说，现实世界已经充满了挑战。我见过的尸体跟精致搭不上一点关系。"

"精致的尸体？"一位浑身贵族范儿的老人加入了二人的谈话，"室内游戏，你知道的。大家传递纸条，每个人随机添加一两个词，看看最后能产生什么样的奇怪组合。据说，最开始玩时得到了一句话：精致的尸体将喝下新酒。于是，它启发了超现实主义者们进行各种视觉实验，他们合作绘制看似由各个不相称的身体部位构成的人体。坦率地说，他们的作品不符合我的个人品味，不过青菜萝卜各有所爱。不好意思，我不该得意忘形。请问我有幸这样称呼您吗，雷切尔·萨维尔纳克小姐？"

　　"您认识尤斯塔斯·莱弗斯爵士吗？"保罗询问雷切尔，"亲爱的雷切尔·萨维尔纳克小姐，请允许我介绍哈利街的老前辈。他跟我既关心生也关心死。当然，他的工作远比我的更重要。倘若国王生病，王室一定会派人来请莱弗斯，只当伦敦医学界的佼佼者已经无法满足他。他更是一部行走的百科全书，几乎涵盖了你说得出名字的所有科目。"

　　莱弗斯爵士彬彬有礼地鞠了一躬，理所应当地接受了对方的奉承。雷切尔表示能与二人为伴是自己莫大的荣幸，接着又围绕着杜尚的一幅画征询了男士们的意见。当莱弗斯和保罗侃侃而谈时，她的目光掠过画廊。来宾中的女性屈指可数，皆衣着昂贵，没有哪位年龄低于四十岁。人群中，她发现了神情严肃的阿尔弗雷德·林纳克，也就是杀害多莉·本森的凶手的哥哥。此刻，他正兴致勃勃地同另外两个报纸常客聊天。其中一位是爱尔兰演员威廉·基尔里，另一位则是矮胖的工会领袖赫斯洛普，大家普遍认为此人正是大罢工仅仅持续九天便宣告放弃的直接导火索。林纳克低声对同伴们说了些什么，三个人同时朝她的方向瞥了一眼。雷切尔仿佛端庄的修女一般移开目光。

一个穿着细条纹西装的高大男人推开画廊尽头的大门，昂首阔步地走了进来。他四下打量，从徘徊在他身边的侍者手中接过一杯酒。发现雷切尔的身影后，他满意地点了点头，令人不由得想起狩猎的猎手发现松鸡时的反应。

他朝她走去："我猜您是雷切尔·萨维尔纳克小姐吧？我是文森特·汉纳威。我已经恭候您多时了。"

"我想，"奥克斯探长有意打消他的戒备，"如果我再问一次你昨晚搪塞过的问题，其实是在浪费大家的时间吧？警方刚赶到劳伦斯·帕尔多家门外，你为什么也在那里？"

"你说得没错，"雅各布回答，"我已经把我知道的一切都告诉你了。"

事实并非如此。他确信"绞刑场"对雷切尔·萨维尔纳克而言肯定意味着些什么。二人那段简短的对话中，他仅凭这三个字就动摇了雷切尔冷静的自信，她甚至挂了他的电话。

此刻，他和奥克斯坐在伦敦警察厅深处一间没有窗户的办公室里喝着浓茶。雅各布简直不敢相信自己的运气。高级警察们甚少分时间给年轻记者，更不用说这种非正式的私下单独会面。奥克斯属于新生代警察，受过良好的教育，老于世故，与那些视新闻记者为洪水猛兽的顽固怀疑派截然不同。坊间传言他注定要秉钧持轴，毫无疑问，他比那个朽迈的老兵戈弗雷·马尔赫恩爵士更有手腕。雅各布猜，奥克斯或许能成为未来几年里价值无法估量的线人，关键在于从一开始就建立起正确的职业关系。友好但不过于亲密，谨慎低调又脚踏实地。

探长向后靠在座椅里，双手放在脑后："那么，你如何看待这件事？"

"你是警察，"雅各布说，"得你告诉我。"

他的无礼言行收获了一声冷笑："正因为我是警察，所以是我问问题。"

"从表面来看，帕尔多帮你省掉了不少麻烦。"雅各布放下杯子，"我可以看看他的遗书吗？"

"你要求得太多了，弗林特先生。"奥斯克似乎被雅各布的厚脸皮逗笑了，"我可以向你保证，那封遗书并没有什么特别之处。他称自己无意中结识了玛丽-简·海耶斯——但是并没有讲他们相遇的细节——后来爱上了她。然而，她并没有回应他的爱，于是他怒不可遏。他简要地描述了把她扼死并斩首的过程，手法同证据完全相符。认罪书的真实性毋庸置疑。"

"这个世界随处可见被冷落的情人，但是女人拒绝异性的示好后惨遭斩首报复的情况却很罕见。"

奥克斯耸耸肩："绝望会对人产生奇怪的影响，至少他们是这么告诉我的。"

雅各布猜，奥克斯从来没有自我怀疑过，更不用提绝望了。旧剪报记录了一种平静、命定般的生活轨迹。奥克斯的父亲是一位准男爵，他是家里的第五个儿子，家族在伦敦周围各郡拥有大片地产。值得注意的是，他所有的哥哥都幸免于战争，这意味着他永远也无法继承准男爵爵位，不过他读书时一直是受人欢迎的优等生，甚至还曾经是有望赢得蓝丝带奖的桨手，现在则是伦敦警察厅最年轻的探长，无怪乎他流露出自信、权威的气质。

"玛丽-简·海耶斯的残肢是一大清早被一个去集市上班的家伙

在考文特花园的一条小巷子里发现的，"雅各布说，"帕尔多肯定是在附近杀害并肢解了她。他解释他的作案地点了吗？"

"距离市场不远有一幢陈设得当的、由马厩改建而来的闲置房，产权登记在帕尔多个人所有的一家公司名下。警方怀疑他以某种借口诱骗受害人过去，那里就是她遇害的地方。"

"或许是麦卡林登·马厩街？"雅各布恬不知耻地借用了一个同事的名字。

老练的奥克斯当然不会落入这样的圈套："不好意思，弗林特先生，我不能泄露地址。警方不希望那地方变成所谓的恐怖朝圣地。我只能说帕尔多收拾了烂摊子，但是不彻底。他残留了些许血液和组织痕迹。如你所知，他把她的尸体装进一个袋子里，衣服和提包塞进另一个袋子，然后丢弃在附近。他保留了受害者的脑袋，大概视其为某种可怕的战利品。"

"帕尔多令我百思不得其解，探长。杀人狂躁症是迄今为止少数没有被归咎于金融家的罪行之一。他发行欺诈性股票了吗？"

"他的律师，一个叫文森特·汉纳威的家伙，向警方保证帕尔多的金融交易无可指责。作为帕尔多银行的董事，汉纳威是抑制投机活动的既得利益者，但是警方并没有发现帕尔多存在任何欺诈或者欺诈未遂的迹象。"

雅各布喝掉剩下的茶："或许他还犯了其他没跟他扯上关系的罪？"

"如果是这样的话，他并没有坦白，"奥克斯说，"他声称自己的所作所为只是一时疯狂。"

"如此残暴的行为肯定不是一时冲动吧？"

奥克斯耸了耸肩："我又不是西格蒙德·弗洛伊德，弗林特先生。也许帕尔多虐待动物，谁知道呢？似乎没有人发现他有致命的缺陷。妻子和未出世的孩子去世后，他一定很孤独，神思恍惚。这可能是我们能想到的最接近他犯罪动机的解释了。据他的律师透露，除了一些小额遗赠，帕尔多数量可观的财产已经遵照遗嘱捐赠给慈善事业。这一切都与他的慈善声誉相吻合。谢天谢地，这起肮脏的勾当也算造福了一些人吧？"

"那么，伦敦警察厅满意吗？"

"当然。"奥克斯露出一丝微笑，"当然也会进行死因审理，不过别期待有什么惊人的发现。伦敦新闻界最近对我们很粗暴，我的长官们希望能缓口气。"

"奥克斯探长呢？"雅各布追问道，"你满意吗？"

奥克斯耸了耸肩："这起案件确实有一些古怪的地方。"

"比如呢？"

"跟你的情况一样，警方也收到了消息。有人致电伦敦警察厅，声音嘶哑地告诉我们南奥德利街的一间密室里有一具尸体正等着警方赶过去。打电话的人没有透露姓名，"他顿了一下，"我们甚至不知道对方是男是女。"

雅各布深思了一会儿："或许与给我送信儿的是同一个人。"

"你还是不知道究竟是谁帮了你这么大的忙吗？"

"我跟你们一样一头雾水。"

"奇怪。"

雅各布点点头："你打算如何满足自己的好奇心？"

奥克斯苦笑一下："时间紧，任务重。查德威克警司经验丰富，他认为帕尔多的认罪书无可置疑。我无法在这起案件上耗费太多时间。案子已经告破，又没留下任何蛛丝马迹，在警方看来实属罕见。但是恕我无礼，常言道'馈赠之马，勿看牙口'。"

雅各布咧嘴一笑："但是，我的编辑却愿意让我放手去干。"

二人对视一眼："何其有幸啊，弗林特先生。如果你确实发现了我可能感兴趣的信息，请联系我。"

"你放心。"雅各布站起身，二人握了握手。

"在你离开之前，我可以给你一句忠告吗？"

雅各布在门口停住脚步："请讲。"

"过马路时切记左右观望。"

"你父亲从未提过你喜欢现代艺术。"雷切尔说。

"那老头就是个俗人，"文森特·汉纳威说，"他坚信《幽谷之王》之后再没有谁创作过有价值的作品。就这些现代伙计而言，我并不是内行，但是我自诩胸怀宽广、接受力强。"

"确实。"她说。

他带她离开莱弗斯和保罗的身边，走到房间的一个角落里。文森特比他父亲高六英寸，金发碧眼，想必遗传自他母亲。生下儿子后，文森特的母亲埃塞尔·汉纳威精神崩溃，十二个月后死在了疯人院，完成了自己的使命。

侍者端着饮料走过时，文森特·汉纳威又从托盘中取了一杯勃艮第酒递给雷切尔，顺手接过她的空杯子。

"不错的年份，"他点评道，"即便没有人愿意买这些涂鸦，加西亚的酒窖也能赚不少，更不必说有你的光顾了。这酒大概有点上头。我有种无法抑制的冲动，想告诉你一个小秘密。"

他的声音满是屈尊俯就的意味。摆出高人一等的派头对待女性是某种家族传统吗？又或者这是律师们下意识的反应？雷切尔不由得好奇。或许仅凭几句建议就能赚得盆满钵满，又被奉为圭臬时，任谁都很难不滋生出天生的优越感。

"洗耳恭听。"她说。

他咧开嘴，露出一排牙齿，仿佛一排尖顶的小墓碑。

"我今晚为你而来。"

"不敢当，汉纳威先生。"

"请叫我文森特。我们此前可能从没见过面，但是我觉得自己早已经认识你了。你知道的，雷切尔——恕我冒昧，维护萨维尔纳克家族的利益对我父亲而言一直是头等大事。我们的父辈互相敬重。我不禁对你也怀有同样的敬意。"

"真的，文森特，我不知道该说些什么好。或许，我最好还是保持沉默，否则我一定会辜负你的厚望。"

他把剩下的酒一饮而尽："我听说你的幽默感总夹杂着冷嘲热讽。好极了。我喜欢……"

"有主见的女人？"雷切尔抿紧嘴唇，"渴望女性平权的女人？"

他晦涩地笑了一声，用来掩饰尴尬："你在嘲弄我。我父亲也一样。你看得出来，他不了解五十岁以下的任何女性。他依然认为赋予女性投票权是个严重的错误。不过，看看现在政府的这群乌合之众，当然不包括阿尔弗雷德·林纳克，即便我们的选民都是女性，我也不觉得还能糟到哪里去。他跟我只有一个共同点，那就是我同样愿意为您效劳。"

"衷心地谢谢你，但是我没有再买一栋房子的打算，而且也不到立遗嘱的年纪。"

"恐怕我不能赞同你的看法，"他讨好似的说，"像你这样的女性应该立个遗嘱。谁也无法预知未来会怎样，即便我们中最健康的人也可能遭遇意外。"

"我想你说得对。"她直视着他的眼睛，"上次来这间画廊时，我还跟克劳德·林纳克聊过天。谁能料到他落得这样的下场？士的宁——他是用那玩意儿自我了断的吗？"

汉纳威的脸僵住了："我听说他说服医生相信他需要一种兴奋剂。这件事对他的兄弟打击很大，不过谢天谢地，他挺过来了。如此动荡的时期，我们需要像阿尔弗雷德这样的人。"

"他今晚也来了，我看见他了。"

"我们当中有几个人是老朋友，喜欢待在　起。"汉纳威脸上的伪装融化成愉悦的笑意，"我们经常想起你的父亲。他是一位好伙伴、好领袖。"

"大法官谨言慎行，"雷切尔说，"即便对待他的独生女也是如此。虽然临终前……他倒是畅谈了一番他在伦敦的生活。毫无疑问，朋友对他来说意味着一切。"

汉纳威赞赏地点了点头，仿佛品尝美酒的鉴赏家一样："你以后就会知道，大法官是国际象棋冠军。我们仍然喜欢偶尔玩一玩。"

"真惬意。"雷切尔的手指勾勒着酒杯的边缘，好像在帮助她思考，"相信你和你的朋友们仍然喜欢……规规矩矩地玩？"

他瑟缩了一下，没有回答。雷切尔知道他肯定在快速思考对策。

她甜甜地笑着说："莫非你无法容忍女性参与？"

他缓缓地开口："没有什么能一成不变。"

"确实。"

他似乎下定了决心："大法官的女儿加入我们多么应景啊！"

"太棒了！"她轻声惊呼，"我还担心你会拒绝这个……冒失的开局呢。"

"你又在取笑我。"汉纳威的眼睛闪闪发光，"毕竟，我们的小团体是由我俩的父亲一手创办的。看来你已经对我们多么享受我们的游戏略有耳闻了。"

雷切尔歪着头，笑了："选我加入兄弟会之前，我先提个醒。"

"我保证，"汉纳威说，"我不会妨碍你。"

她的笑容逐渐消失，接着一字一顿地说："我，为赢而战。"

7

佛里特街昏暗的街灯中,地标性的《号角报》大楼若隐若现。雅各布加紧脚步。这栋宏伟的报社大楼竖着不少熏得黑漆漆的高大烟囱,戈默索尔喜欢站在观景塔居高临下地怒视着其他竞争对手。雷尼·麦金托什构思设计初稿时是否有过错觉?这座建筑的极度奢华让他为格拉斯哥《先驱报》建造的大楼看起来仿佛建筑模型一般。

雅各布走进新闻编辑室,询问泡泡眼波泽听没听过"绞刑场"。

"哦,是的。距离这里五分钟,如果你要找的是那里的话。"

"什么?看在上帝的分儿上,在哪儿?"

"林肯律师学院后,一个荒僻的角落里。只有一个入口和一个出口。我记得,那片寒酸的空地原本是用来替代庭院的。"波泽摘下眼镜,仔细端详雅各布,"你为什么这么问?不会是惹上我们的律师朋友们了吧?你可别是写文章诽谤了那群有钱有势的家伙吧。"

"并非有意为之。"雅各布说。

"意图不能作为诽谤指控的辩护理由。"波泽恨铁不成钢地说，"要知道，沃尔特·戈默索尔总挂着黑眼圈，完全归咎于对诽谤指控的恐惧。它让这条街的每位编辑夜不能寐。如果你有什么要向他坦白，最好现在一吐为快。"

雅各布摇了摇头："这只是我找到的一条线索。感谢你的帮助。"

泡泡眼兴奋地眨眼："之前你问过汤姆的事。这跟他的意外有关系吗？"

"那可不能讲。"

五分钟后，他开始翻看律师学院附近的执业律师名册。一个关于绞刑场的条目映入眼帘，醒目的字迹仿若鲜血般鲜活。

汉纳威·汉纳威律师事务所

今天早些时候，奥克斯探长提过这个名字。劳伦斯·帕尔多的律师姓汉纳威，所以死者和绞刑场之间存在某种关联。但是，这个地方对于汤姆·贝茨又意味着什么呢？

"别整晚霸占这里最可爱的女士，汉纳威！"

透着爱尔兰口音和音乐剧腔调的这一声招呼来自威廉·基尔里。他拍了拍律师的背，不过一双眼睛却紧盯着雷切尔。汉纳威帮两人做了引见，然后被加西亚和赫斯洛普拉到一边。

"很荣幸终于见到你了，萨维尔纳克小姐。"曾几何时，某位狂热的评论家将聆听基尔里甜美的声音比作沐浴着蜂蜜，"你父亲是一位真正的伟人。"

他举手投足间散发着魅力，仿佛普通人毛孔渗出汗水般自然。他孩子气地抬起一只手，手指穿过浓密卷曲的黑发，风度翩翩，尽管雷切尔确信这是一种有意培养的特殊习惯。乍一看，威廉·基尔里仿佛是真挚的化身，然而他也是同时代最多才多艺的舞台演员。

"我从未见过像他那样的人。"雷切尔说。

基尔里端详了她一会儿，突然笑了起来。众所周知，威廉·基尔里的微笑拥有令人难以抗拒的魅力，能让万千女性为之神魂颠倒。

"说得好，萨维尔纳克小姐。可以想象，作为一个家长，他可能……很严厉。作为我的律师，他执着而专注。作为我的朋友，他极度忠诚。"

基尔里年轻时，曾凭借模仿天赋以歌手兼舞蹈家的身份闻名遐迩，被誉为"千人之音"，新摩尔剧院与之签订了一份独家演出合同。后来，虚空剧院高层抛出了三倍于他原收入的合作意向，基尔里决定毁约，因此收到了前雇主的巨额索赔状。他委派王室法律顾问莱昂内尔·萨维尔纳克代为出庭，诉讼很快达成和解，基尔里得以自由地追求自己的新事业。几周后，他受到虚空剧院观众的热烈追捧，他的律师也荣升至司法部。现在，大法官与世长辞，而基尔里则掌管着虚空剧院和一家英国知名的戏剧表演机构。

"你一直和他保持联系吗？"

"直到他搬回冈特。后来，联系变得……愈加困难。他虽然很注重隐私，很少谈论私事，但显然视你为掌上明珠。"基尔里顿了一下，"我记得你小的时候，他说你非常容易神经过敏。如果他能看到你现如今的样子，该多高兴啊！长身玉立，泰然自若。"

"而且对奉承无动于衷。"

雷切尔的微笑并没有缓和她言语中的讽刺，不过对方丰满、性感的嘴唇又浮现出那抹为人称道的笑容。

"你在伦敦过得如鱼得水。加西亚说你是他最喜欢的顾客。"

"只是因为我的订单让他不至于陷入经济困境。"

"我相信你独到的投资眼光，雷切尔。不介意我直呼你的教名吧？我不愿拘泥于形式。"他压低了声音，"汉纳威不赞成我这种离经叛道的处世哲学。如果他知道我邀请你共进午餐的话，一定大发雷霆。"

"噢，你会吗？"

"当然，那还用说？明天方便吗？我推荐我最喜欢的拉古萨餐厅。"

"太破费了。拉古萨餐厅一顿午餐的费用相当于一名工人一个月的收入吧？"

"谢天谢地，"他笑着说，"我不是那种需要操劳生计的人。对我而言，表演只是为了体会纯粹的快乐。我甚至愿意分文不取地奉献给舞台。不要告诉我的剧院股东们，好吗？"

"我听说，你的赞助者们都身世显赫，"她说，"同样也不拘一格。工会主席赫斯洛普，汉普斯特德主教，更不必说鲁弗斯·保罗。我看，其中几位今晚也露面了。"

"你的消息很灵通，雷切尔。"基尔里顿了一下接着说，"他们都是社会精英。赫斯洛普为人可靠，不在乎你站什么样的政治立场。他知道工人阶级的利益所在。如果没有他，这次罢工很可能搞垮政府。"

"天哪，"她惊呼道，"那绝对不行。"

"我很好奇，"他缓缓开口，"你心里到底在想些什么？"

雷切尔咽下最后一口酒："啊，威廉。作为一位绅士，你必须允许女士保留一点神秘感。"

"再接再厉，你会变得家喻户晓。"多德夫人一边说着，一边端上特意为雅各布烹制的他最喜欢的拿手菜——滚烫的牧羊人派。

饥肠辘辘的雅各布扑上去。兴奋早已被疲惫取代，他非但没有因为独家新闻欢欣鼓舞，反而体会到一种出乎意料的空虚感。

看到他的名字刊登在《号角报》的头版，女房东和她的女儿都感染了欢快的情绪。伊莱恩穿着一件紧身的黑色开襟羊毛衫，搭配一头浓密的红发，对比鲜明，浑身散发着妖冶的气质，笑声清脆。

"妈妈，他很快就不想再和我们有任何瓜葛了。跟普罗大众混在一起有损这位大记者的尊贵。我们只能凑合着挤在无线电旁，收听他面向全国的广播。最纯正的BBC腔调，比诺克斯阁下更优雅！哦不，没有人能猜到他来自黑暗的约克郡。如果某天他交往了某位名人，比如努比亚女王奈费尔提蒂，我也不会意外。那天晚上，她跳着华尔兹登上舞台时，他都看傻眼了。我得赶紧让他给我签名，免得以后收费。"

"别开这种玩笑，伊莱恩。"多德夫人面色忧郁，"不管怎么说这都是一件可怕的事情。手无寸铁的可怜姑娘。我不赞同那些指责她自作自受的观点，她别无选择。不能因为她们运气不好，就简单地把责任全怪罪到女人身上。我想她当时怕是处境艰难，不得已才干这样的勾当。"

"报纸报道她曾是一名护士，"伊莱恩说，"真的吗，雅各布？"

"没错。"他嘴里塞满食物，含糊应道。

"怎么会发生这种事？那个叫帕尔多的家伙是个身份体面的鳏夫，不是吗？慷慨捐赠慈善机构。"

"很多看似体面的家伙，"她母亲阴沉地说，"都不是看起来那么回事儿。你只要多读读《世界新闻报》就明白了。"

"为什么选中一个无辜的护士呢？"伊莱恩不懈地追问，"雅各布，我打赌你肯定有没公开的内部消息。伦敦警察厅有什么要为自己辩护的吗？你又怎么看待这件事呢？敞开心扉的同时，请再吃一块派。"

他又往盘子里堆了些肉："即便是警方也不了解事情的全部经过。他们并不是不发愁。警方抓到了嫌疑人，我们也不能一直指责他们没能保护好这座城市中的女性。帕尔多帮他们完成了工作。案件破获，元凶畏罪自杀。伦敦警察厅的高层只关心这个。至于罪犯的心理状态，就留给弗洛伊德学者们去研究吧。如果媒体愿意的话，可以四处搜罗关于帕尔多和那个可怜受害者的花边新闻。我们出色的警察机构致力于确保街道对于正派、虔诚的伦敦人而言是安全的。"

"你不喜欢警察吗？"多德夫人听了这番激进言论，惊讶得目瞪口呆，"来这里询问你字条情况的那位警察很有礼貌啊！"

"他们也是人，和我们其他人一样。"

"字条是谁写给你的，你知道吗？"

"你也看见了，没有署名。"

"真神秘。"多德夫人说。

"你打算怎么办？"伊莱恩问，"四处挖掘，直至弄清真相？"

"毫无疑问，"他放下刀叉，"你说对了。这起案件远不止看上去那么简单。我想查明事情的真相。"

年轻女子的眼睛闪着光芒："你一定能成功！"

多德夫人嘴里嘟囔着什么大黄酥碎，折回厨房。厨房门刚被关上，伊莱恩的手便摸上雅各布的大腿。他喜欢她用纤细、温暖的手指触碰自己，然而当对方的动作越来越大胆时，他却萌生了退意。

"我最好早点睡。可惜了大黄酥碎，但是我昨晚几乎没合眼，快要累死了。"

她噘着嘴："你厌烦我了。"

"不，不是，"他慌忙解释，"一点都没有。"

"你有！"

对方渴求陪伴的暗示困扰了他。这就是她和那个已婚男人分手的原因吗？雅各布害怕惹恼伊莱恩。

"我只是明天得早起。我要去索森德一趟。玛丽-简嫁作人妇的姐姐住在那儿。她或许能提供一点线索。"

"你真幸运——海滨旅行！"

"寒冷刺骨。我得带上我最暖和的围巾。"

"我只是开个玩笑。"她的语气缓和下来，似乎后悔刚刚发脾气，"你的工作也不容易，总是要在当事人人生最灰暗的日子里不厌其烦地追问人家。奥利·麦卡林登住在这儿的时候，我也问过他怎么忍受得了呢。"

雅各布缄默不语。他无法想象《号角报》野心勃勃的同事曾经饱受良心的煎熬。他为什么不安？记者的工作就是挖掘真相。

"我敢打赌你会为这事儿辗转反侧，担心自己可能伤害到他们。"

雅各布轻啄一下她的脸颊，告诉对方工作从未耽误过他一分钟睡眠。然而，在床上躺了一个小时后，他依然毫无睡意，纷乱的思绪令他头疼。最近，他的脑海中偶尔浮现魔幻而神秘的努比亚女王奈费尔提蒂的身影。今晚，另一个女人的身影占据了他的大脑。她冰冷的双眼透过浓雾紧盯着他，这时他回忆起汤姆·贝茨沙哑的耳语。

雷切尔·萨维尔纳克。

雷切尔悄悄溜出画廊时，头戴司机帽、身穿厚大衣的特鲁曼站在门口恭候她。他把幻影停在五分钟路程以外的一条小巷里，随身携带了一把雨伞，尽管下着毛毛雨，却没有撑开。二人肩并肩地走着，雷切尔哼着《雨中曲》。月亮躲进云后。他们拐过最后一个弯时，雷切尔放慢脚步，几乎停了下来。她站在黑暗中睁大眼睛。

街道狭窄，灯光昏暗。一侧是一排已经闭门谢客的小商铺，另一侧是一个废弃的盒子工厂。放眼望去，不见人烟，只有一只脏兮兮的猫四处觅食。幻影停在五十码外。

面前昏暗的阴影中忽然闪出一个矮胖的身影。那个戴着帽子和围巾的矮壮男人手里似乎还抓着一件武器。特鲁曼迈开大步，动作敏捷，对方向前扑去，特鲁曼奋力抵挡攻击的同时似乎失去了平衡。

雷切尔身后的仓库门口走出一个人，一只胳膊钳住她的肩膀。男人比她高，手臂强健。她感觉得到对方的呼吸——一股变质啤酒和洋葱的气味热乎乎、湿答答地喷在她的皮肤上。他的膝盖顶着雷切尔的脊背，另一只手攥着一把刀，抵住她的脖子，刀刃紧贴她的皮肤。

"趴下！"另一个男人大吼道。他和特鲁曼面对面蹲伏在鹅卵石路面，随时准备扑过去。男人挥舞着一根破管子，"否则我们就割断她的喉咙"。

雷切尔惊声尖叫："救命！我只是个可怜的弱女子！"

刀突然一挥，割断了她的珍珠项链。特鲁曼低沉、焦急地嘶吼。

"没有那么可怜，不是吗？"袭击她的人低声说，"我敢打赌这些都是真珍珠。"

趁他说话，特鲁曼撑着伞猛地向前冲去。雷切尔抓住袭击者的手腕，顺势用力一拧，长长的伞骨刺穿了那个矮胖男人的腹部。她听见骨头断裂的咔嚓声，对方手中的刀应声滑落。

他痛苦地尖叫，滑倒在雨后光滑的鹅卵石路面，跪倒在地。雷切尔摆了摆腿，尖头的鞋跟擦过他的脸。他捂住受伤的眼睛并发出刺耳的惨叫，而另一边，特鲁曼掐住他同伙的脖子，拽起对方的脑袋"砰、砰、砰"地往鹅卵石地面上撞。一下，两下，三下。

雷切尔从外套口袋里掏出一把枪，指着袭击她的那个男人。他忍不住自怨自艾地痛苦呻吟，脸上的伤口汩汩地渗出鲜血。

"也没有那么弱，不是吗？"她说。

朱丽叶·布伦塔诺的日记

1919年1月31日

我一直紧闭房门。按理说，我来去自由，但是，事实上，我被困在这里，永远困在这里。无论天气恶化与否，这座岛一连几天隔绝同陆地的联系。门闩和锁链或许没有束缚我，但是我依旧是一名囚犯，独自一人被困在这幢空荡荡的旧宅的顶楼，仿佛被困在塔楼里的公主。

可惜，我并不是公主。

为什么锁住我自己？这很难解释，或许我自己也不太能理解。大法官无法爬上通往我门口的那八十五级蜿蜒而陡峭的台阶。那种体力消耗能要了他的命。

雷切尔从不来这儿。她宁愿远远躲开我，生怕我会传染她。很久以前，母亲就告诉我，只要我咳嗽一声就能摆脱她。自我们登上冈特岛的那一刻起，她就把对我的敌意表露无遗。然而，我花了很长时间才意识到她究竟有多残忍。

每当用人惹恼了她，她就在大法官面前说他们的坏话，报复他

们。无一例外，这些用人都惨遭解雇，连封推荐信都拿不到。大法官雇用的最后一任家庭教师是一个胖胖的老姑娘，名叫多纳基小姐，她一心扑在一条像她一样圆滚滚、傻乎乎的小狮子狗身上。六个月前，那只狗失踪了。而就在狗失踪的前一天，多纳基小姐终于失去了耐心，当着我的面数落起雷切尔的傲慢无礼。当她发现自己的宠物不见时，她急得发疯。

雷切尔难掩喜悦。最后，她宣称自己攀爬北岸裸露的岩石时发现了狗的项圈。她指出岩石上有一摊血迹。不过，那只可怜的狗一直没有被找到。

没有人质问谁该为此事负责。大家都心知肚明，一旦雷切尔发脾气，某人或者某物必遭牵连。再一次退潮时，多纳基小姐离开了冈特岛，三个女佣和厨子跟着她穿过堤道，再也没有回来。

雷切尔喜形于色。"看见了吗？"她厌恶地对我说，"这就叫一石二鸟。"

大法官当然不会惩罚她。他只会责怪用人们妒忌他心爱的女儿。愚蠢的愤怒让他解雇了剩下的那些家仆。随后，亨里埃塔登上冈特岛。她是个三十岁的女人，外表讨人喜欢，尚未结婚。她曾同一个牧羊人有过婚约，后来那人被炸得粉身碎骨，命丧伊普尔，自那以后，她一心照顾患病的双亲，勉强维持生计。父母的医药费高得吓人，她急需用钱。大法官花了大价钱把人带上岛。亨里埃塔说，即便如此，如果不是因为我和我母亲，她也不会忍受这么久。

一个叫克里夫的男人答应在庄园附近干一些体力活。他罹患弹震

症，被迫退伍，要挣钱养活妹妹和寡居的母亲。最后，自称曾做过大宅子管家的哈罗德·布朗来了。他真会编故事。亨里埃塔发现他总盯着大法官的金烛台。

母亲喜欢亨里埃塔。以前，除了我，她没有可以倾诉的对象，我知道她为我提供了很多庇护。她小心翼翼地避免谈论大法官或者他的女儿，然而有一天，我无意中听到她和亨里埃塔的对话。

"依我看，"她说，"雷切尔·萨维尔纳克跟生了她的那个老暴君一样疯狂。"

.

8

　　"我唯一的遗憾是那个畜生像个懦夫一样了结了自己。"艾格尼丝·戴森的眼睛闪着水光，她转过脸避开雅各布，盯着海滨大道另一边翻滚的海浪。究竟是海风吹湿了她的眼眶，还是她正强忍泪水？"他胆敢那样对待我可怜的妹妹，我恨不得亲手绞死他。愿他烂在地狱里！"

　　她赤手绞拧羊毛手套，仿佛在排演如何才能让罪罚相当。雅各布找不到责备她的理由，因为他也一直对司法执刑心存疑虑，诸如埃迪丝·汤普森这样的案子就困扰着他。她年轻的情人杀害了她的丈夫，难道她就该被施以绞刑吗？

　　"你一定很难接受。"他把自己想象成一位牧师，面对着苦恼的教区居民，"我猜你和玛丽-简的感情很好。"

　　"我们是姐妹。"艾格尼丝缓和了语气，"我俩相差十一岁——原本还有一个兄弟，但是不幸死于襁褓，可怜的小羊羔——

即便我们选择了不同的路，却从未断过联系。玛丽-简是个心地善良的女人，从没说过任何人的坏话，模样长得也可爱。她小时候很漂亮。她一直体面、正派，记住我的话。不管你从那些心思龌龊的人嘴里听到什么闲言碎语，她从来没有跟任何人有过任何不规矩的关系。"

顶着狂风从车站赶到她的公寓，雅各布接受了艾格尼丝的提议——趁雨停，出去走走。淡季的贝拉维斯塔人烟稀少，他猜她不希望清理早餐的姑娘听见他俩的谈话。

玛丽-简·海耶斯被人发现时身首异处，死者身份的确认得益于距离尸体几英尺外的一袋私人物品。她的钱包里塞着钱，显然不是劫杀。各大报刊都回避了玛丽-简是妓女的讹传，却提及了凶手残害尸体的方式以及警方毫无头绪的事实，不免让人想起白教堂血案。英国民众捕风捉影，自以为是地丑化受害者和她的遭遇。

"我猜也是这样。"他尴尬地咳嗽了一声，"说实话，戴森夫人，我供职的报社也并非无可指摘。我们的首席调查记者住院了，这起案件由其他人接手，而他们并没有……好吧，我只能说感谢上帝的眷顾，让我有机会揭露帕尔多供罪和自杀的真相。"

"你还年轻，"她说，"我为什么要信任你？玛丽-简出事后，记者们从早到晚地纠缠我。他们都发誓说真话，但是没有一个人做到。他们只想要一个好故事。"

"我恰好信奉'真相就是最好的故事'。"这句话不知从哪儿跃上他的嘴边，正合他的心意，"无论如何，你要拿定主意相信我。"

他们一言不发地拖着沉重的步伐。艾格尼丝·戴森体格健壮，浓密的灰白头发随风飘扬，棕色的大眼睛和饱满的颧骨极具魅力。雅各布看过她已故妹妹的照片，看得出她们是一家人。玛丽-简是个美人，尽管艾格尼丝·戴森言辞犀利，却也并非讽刺画所描绘的冷峻海滨女房东。谋杀的残酷暴露了每个人的阴暗面，不仅仅是记者。

"我们往码头那边走走吗？"他提议，"不必走到尽头。我听说那是全国距离最长的海滨步道。"

"全世界最长，不只是全国，"她信誓旦旦地说，"去年，他们又往前延长了一段，乔治王子出席了官方的开幕仪式。电气化铁路也随之延长，不过我更喜欢徒步。给别人做了二十五年饭，身材都走样了。"

"天哪，戴森夫人，别这么谦虚！"他殷勤地说。

看见对方笑了，雅各布暗自高兴："你最好穿暖和一点。每年这个时节，海风都刮得很猛。"

"以前，我父母无论什么天气都会带我去布里德灵顿。风吹来时，他们会说海风清新宜人，其实就是寒冷的委婉说法。跟东约克郡的天气比起来，这里的气候完全算得上是热带。"

接着，她又介绍了滨海绍森德是英国最佳的旅游胜地。除了永无止境的码头，还有竞技场、维多利亚拱廊和海滨露天游乐园的死亡之墙等景点供游客们挑选。似乎这一切都还不够，泛舟湖和艺术画廊都在筹备中。

"我在地铁站看到过广告海报，"他说，"等天气暖和些，我得再来一次。我们无法改变你妹妹的遭遇，非常遗憾，不过我希望报纸刊发的是事情的真相，而不是编造的垃圾。"

她用力地吸了吸鼻子，扭过头："如果你能践行诺言的话，弗林特先生，我感激不尽。"

"请叫我雅各布。"

"你让我想起了我的儿子。他是皇家海军的一员，打小就喜欢船只和航行。可怜的玛丽-简永远都体会不到做母亲的快乐，或者牵挂，我应该补充一句。"

"她一直没结婚吗？"

"有个在查尔克韦尔开面包店的小伙子追了她很多年，不过他在法国被炸掉了一条腿。他们帮他装了个假肢，但是他一直活得非常痛苦，英国签署停战协议的一个星期后，他开枪自杀了。战争爆发时，我儿子还在上学。玛丽很宠他。她一直想要个属于自己的孩子，问题是她快三十岁了，身边又没几个男人。以前，她常拿这件事开玩笑：'你知道我像什么吗？一个多余的女人。'"

"可怕的说法。没有谁是多余的。"

"但是总有人觉得自己很多余，雅各布。她长相可爱，不少小伙子约她出去，不过她私下跟我说总觉得缺少点感觉。她很害羞。我是家里最健谈的那个。她一旦错过了自己的真命天子，就很难再遇见对的人。随着时间的推移，她逐渐把精力投入工作中。我敢跟你保证，埃塞克斯再也找不出比她更敬业的护士。"

"七年前她搬去了伦敦？"

"她说，是时候展翅高飞了。当时她看到一则大奥蒙德街的招聘广告，一时冲动投了简历，后来愉快地接受了对方提供的职位。"

"自那之后，你们就很少见面？"

"是的。起初，我定期给她写信，可是玛丽-简不怎么回信。她和我都忙于生计，并没有……"

她垂下头，雅各布轻抚她的肩膀："你们俩都觉得未来有大把的时间可以见面。"

艾格尼丝·戴森抬起头，看着他。"没错，"她低声说，"等……总之，覆水难收，于事无补，对吧？"

"她为什么离开伦敦？"

"牛津市郊的一家孤儿院有个职位，代理舍监，全面管理孤儿院。原舍监已经在那儿工作了三十年，年纪大了，打算退休。这是一次很重要的晋升，报酬丰厚，但是肩负的责任也更大。她给我寄了一张明信片，说这是一生难求的机遇。"

"然而，她并没有在那里待太久？"

"是的，她写信告诉我她已经离职时，我也吃了一惊。"

"你知道她为什么辞职吗？"

"不知道，她没解释过。我不相信发生过什么不愉快的事。她不是那种好争辩的人，玛丽-简不是那样的人。我猜她发现当主管并不如人们说的那么好，陪伴孩子们的时间很少，需要做很多文书工作。她没有我这种做生意的头脑，或许肩负不起舍监的重担。于是，她回到伦敦，回到梅克伦堡广场上她之前住过的大楼，租了一套公寓。她不确定要不要卑躬屈膝地回大奥蒙德街重拾老本行。"

"她有没有跟你提起过劳伦斯·帕尔多？"

"一次也没有。"她苦笑了一下，"玛丽-简从没跟我聊过任何男人的事。我猜可能是因为我俩之间的年龄差……"一只海鸥嘎嘎地叫着在头顶盘旋。

"我明白了。"

艾格尼丝·戴森凝望着港湾对面遥远的肯特海岸："玛丽-简从

没做过缺德事。她关心自己的患者，喜欢小孩子。一想到那个畜生如此无情地摧毁了她，我就怒不可遏。现在我能做的只剩不让她被别人误解。你能帮我吗，雅各布？"

"好，"他热情的回答也吓了自己一跳，"你尽管相信我。"

"你在拿自己的生命冒险，"特鲁曼夫人说着，倒出银壶里的咖啡，"究竟为了什么？"

雷切尔打了个哈欠："我们没受到威胁。歹徒出其不意地袭击了我们，但是他们也没捞到好处。跟特鲁曼一起训练的柔术派上了用场，难怪女权运动者的保镖如此令人望而生畏。"

"可是，你得到了什么东西，这一切值得吗？还是说，你只是想通过同男人的打斗证明自己？"

"不可否认，他俩所知甚少。"雷切尔喝了一口咖啡，"即便到了乞求活命的关头，两人也没能说出什么让我感兴趣的事，甚至不值得牺牲一条假珍珠项链。一个中间人——沙德韦尔的酒吧老板，雇用了他们。他说他的老大不想要我们的命，只是警告一下。可是如果四十八小时内我没有登上回坎伯兰的火车的话，他们就会卷土重来。再见面时，就要往我脸上泼硫酸了。"

管家不寒而栗："像可怜的玛莎一样。"

"他们无法再伤害任何人。"

"还有更多无赖。"

"昨晚的事证明我已经成功了。没有人在意克劳德·林纳克，但是帕尔多则不然。空气中弥漫着恐慌的气息。"

电话铃响了，两个女人罕见地交换了一下眼色。不一会儿，门口出现了玛莎的身影。

"伦敦警察厅的奥克斯探长，"她说，"他下午想过来拜访。"

一回到佛里特街，雅各布立刻给牛津孤儿之家的舍监发了一封电报，询问第二天是否能见她一面。不入虎穴，焉得虎子。接下来，他打算渗入《号角报》经济新闻编辑的密谈室。

威廉·普伦得利斯是个孤僻的怀疑论者，他对资本主义的苛责源自严苛的加尔文主义信仰，而非坚定的马克思主义。关于晦涩艰深的金融知识，雅各布知之甚少，不过偶尔拜读普伦得利斯的专栏，他发觉它们非常适合《号角报》的读者群体。一旦见识过普伦得利斯抨击无能和腐败的火力，即便那些对股市微妙之处漠不关心的人也会振奋不已。与其说他是个评论员，不如称之为地狱之火的传教士。

"劳伦斯·帕尔多。"普伦得利斯轻轻咀嚼着这个名字，表情略带苦涩，"他让麦得斯看起来像个穷光蛋。不同于其他幸运的富家子弟，他继承财产后非但没有挥霍，反而一心积累财富。"

烟草刺鼻的气味折磨着患有鼻窦炎的雅各布："帕尔多有多少钱？"

普伦得利斯掐灭忍冬牌香烟，随手又点了一根。他四十多岁，瘦高个儿，瘦得可怜，据说他每天抽的烟比消耗的热量还多。

"毫无概念，小伙子。如果让我猜的话，保守估计得有三百万吧，不过我愿意把猜测的机会留给那些选举出来决定我们悲惨命运的政客。"

雅各布吹了声口哨："真不明白他为什么还要费心工作。"

"钱生钱。赚钱会上瘾，孩子。"

就像抽烟一样。雅各布差点儿脱口而出，幸好他及时咽了回去。

"《圣经》说得很明白：'不要为自己积攒财宝在地上，地上有虫子咬，能锈坏。'谢天谢地，你不用再担心重税和遗产税了。"

"下次付房租的时候，我就用这句话安慰自己。你见过帕尔多吗？"

"一两次，不过我们只说过几句话而已。他知道我的名声，对我敬而远之。当然了，名声这方面他也没比我强到哪里去。"

"他为人正直吗？"

"上帝啊，不，小伙子。你不能指望经手这么多钱还能保持身家清白，纵然你不断地做善事来宽慰自己的良心。如果你问我有没有预料到他会屠杀手无寸铁的女人，答案是否定的，这恰恰说明了我过于善良。每每谈到富有的金融家，人们应该做最坏的打算。我不能断言在他身上发现过任何令人震惊的恶行。但是，他盘根错节的财务中无疑潜伏着见不得人的肮脏。"

"他不招摇，似乎也没有什么烧钱的爱好。没有关于他的流言蜚语吗？"

"他独来独往。以有钱人那套差劲儿的标准来看，他似乎没怎么树敌。"

"也就是说，尽管他在金融界声名显赫，你却对他知之甚少？"

普伦得利斯微微昂首，神情轻蔑，雅各布内心一阵满足：被他说中了。"很少，小伙子。如你所知，我所写的都是可证实的事实。我从不相信查无实据的道听途说。"

"所以，你确实耳闻过些什么？"

"闲聊，仅此而已。"

"我很感激……"

"我没有告诉过你。"老男人怒目而视，"切记，如果之后造成什么后果的话，我希望你不要赖在我身上。"

"当然，"雅各布谦和地回应，"心画十字，以死起誓。"

普伦得利斯小心翼翼地凑近瘦削的身子，俯过办公桌，贴着雅各布的耳朵小声说："不久前，我听说有人在打听帕尔多。有位私家侦探正秘密、深入地调查他。我不清楚为什么有人对帕尔多如此感兴趣。或许是失望的投资者别有所图，但是帕尔多并没有肆意从事什么不切实际的一夜暴富的计划。不过，无论幕后主使是谁，这人都不是开玩笑。你得有相当雄厚的财力才雇得起这位侦探。据说他是伦敦最厉害的私家侦探，收费也最贵。"

"他叫什么名字？"

普伦得利斯生硬地笑了一下，露出被尼古丁熏黄的牙齿："列维·舒梅克。"

9

"感谢你愿意见我一面，"特鲁曼夫人端上大吉岭茶和司康饼时，听到奥克斯探长这么说，"我知道你很忙。"

"哎呀，没有。我一直过着平静的日子。"女管家离开时，雷切尔点头致谢，"同伦敦警察厅的明日之星一起喝茶倒是件新鲜事。"

"我听说，你在一个小岛长大。"

"是的，冈特岛是个很荒凉的地方。多年前，由一位心怀感激的君主赏赐给已隐没在历史长河中的萨维尔纳克。当权派不悭吝奖赏忠诚和谨慎，"她笑言，"虽然一座荒僻的岩石岛算不上什么奖励。堤道另一边的渔村对于童年的我而言似乎就意味着烟火气，家人们互相交流，同欢笑共哭泣的地方。"

"身为独生女，你一定很孤单。当时，你母亲已过世，父亲……身体又不大好。"

雷切尔耸耸肩："有段时间，有个远房亲戚也住在岛上。我们年纪差不多，不过……她也去世了。我必须承认，我并不想念她。那时候我可以游泳，可以攀岩，可以读书。即便在冬季，有时我们接连几天与世隔绝，我也能靠想象力自娱自乐。"

坐在椅子里的奥克斯挪动了一下身体。她语气中的某种东西令他不大自在："伦敦对你来说一定很陌生。"

"不是有人曾经把它描述成一个巨大的污水坑，里面容纳了各式各样游手好闲的家伙吗？"奥克斯目光闪烁，她知道他听出了其中的暗示，"我承认自己就是个游手好闲的家伙，平静的生活令我心满意足。我热衷于沉浸在文字游戏、象棋残局中。"

奥克斯顺着她的目光瞥见嵌入式棋盘："上次拜访时我就很喜欢这幢房子，不过现在它更具魅力，因为它烙上了……你的印记。"

雷切尔报以微笑："我猜，您之前是因公拜访它的前任房主吧。"

"你的消息很灵通。没错，我逮捕了前任房主克罗桑。他喜欢炫耀游泳池和地下健身房，尽管他患有肥胖症且不会游泳。他沉迷于拥有常人——诸如督察们——无法企及的东西。"奥克斯一边说，一边给司康饼涂黄油，"他的张扬毁了他。"

"发人深省的故事。再来点儿茶吗？"

"谢谢，不用了。我记得克罗桑养了一大群用人，殷勤地伺候他。眼下，他在监狱里肯定过着天差地别的日子。可是，你显然只依靠……几个得力的手下。"

"我的需求很简单，探长，所以不需要一大群随从。"

"你的谦逊值得赞赏。"

"我很幸运。我的用人们都非常能干。"

他好奇地瞥了她一眼："你似乎待他们一视同仁。"

"我的疏忽。"她笑道，"有时候，我怀疑这里究竟谁说了算。我——还是他们。"

他清了清嗓子："请原谅我的冒昧，不过，你的女佣，领我进门的那位……"

"您好奇她为何毁容？"

"她的长相很标致，"奥克斯说，"毁容之前，她一定……"

"是个美人？"雷切尔说，"在我看来，她现在也很美，不过她的容貌对她而言是一种诅咒。有个邪恶的家伙垂涎她的容貌，求爱遭拒后恼羞成怒。"

"酸溶液？"他见她点点头，便接着说，"我以前见过这样的伤，伦敦东区有个可怜的姑娘也碰上了类似的遭遇。他们称之为酸腐蚀。但愿那个害她毁容的家伙已经伏法。"

"放心，"雷切尔说，"他得到了应有的惩罚。"

奥克斯似乎还想问些别的，不过雷切尔的表情改变了他的主意。"这房子跟我上次来时有点不同，我发现窗户新安装了钢制百叶窗，甚至楼上也不例外。"他指了指俯瞰广场的那扇窗，"前门的门锁也令我印象深刻，那是新式的美国产品。你换了最新的瑞莱贝尔警报器，我还没见过这样层层防护的私人住宅呢。这里像英格兰银行一样安全。"

"您很善于观察，探长。"雷切尔微笑道，"那么，相信您也注意到我的艺术品位了。它们并不便宜，我得保证它们的安全，窃贼最好别打它们的主意。"

他利落的点头不由得令她想到击剑手挡下对方砍劈后的致意。他接着说："非常明智。"

"现在，开门见山吧。什么风把您这个大忙人吹到我家来了？"

他咽下司康饼："相信你已经读过关于劳伦斯·帕尔多之死的报道了。"

"今天很难错过这条新闻。"

"表面看来，他的案子和克劳德·林纳克的案子出奇地相似。"

"真的吗？林纳克闷死了多莉，而帕尔多先用围巾勒死玛丽-简，再斩首。看似相似，实则有天壤之别。"她垂下睫毛，"对不起，我乏味的措辞困扰您了吗？"

"我说的不是谋杀的作案手段。"他反驳道，"林纳克和帕尔多同属一个圈子。那位艺术家跟帕尔多银行有业务往来，二人都拥有多莉·本森所在剧院的股份。两起案件都存在变态激情的成分，受害者都是迷人的女性……"

"可是玛丽-简·海耶斯的年纪是本森的两倍，而帕尔多比克劳德·林纳克大二十岁。"雷切尔打断他的话，"至于杀人犯之间的社会联系，如果两个富有的伦敦人彼此不认识，岂不是更令人惊讶？"

"没想到你竟然相信巧合，萨维尔纳克小姐。"

"您和两位杀人犯念的不是同一所大学吗？即便得知过去的半个世纪里您的家族一直把资产托付给帕尔多银行我也不会感觉惊讶。权力的世界很小，而且狭隘排外，探长。"

他的脸颊泛起一抹红色："你听起来好像海德公园'演讲者之角'的那群家伙。"

"我的观点与政治无关。我只是想强调任何企图把这两起案件联系起来的人都要拿出令人信服的证据。"

"你好奇合唱团女孩谋杀案，玛丽-简·海耶斯之死呢，也激发了你的兴趣吗？"

"您干吗这么问？因为帕尔多死后，他的认罪新闻占据了所有报纸的头版吗？"她交叉双臂，"我告知你们谁是杀害多莉·本森的真凶时，伦敦警察厅似乎毫不在意。"

"的确，萨维尔纳克小姐。一位年轻的女士指控内阁大臣的弟弟犯下一桩荒唐的罪行，在我们的认知里……有些离经叛道。怀疑在所难免。有个细节报纸没有报道，警方接到了一通匿名电话，得知了帕尔多的死讯。或许，是你打的吗？"

她直视着他的眼睛："不是。"

奥克斯放下茶杯："你确定吗，萨维尔纳克小姐？"

"我不习惯受人质疑，探长。"她站起身，按了一下墙上的铃，"我试图协助伦敦警察厅的一片好心惨遭回绝，还不够糟糕吗？如果这就是您的来意……"

他站起来："如果冒犯了您，我必须道歉。我无意……"

话还没说完，那位被毁容的女佣推开房门，走了进来。"奥克斯探长要走了，玛莎，"雷切尔说，"提醒他带好自己的帽子和外套。"

奥克斯尴尬地伸出手："谢谢你愿意抽空见我，萨维尔纳克小姐。希望我们还能再见。"

雷切尔面无表情："什么怪事都发生过，探长。现在该说再见了。"

告别经济新闻编辑，雅各布返回自己的办公桌前。牛津孤儿之家的舍监埃尔维拉·曼迪夫人发来一封电报，约他第二天上午十点半见面。她提议到玉米市场街的富勒餐厅喝杯茶。

雅各布兴高采烈地回复了一封确认电报，正在兴头上时又收到了佩吉的信息，这个百无聊赖的年轻姑娘负责确保《号角报》的员工不受不速之客的打扰。

"有位女士想见你。"佩吉叹了口气，杂志看到一半被打断让她十分恼火，"叫德拉米尔。"

"没听过这个名字。她想干吗？"

"说有急事要跟你聊聊。"

"什么事这么急？不能等到明天吗？"

"不知道，"她打了个哈欠，"我转告她你已经回家了，好吧？"

"她肯定说了找我有什么事吧？"

"算不上，只说跟一个叫雷切尔·萨维尔纳克的人有关。"

"怎么样？"伦敦警察厅的人离开冈特公馆十分钟后，特鲁曼开口询问状况。

"列维·舒梅克的担忧是对的，"雷切尔说，"奥克斯是个优秀的侦探，他注意到了百叶窗，虽然他还没完全掌握我们翻新的规模。他怀疑我，但是又没有十足的把握。"

特鲁曼坐下来，这把皮革扶手椅似乎不太适合他壮硕的体格："玛莎告诉我，你让他灰溜溜地走了。"

"他受过教育，举止文雅。对于侦探而言，这反而会掣肘。他问我有没有打电话给伦敦警察厅透露帕尔多的死讯，我义愤填膺地否认。他尴尬得忘记再追问一下是不是有人以我的名义致电警方，真是个优雅又能干的家伙。我喜欢看他满脸通红的样子。"

特鲁曼哈哈大笑，声音沙哑而刺耳："还记得舒梅克说过什么吗？奥克斯和弗林特的弱点一样。他们接受的教育告诉他们要尊重财富和社会地位，但是真正吓得他们两腿发软的竟然是一张漂亮脸蛋。"

"别这么早下结论。探长大人还没打消疑心呢。查德威克警司是个老狐狸。他对我敬而远之，但是我相信奥克斯会再次登门。"

"他在你的股掌之间。"

"过誉了。"

"恰恰相反。"特鲁曼咧开嘴，"这个可怜的笨蛋根本不知道自己要面对的是什么。不过，小心基尔里，他可不好对付。共进午餐不是个好提议。现在你依然有机会改变主意，取消邀约。"

"错过品尝拉古萨餐厅佳肴的机会吗？"她摇了摇头，"我不是金丝雀。你可以送我到前门，待我跟威廉·基尔里道别后再到那儿接我。我很期待这顿午餐，这可是千载难逢的机会。"

"你认得我吗？"

女人轻声说，似乎不想让佩吉听见。

雅各布不知所措地伸出手。他对女人的年龄没有概念，也很明智地不作任何猜测，不过他感觉对方年长他一两岁。她身材修长，留着灰褐色的短发，目光暗淡，讨喜的五官因紧张而紧绷。她的手上没戴戒指，脸上也没有雀斑，毫无记忆点，人群中很容易擦肩而过。他不记得以前见过她。

"非常抱歉，但是……"

"老实说，"她握住他的手，"如果你认出我是谁，我会很失望。"

她的笑容略带调笑。雅各布困惑地盯着她。

"我是莎拉·德拉米尔，"她说，"或许你更熟知我的另一个身份，魔幻而神秘的努比亚女王奈费尔提蒂。"

10

"奈费尔提蒂?"雅各布拉长每个音节,试图掩盖自己的困惑。

"信不信由你。"

他抬起手拍了拍脑袋。办公桌后的佩吉放下《电影娱乐》,饶有兴致地伸长脖子,希望偷听到一桩劲爆的丑闻。

雅各布忽然想起他和伊莱恩在虚空剧院看的最后一幕戏:奈费尔提蒂火葬阿努比斯。这就是那天晚上令他神魂颠倒的女人吗?精致的妆容和异域风情的埃及服饰,他认为凡事都有可能。奈费尔提蒂柔软的肢体似乎比莎拉·德拉米尔男孩子气的外形更撩人。他万万没想到,眼前这个瘦小的女人竟然能统率整个舞台,更不必说以一个难以企及的美人形象萦绕在他的脑海中。

"我们在后台入口说过话——两个星期前,"她谨慎的元音发声并没有完全掩盖她的伦敦血统,"你的同伴问我要了签名。"

天哪,她记得他!当时伊莱恩再三坚持,于是二人也加入长龙,只为索要一个奈费尔提蒂龙飞凤舞的签名，丰富她的明星签名册。

"伊莱恩，我房东太太的女儿。"他觉得有必要解释一下，"她只是个朋友。"

莎拉·德拉米尔面露微笑："她搂住你的胳膊时，我注意到她眼中流露出一种主人翁的神情。我敢打赌在她心里你不只是个朋友。印象中，她是个非常漂亮的年轻姑娘，还有一头绚丽的红发。你很幸运，弗林特先生。"

"她是……好吧，不打紧。"挫败感涌上心头，他问道，"所以你真的是奈费尔提蒂女王？"

"是的，如我所说，我叫莎拉·德拉米尔。没错，我也是个魔术师，艺名叫奈费尔提蒂。"

"你吓了我一跳。我完全没想到。"

"现实生活里，我不是任何人心目中的努比亚美人。"她叹了口气，"我喜欢表演，但是我要保持真实的自我。我不想完全失去它。"

"放心，没有那种风险。"他说，"你竟然还记得那个签名，完全出乎我的意料。被成群的粉丝簇拥，想必你已经习以为常了吧。"

她又露出揶揄的微笑："或许你应该高兴，而不是惊讶。"

他结结巴巴地掩饰自己的困惑："但是……你怎么知道我的名字，还有我在哪里工作？"

"你那位女性朋友介绍过你，你应该没忘吧？显然，你的记者身份令她与有荣焉。不知道为什么，你……一直在我脑海中挥之不去。"

"你记性真好，德拉米尔小姐。我能为你做些什么呢？只要我做得到，我都愿意帮忙。"

"你很擅长提问，弗林特先生。回答这些问题或许要花一点儿时间。"她瞥了一眼张着嘴巴恬不知耻地偷听的佩吉，"我们能找个僻静的地方谈谈吗？用不了太长时间。今晚跟往常一样，我在虚空剧院有演出，不能迟到。说实话，我其实根本不应该来这儿。"

她的声音有点颤抖。她在害怕什么？

"我们去马路对面的酒吧喝一杯，然后……"

"不要，求你了。"她呼出一口气，努力让自己平静下来，"别误会，我们不能一起出现在公共场合。"

"但那是一家私人俱乐部……"

"不行。"令人难以置信的是，她在恳求他，"那里不……不安全。"

他灵机一动："这栋楼后面有一间空办公室，那儿没有人打扰我们。"

"谢谢你，弗林特先生……我可以叫你雅各布吗？"

"请便。"

"就叫我莎拉吧。太感激你了，雅各布。我得找个人聊聊，但我实在想不出还能找谁。你今早的新闻报道激励了我，我想我可以信赖你。"

莎拉可能有些紧张，然而领着她穿过狭窄的走廊往汤姆·贝茨的办公室走时，雅各布发现很难抑制自己趾高气扬的情绪。办公室跟汤姆离开时别无二致，纸和书堆得到处都是，以及数不清的咬过的铅笔头。这个杂乱不堪的房间是他用来摆脱法灵顿路那家简朴、整洁的公寓的临时避难所。乱糟糟的办公桌，一张灰蒙蒙的照片塞在打字机下几乎看不见的角落里。雅各布抽出照片，看见十五年前的莉迪亚·贝茨正朝着镜头害羞地微笑。

莎拉·德拉米尔脱下外套，雅各布接过来往门上一挂。她穿着一件妩媚的金色薄纱长袍，脖子和手腕缠着一圈奶油色的狐狸长毛。这一套虽然尚不如奈费尔提蒂女王的戏服大胆，但是显然更符合他对女演员着装的既有印象。雅各布帮她拉开椅子，自己走到办公桌后面坐下。霸占一个仍旧徘徊在生死边缘之人的位置似乎不太妥当，不过贝茨自己也说过记者不适合过于多愁善感。

"给我讲讲你的故事吧，德拉米尔小姐。"恢复镇定的他露出鼓励似的微笑，"以你自己的方式和节奏。"

她清了清嗓子："你知道吗，这很有趣。站在舞台上，我很容易沉醉于表演中。不知道为什么，跟你说话却完全不一样。"

他感觉一阵热气涌上脸："好吧，我不咬人。"

她不好意思地瞥了他一眼："我的成长经历并不是一帆风顺，但是我始终想登上舞台。小时候，我常读一些关于巫师的故事，模仿他们的咒语，乐此不疲。我迷上了魔法。约翰·奈维尔·马斯基林是我的偶像。后来，威廉·基尔里听说我算是个还不错的魔术师。你肯定知道他。"

雅各布点点头："据说他是西区最多才多艺的表演者，也是最富有的。虚空剧院的拥有者，对吗？他还涉猎其他许多领域。"

"基尔里先生——威廉——给了我一个机会。随着时间的推移，我逐渐崭露头角，最终创造出奈费尔提蒂女王。虽然我不该这么说，但是那时候我已经是一个成熟的魔术师了。我热爱耗时耗力的魔术。飘浮术，赋予自动机生命……"

"伊莱恩和我都喜欢你的压轴表演，那个火葬戏法，"雅各布说，"你怎么做到的？我一直想不明白。"

她咯咯笑道："那恐怕是我的小秘密，弗林特先生，不过还是要谢谢你。威廉信任我，我永远心存感激，但是……"

"但是？"

"我不喜欢他的朋友。"她咽了口唾沫，"尤其是那两位持有剧院股份的家伙。一个是克劳德·林纳克。"

雅各布坐直身子："杀害多莉·本森的那个？"

"没错。"莎拉打了个冷战，"我厌恶他。虽然他很有钱，受过教育，但是他的行为令人不齿。他自诩艺术家，甚至曾问过我愿不愿意做他的缪斯——无礼！我建议他画点别的，谁知他又看上了多莉。不过，我确实没想到他会因为求爱遭拒而痛下杀手。或许你还记得她的未婚夫，乔治·巴恩斯，剧院的后台工作人员。那是个脾气火暴的家伙，警方一度断定他因为多莉解除婚约，一怒之下勒死了她。如果我早点儿说出来，他就不用受这份苦了……"

"你不必自责。你现在已经说出来了。"

她的笑容中闪烁着感激之情："接着是帕尔多先生，那个银行家。他是另一个让我不齿的家伙。不管什么时候，他跟剧院里的女孩聊天，都管不好自己的手。"

"还有其他关于帕尔多的事吗？"

"那个可怜的女人在考文特花园遇害前一天，我听见了他和威廉的对话。这正是我来找你的原因，我读过你刊登在《号角报》的报道。帕尔多的尸体被人发现时，你就在现场。你的报道中提到了萨维尔纳克大法官。"

"没错。"

"帕尔多提过一个名叫雷切尔·萨维尔纳克的女人。他非常激动，嗓门很大，刚好被我听见。当时演出即将开始，我待在我的更衣室。隔壁就是威廉的房间。你知道他扮演什么角色吗？"

雅各布摇摇头："他的名字不在节目单里。伊莱恩还很失望来着。"

"威廉希望保守这个秘密，不过表演达到高潮时，他就在我的身后。还记得阿努比斯吗？"

"那个长着胡狼头的死神，"雅各布说，"那个被奈费尔提蒂摧毁，不料又起死回生的家伙。"

"没错。嗯，我听见帕尔多问威廉知不知道那个女人在干什么。威廉肯定否认了，因为帕尔多紧接着开始大喊大叫。他说雷切尔·萨维尔纳克不应该窥探别人的私事，否则就要为此付出代价。如果他不处理她，换其他人来。威廉试图安抚他，但是帕尔多像个疯子一样咆哮，太可怕了。最后，威廉嘱咐他先行离开。演出照计划开始，但是我看得出威廉很苦恼。等我们单独待在一起时，我问他发生了什么事，他又装出一副若无其事的样子，称自己感觉前所未有的好。"

"你没有提及你听到的争执吗？"

"当然没有！"她的脸惊恐地皱成一团，"我不希望他觉得我是个爱管闲事的人。我担心得要命，举棋不定。后来，我读了你的报道，得知凶手是帕尔多，他就是在考文特花园残杀那个可怜姑娘的畜生。"

"威廉·基尔里和帕尔多的关系好吗？"

"无论在哪儿，威廉都是灵魂人物，只要跟他相识五分钟，他就能让你感觉你们已经认识了一辈子似的。帕尔多愚笨又无聊，假惺惺的。二人没有任何相似之处。"

"除了钱。"

她吸了吸鼻子："我想是这样。"

"我还是不明白你为什么来见我。"

"因为我担心那个女人，雷切尔·萨维尔纳克。虽然我听不懂他们说的话，但是帕尔多是个杀人犯，林纳克也是。尽管帕尔多已经死了，但是我依然认为她有生命危险。他跟一群坏人勾结在一起。"

"你考虑过报警吗？"

她掩住嘴："绝不可能！"

"因为你忠于自己的老板？"

她纤弱的身体抖似筛糠："你不明白，雅各布。我只能说，威廉·基尔里拉了我一把，让我进入虚空剧院，救我于水火。我永远亏欠他。"

"你说得对，我不太……"

她垂下眼睛："我年轻时，做过一些事情，一些让我永远蒙羞的事，所以……嗯，我根本不打算找警察。每次碰见巡逻的警察时，我都感觉不舒服。"

他不知道该说些什么，"很抱歉……"

"不，该说抱歉的是我。来这儿是个错误的选择，我交浅言深了。"她站起身，"谢谢你听我说这些，弗林特先生。很抱歉打扰你，请忘记这段对话。"

当她拉开门时，他说："等一下！"

她转过身，眼眶蓄满眼泪。

"我愿意帮你，只是不知道你想要什么。"

"我自己也不太清楚。来这儿实在是个愚蠢的选择，太冒险了。我不应该管别人的事。再见，弗林特先生。"

她快步走进走廊，雅各布紧随其后，快到大厅前终于追上了她。"求你了，"他气喘吁吁，"告诉我——你想让我做什么。"

看着她皱成一团的脸，他的胃一阵翻腾。眼前这个脆弱、惊慌的女人真的是舞台上昂首阔步，用令人眼花缭乱的戏法和表演把观众耍得团团转的那个魔幻而神秘的埃及女王吗？

"我脑子里很混乱，弗林特先生。我不知道自己无意中听到的对话有没有意义。帕尔多的死或许已经终结了整个烂摊子。我可能只是无缘无故地折磨自己。"

"你自己都不信。"

"不。"她闭上眼睛，"我想我不信。"

"那么——你想说什么？"

她声音颤抖地说："还记得多莉·本森和玛丽-简·海耶斯的遭遇吗？我相信下一个受害者就是雷切尔·萨维尔纳克。"

朱丽叶·布伦塔诺的日记

1919年2月1日

亨里埃塔是我唯一的客人。她为人善良，很少在整理房间的问题上唠叨我。这并不是说她的活儿不够多。村子里的人厌恶大法官。任何为他效力的人都有被孤立的风险。这也是他雇用管家时最终选择布朗的原因，那是我见过最粗鲁的家伙。我根本不相信布朗曾做过管家。我注意过他看我母亲的眼神，甚至每次那个临时工的妹妹向亨里埃塔求助时，我就知道他又暗中作祟了。

我不敢相信父亲离开我们这么久，再回来时只能待一个星期。他看起来比那个声称圣诞节前就能结束战斗的意气风发的士兵老了很多，那时他还曾许诺教训完德国兵后就带我们离开这里。

1914年——登上这座岛之前，我没见过大法官。我母亲也没见过。我们不属于上流社会，尽管雷切尔告诉我这一点之后我才意识到。

我父母失踪前一天的晚上，我偷听到他们喝酒时的谈话。父亲说他见识过雷切尔的真面目后，非常后悔把我们送到冈特岛。

"那个疯丫头说她心脏疼，求我帮她……检查一下。我严词拒绝

并建议请医生过来，她大发雷霆。我说我要把她的言行告诉大法官。"

"浪费时间，"母亲疲倦地说，"大法官脑子糊涂了，完全被她玩弄于股掌之间。我从没见过哪个孩子如此热衷于控制其他人，就像木偶剧里的提线木偶。她想诱惑你行差踏错，这样就可以胁迫你听从她的命令。她就是通过这样的方式奴役哈罗德·布朗的。"

"我必须带你们俩离开这里。"

"明天退潮，抓紧时间吧。如果你拒绝过雷切尔，她不会善罢甘休的。"

我父亲哼了一声："一个孩子能翻起什么水花？"

我理解他的轻蔑从何而来。他熬过战争，幸存下来；一个十四岁的孩子又能构成什么威胁？

然而第二天清晨，亨里埃塔告诉我，我的父母失踪了。

11

　　威廉·基尔里握着雷切尔的手,时间已经超过了陌生人之间通常建议的五秒钟礼节时长。她猜他本打算吻她一下,思虑再三又放弃了这个想法。这种克制并非源自他的本性,不过是不敢放肆对待萨维尔纳克家的人罢了。

　　一位浑身散发香水味的年轻侍者引领她穿过拉古萨餐厅,来到餐厅后方不显眼角落的主桌旁。餐桌正对着古典三重奏乐团。高悬的丝质气球灯、厚实的朱红色地毯和黄色格纹锦缎窗帘营造出一种奢华的氛围,陈列的1860年巨瓶白兰地年份酒则将拉古萨餐厅的荣耀展露无遗,这里不仅收藏了伦敦稀有的名酒,同时也出品伦敦最奢侈、最昂贵的餐食。

　　"美术馆参观得愉快吗?"他问。

　　"很……令人难忘。"

　　"或许有一天我有幸能参观一下你的……艺术收藏?"

雷切尔笑着说："我也很想去虚空剧院看你的演出。"

"我给你安排剧院最佳的观赏位置！目前正在上演一场精彩的演出。我的演出很……少见。我要暂时告别幽默短剧和歌舞节目。"

"我听说你现在正跟一位女魔术师合作？"

"奈费尔提蒂，是的——这姑娘天赋异禀，能让所有人相信魔法的存在。她的拿手好戏是让自动机像人类一样鲜活。我俩联手奉献了一场绚丽的精彩表演。"他斜靠着桌子，压低声音，阴沉地耳语，"我扮演阿努比斯，死亡与来世之神。奈费尔提蒂先火葬我……然后再赐予我生命。"

"真不可思议，"她喃喃地说，"掌控生杀大权。"

注意到她的凝视，他拿起菜单："我能为你推荐达尔马提亚咖喱吗？一道由洋葱、番茄和水果制成的甜食，最后淋入鸡蛋，滋味绝妙。无论如何，餐后甜点我都想推荐罪恶的拉古萨栗子巧克力。"

他修剪得当的手指打了个响指，侍者仿佛瓶子里召唤出来的精灵一般应声出现。男孩的身上有一股淡淡的麝香味。高高的颧骨证明了他的斯拉夫血统，雷切尔发现他和他的同事们仿佛都是一个模子里脱出来的。纤细，漂亮，不超过二十一岁。男孩带着他们的菜单走进厨房，基尔里接着介绍起这家店的老板，称对方曾是巴尔干半岛的流亡者，其独到的品位绝不限于食物和酒水。

"卢克是天生的艺术家。即使没兴趣当侦探的人也能从他选择的装饰中解读出很多东西。"他瞥了她一眼，"说起这件事，我听说你对虚空剧院遭遇的可怕悲剧很感兴趣。"

"我从小就对犯罪案件感兴趣。要怪只能怪遗传吧。"

"大法官拥有全英格兰藏书最丰富的私人图书馆，不是吗？他以搜集关于犯罪和罪犯的书籍为乐。"基尔里咯咯笑道，"孤岛的漫长冬夜，我猜你花了很多时间浏览这些著作吧。"

"你猜得没错，"她说，"几乎我所知道的一切，都要归功于那个图书馆。我如饥似渴地阅读我能找到的任何一本书，从布莱克斯通到理查德·弗朗西斯·伯顿爵士，从笛福到大仲马。直到最近，我开始喜欢R. 奥斯汀·弗里曼先生和赛耶斯小姐。"

古典音乐乐手们开始演奏，基尔里用手指敲了敲桌子："你喜欢舒伯特吗？"

她笑着回答："我更喜欢鲁迪·瓦利。"

侍者呈上他们的菜肴，接着一边为基尔里斟酒，供他品鉴，一边朝他眨了眨带有长睫毛的眼睛。那个爱尔兰人若有所思地闻了闻，露出火炉一般温暖的笑容，示意接受。咖喱又辣又甜，雷切尔细细地品尝每一口。最后，基尔里把盘子推到一旁。

"得知可怜的多莉遇害，你很震惊，于是着手寻找罪魁祸首？"

"我没见过她，"雷切尔说，"不过不能纵容这种杀人凶手逍遥法外。你跟多莉很熟吗？"

"没比合唱团的其他成员更熟。女孩们总是来了又走，你可以想象。多莉失踪时，我们还以为她跟哪位仰慕者私奔了。她很可爱，但是以任性著称，或许还有点愚蠢。"

"你难道没听说过，女孩子在这世上最好的出路就是当一个美丽的小傻瓜吗？"

基尔里在椅子里挪动了一下："没人质疑这有什么不对劲。"

"然而，她突然终止了婚约。"

"可怜的乔治·巴恩斯，"他重重地叹了口气，"小伙子不错，是个技艺高超的手艺人。他比多莉大，很看重这段感情。她好像结识了个有钱人，跟人家跑了。其他姑娘都说她变得神神秘秘，大家怀疑她交往了比巴恩斯更风流倜傥的家伙。唯一的疑问——她究竟是一去不复返，还是等新男朋友移情别恋后再灰溜溜地回来？发现她的尸体时，我们都吃了一惊。巴恩斯被捕的时候更是如此。"

"他是替罪羊。"

"于心，我很难怪罪警察。警方指控巴恩斯嫉妒心作祟，于是诉诸暴力。他脾气暴躁，曾经有个同事冒犯多莉，结果被他打断了胳膊。我平息了那次小争端，然而多莉遇害后，警察很快就得知了这件事。"

"你不相信巴恩斯是凶手吗？"

"我觉得我有责任照顾他。他是虚空剧院的忠仆。当然，我出钱帮他请了代理律师。"

"尽管你一直很低调，鲜少宣扬自己的慷慨，但是我依然听到一些传闻，"雷切尔说，"善意之举。"

他对恭维不屑一顾："我不忍心看到为我效力的人上断头台。可惜，法律自有其道理。"

"你怀疑他的清白？"

他闭上眼睛："所有的证据都指向他。"

"那些都是间接证据。"

"但是令人信服。"甜点端上桌，基尔里往后靠在椅背上，"鲁弗斯·保罗检查了尸体，从那个可怜姑娘的头发里发现了一截线头，刚好跟巴恩斯衣柜里的一件运动衫相吻合。"

"巴恩斯是多莉·本森的男朋友，这完全能够合理地解释鲁弗斯·保罗的发现。交互讯问时，保罗先生也不得不承认这截线头证明不了什么。"

"即便如此，对于可怜的巴恩斯而言情势也很不妙。"他摇摇头，"想必你雇用了私人侦探调查过这件案子吧？"

"是的，我得确保自己掌握全部案情。第一次造访加西亚画廊时我偶遇了克劳德·林纳克。"

"你推断他是个杀人犯，或者依靠直觉？"

雷切尔抿紧嘴唇："林纳克经常光顾虚空剧院，不止一个年轻姑娘吸引过他的目光，最后都对他古怪的癖好有所顾忌，不了了之。他至少造成两人重伤，不惜花一大笔钱摆平。你没有听过这些传闻吗？"

"大家都知道他喜欢——我们可以这样说吗——平民阶层的姑娘，但是他看起来没有恶意。如果每个自私自利的浪荡子都是杀人犯的话，我们的人口将大幅减少。"基尔里依旧挂着轻松的笑容，但是雷切尔发现他的眉头越拧越紧，"请务必让我明白其中的缘由。你究竟为什么指控克劳德·林纳克谋杀？这起案件又有什么隐情能逼得他服毒自尽？"

年轻的侍者端来咖啡，面带愠色，或许因为基尔里只盯着雷切尔。

"我只能说他的死映射了他的人生。他是个懦夫。"

基尔里伸出宽大的手掌，搭在她的手上。"我没见过几个女人这么有主见，"他讷讷地问，"最近又发生什么骇人听闻的案子了吗？我能问问你有没有帮劳伦斯·帕尔多的受害者伸张正义吗？"

雷切尔抽出手："据我所知，他留下一份详细的认罪书，然后锁上房门自杀了。"

"作为狂热的犯罪学爱好者，你知道认罪书靠不住。"

她瞪大双眼："我忘了！帕尔多不是也跟虚空剧院有关系吗？或许你知道一些我不知道的内幕？"

他的脸抽搐了一下，仿佛被自己信赖的宠物咬了一口："很遗憾，并没有。帕尔多是个性情古怪的家伙。我们之间，我向来不太关注他或者林纳克。尽管我从没想过他们会杀人，但是他俩给我的印象一直……相当令人不齿。"

"非常敏锐。"

"有时候，我对人有一种直觉。就像我对你一样，我不会拐弯抹角。我觉得你非常迷人。"

"这话说得真讨喜啊！"雷切尔往后挪了挪椅子，像是准备离开，"说真的，我很期待在虚空剧院见到你。"

他隔着桌子探过身："现在就去剧院，我带你参观后台。"

"不知道比安奇夫人同不同意。"雷切尔淡淡地说。

他眨眨眼："奇亚拉和我没有结婚，你知道的。我们……达成了共识。"

"我相信她非常善解人意，"雷切尔笑着说，"只是我的司机怕是已经在等我了。"

"太遗憾了。那么，或许演出结束后？"

"或许吧。"她站起身，伸出手，"如果你有空见我的话。"

他端详着她平静的面孔，有一瞬间他有些踟蹰。他咽了口唾沫，说道："你知道吗，雷切尔，你让我想起你的父亲。"

"我跟大法官截然不同，"她说，"不过，我确实相信正义。"

12

"您这么快就同意见我一面，真是太感谢了。"随着雅各布的开场白，曼迪夫人举起印着富勒字样的白色杯子，凑到薄薄的嘴唇边。

雅各布往茶里挤了点柠檬，露出讨好似的微笑，不过对方丝毫没有回应。他头很痛，他也不清楚一杯伯爵茶是否能缓解眼下的状况。睡过头的他勉强赶上了开往牛津的火车。

他和伊莱恩昨晚熬到很晚，二人先去看了《苦尽甘来》，缓解了近期浓度过高的谋杀、谜案和魔术师带来的压力。之后，又跑到朗埃克街一家破旧的酒吧喝了几杯鸡尾酒，一路唱着《有缘再见》返回阿姆威尔街。一进家门，伊莱恩立刻给他俩每人倒了一大杯她母亲的杜松子酒，两人在沙发上迷迷糊糊地腻了一会儿，后来她松开手，吵着要去睡觉。雅各布当然还没醉到要陪着一起去的程度。

宿醉后的清醒迫使他放弃了惯常丰盛的早餐，这会儿肚子饿得咕咕直叫。雅各布贪婪地瞥了一眼隔壁桌，一对老夫妇正狼吞虎咽地吃着撒了糖霜的核桃蛋糕。不幸的是，早在他赶到之前，曼迪夫人已经完成点单。她大概习惯了帮其他人做决定。

曼迪夫人坐在距离窗户最近的桌子旁等他，看着学生们大步走过玉米市场街，仿佛他们不仅拥有窗外的街景，更拥有整个世界。她手里的活儿没停，正忙着用鲜绿色的毛线给孩子们织围巾。曼迪夫人身材矮小、瘦削，留着一头银白色的短发，身穿及踝的灰色狐皮大衣，沉默寡言。她一开口就带着明显的苏格兰口音，语气利落、严肃，这种说话方式在过去的三十年里对她而言一定助益良多。

雅各布又试了一次："我猜，孤儿院的工作一定很忙吧？"

"我要去一趟银行，所以约你在这里见面比较方便。我不喜欢在家里招待记者。"

"有其他媒体打扰你吗？"雅各布的表情流露出同情和关切。

"不堪其扰，弗林特先生。"一根织针轻敲桌沿儿强调着这件事的严重性，"像我们这样的机构必须依靠既定的程序才能维持有效的运转。整起案件引发了极大的动荡。可怜的海耶斯小姐在孤儿院工作了不到六个月，可是你佛里特街的同僚们一听说我们曾雇用过她，立刻像秃鹫一样扑过来。"

"真让人生气。这类犯罪的后果难以言喻。我昨天到伦敦南部拜访了她的姐姐，她期望我们的读者将玛丽-简的形象视作一个正派女人。"

"她确实是。整件事让我非常难过，我根本不忍心看新闻。天知道她的亲朋好友是什么感受。"

"正是如此，曼迪夫人。"

"好吧，你想要我做什么？我约了出租车一会儿来接我回办公室，给你五分钟应该足够了。除了那些已经众所周知的东西，我不知道还能告诉你点什么。"

"玛丽-简为什么离开孤儿院？这似乎很奇怪。她甚至没找好下一份工作便决意离开牛津，返回了伦敦。"

曼迪夫人叹了口气："我们对她寄予厚望。她的简历没得挑，我和前信托主席面试她时都对她印象深刻。她申请的职位刚刚设立。我打算不久之后就退休，副舍监这个职位只是块敲门砖。玛丽-简似乎有潜力成为一个合格的接班人。不幸的是，她低估了之前的工作和职责繁杂的副舍监之间的差距，她觉得自己很难适应。"

"这是她告诉你的？"

"噢，是的，她非常老实。我尽了最大的努力鼓励她，升职从来都不像表面看起来那么容易。她有一种可怕的自卑情结。她每每抱怨自己不可能胜任舍监的角色时，我都直截了当地斥责她在胡说八道。很多年前，我接管孤儿院时也一样惴惴不安。"

雅各布难以想象眼前这个坚强的女人也有没有把握的时候："她依然没能打消顾虑？"

"她说，三十年前，孤儿院规模很小，责任有限。她喜欢当护士。负责一个慈善机构复杂的财务工作、同信托人打交道、监督所有工作人员，这一切对她而言都很陌生。"

"于是她辞职了？"

"她的雇用条款中要求辞职需要提前一个月通知，但是当时她情绪沮丧，急于离开，所以我同意——其他信托人也勉强同意——她可以不履行这项义务。"曼迪夫人闻了闻手中的伯爵茶，心满意足地呷了一口，"结果，我又要从头再来，现在依然在寻找能接替我的人，只有保证孤儿院安全无虞，我才能安心去圣安德鲁斯享受平静的退休生活。"

"她曾经提过劳伦斯·帕尔多这个名字吗？"

"行凶的那个男人？"曼迪夫人挑起眉毛，"你是说他们以前认识？"

"是的，帕尔多看起来确实认识她。"

她的小眼睛锐利地审视他："我可以坦率地说，她从未跟我提过他。"

"你确定吗，曼迪夫人？"

"当然，弗林特先生！"她的轻蔑像鞭子一般，"我一度寄希望于你是个与众不同的记者，不同于那些包围孤儿院、妄图凭空捏造出一桩丑闻的家伙，那些人妨碍了我们的正常工作，耽误我们帮助那些一出生就处于恶劣环境的女孩。我现在才意识到自己简直是异想天开。"

"对不起。"雅各布顿时无地自容，"我不是那个意思……"

"我已经兑现了自己的承诺，给了你五分钟时间。现在我必须跟你道声再见。"

说完，她抓起针织包，起身就走。雅各布半欠着身子，伸出手，然而她并没有理会，快步走出门，消失在玉米市场街的喧闹中。他没打算跟上去。他把谈话搞砸了，想赶紧吃一块令人垂涎欲滴的核桃蛋糕安慰自己。

同穿着黑色制服、白围裙的年轻女侍者闲聊时，雅各布不由得怀疑自己是否漏掉了些什么。曼迪夫人声称玛丽-简从没提过帕尔多，他觉得对方的话很可信，但是她的措辞很谨慎。不过，仔细一想，她的回答又有点像律师的诡辩。

品尝核桃蛋糕时，雅各布断定女舍监没有透露全部真相，试图佯装愤怒转移他的注意力。直觉告诉他，玛丽-简非但认识帕尔多，曼迪夫人对此更是心知肚明。

返回帕丁顿的途中，火车驶过乡间，雅各布头脑中又涌现出其他念头。即便曼迪夫人的话有水分，但是她也有理由闪烁其词，搪塞记者。雅各布质疑她的回答，可是毫无疑问，在她担任孤儿院舍监的三十年里，这种情况十分罕见。她难免产生敌意。

曼迪夫人同艾格尼丝·戴森一样，将玛丽-简离开牛津的原因归结于她无法肩负更多的责任。貌似有些道理，但是雅各布想知道玛丽-简是否在生命的某个阶段同帕尔多有过恋情。或许，二人相识于伦敦，玛丽-简却因为事业心结束了这段关系，搬去牛津。假如帕尔多追求她，或许能说服她放弃孤儿院的工作，返回首都。帕尔多的巨额财富意味着考虑二人共同的未来时，她不需要立即寻找新工作。如果她最终决定不委身于他，他的愤怒……

也许。假设。或许。如果。

雅各布向车窗外望去，沮丧的目光吓坏了一群羊。为什么欺骗自己呢？他对玛丽-简的谋杀案毫无头绪，就像他对雷切尔·萨维尔纳克一无所知一样。

同莎拉·德拉米尔聊过之后，雅各布马上给雷切尔发了一封电报，请求再次见面。一跨进《号角报》大楼，他立刻询问有没有人找他。正在看哈罗德·劳埃德首部有声电影的佩吉抬起头，答了一声"有"——不过她并不知道是谁——只是递过一个写着他名字的廉价信封。雅各布撕开信封，抽出一张匿名字条，上面草草地写着："一点钟埃塞克斯拐角见。"

他认出字条上谨慎而幼稚的字迹。斯坦利·瑟罗——他在帕尔多家门外遇见的那位警官，对方肯定有他感兴趣的消息。埃塞克斯街和斯特兰德大街拐角处的那家小酒馆是二人见面的固定地点。瑟罗喜欢喝酒，偶尔也赌一赌马，不过他新婚的妻子最近刚刚诞下两人的第一个孩子，手头难免有些紧。作为警方内部消息的回报，雅各布很乐意有所表示，于是他包了一份现金当贺礼，嘱咐他的朋友"给孩子买些东西"。没什么坏处。你帮我，我帮你嘛。

"我拿了新毛巾来。"特鲁曼夫人说。

她站在通往屋顶的楼梯顶端，面前是半环形的游泳池。屋顶的四分之三是用玻璃搭建的巨大暖房；其余部分则是屋顶花园，散落着户外椅和盆栽植物，屋顶边缘砌了一堵齐膝高的矮墙，站在这里能够俯瞰房子背面、棚屋和远处的花园。暖房里有一大片休息区，尽头安置了一台留声机，还有一块可以在星空下跳舞的空地。供暖系统确保在伦敦每个凉爽的清晨，这里的室温都能接近戛纳或者蒙特卡洛的温度。

雷切尔喜欢水。游泳在冈特岛仿佛一种逃避现实的幻想。在伦敦拥有一幢带屋顶泳池的豪宅是相当奢侈的，而这也只不过花费了萨维尔纳克家族财产的九牛一毛而已。她浮出水面，红绿条纹游泳衣勾勒出她的曲线。雷切尔脱下橡胶泳帽，甩了甩黑色的头发。

"游一圈吗？"

特鲁曼夫人看着这件低胸连体泳衣直皱眉："我们还有些活儿要干。"

雷切尔伸手取了一条土耳其浴巾擦拭身体："你的手都磨红了。如果你需要的话，我再找人帮你。"

年长的女人摇摇头："你不是在建议我们雇用孤儿院推荐的人选吧？"

雷切尔不怀好意地笑了笑："这难道是个疯狂的主意吗？"

"看在上帝的分儿上！你的幽默感很独特，我总听不出你是不是在开玩笑。"

"你不必这样，"雷切尔说，"你不必留在这儿。以你俩存在银行里的钱……"

"不要曲解我的话。你知道你可以依靠我们。"

"是，"雷切尔说，"我知道。"

瑟罗大步走进酒吧时，雅各布面前的吧台摆着两品脱冒着泡沫的啤酒。瑟罗看起来睡眼惺忪，唯恐喝酒时睡着，他提前道歉。婴儿正值长牙期，父母们彻夜难眠。

"敬家庭幸福。"二人碰杯时，雅各布如是说道。

"干杯，小弗。"瑟罗咧嘴一笑，"或许用不了多久又要为别的喝一杯了。"

"你的好太太不会又怀孕了吧？"

"我的天哪，不是。即使是，至少现在她还不敢公开。"瑟罗的笑容愈加放肆，"别声张，不过很快你就要高看我一眼了。我收到风声，圣诞节前我会升任侦察警长。"

雅各布拍了拍他的后背："恭喜你，斯坦。"

"虽然不该高兴得太早，但是我已经预定了一星期的布莱顿之旅庆祝。到时候天气似乎很糟糕，管他呢。不过，并不是只有我一个人有东西炫耀，快读一读你那篇报道南奥德利街的文章。"他宽大的手掌紧抓着雅各布的胳膊，"你出现时，我简直不敢相信自己的眼睛。知道是谁给你通风报信了吗？"

烟雾缭绕的空气像伦敦有害的黄色浓雾一样让雅各布不停地咳嗽，转移了他的注意力："谁知道呢，我觉得这无关紧要。我猜伦敦警察厅已经结案了。"

"好吧。查德威克警司是个不错的家伙，只想过风平浪静的日子，老马尔赫恩极其亢奋。有趣的是，奥克斯现在很紧张。他似乎不相信帕尔多打发走用人只为了饮弹自尽。"

"为什么不相信？"

"据他说，太简单了。然而，生活并非总是一团糟，不是吗？我们都有资格偶尔碰碰运气。"

"像奥克斯这样的聪明人肯定心里有谱。"

瑟罗喝光杯子里的酒，雅各布示意酒保再来一杯。

"干杯，小弗。我敢打赌你说得对极了。"

"这就是你想见我的原因吗？"

"有些东西……"瑟罗喝了一大口啤酒，"对我而言无所谓，不过似乎很困扰奥克斯。"

"继续说。"雅各布从夹克里掏出一张钞票，塞进警察宽大的手掌里，"请个临时保姆，请你太太吃顿大餐，代我向她问好。"

"真够朋友，小弗。"

瑟罗呼出的酒气扑在雅各布的脸上。"那么，奥克斯苦恼些什么呢？"雅各布问。

"警方在帕尔多藏匿玛丽-简·海耶斯脑袋的箱子旁发现了一枚棋子。一枚黑兵。"

"你对此有什么看法？"

"如果帕尔多的机要秘书没说谎的话，帕尔多不会下棋。那个秘书很热心，参加过锦标赛，是基尔本国际象棋俱乐部的队长，但是据他称，帕尔多对象棋不感兴趣。"

"有什么不寻常的吗？"

"事实证明，帕尔多是某个国际象棋俱乐部的成员。"

"秘书肯定知道吧？"

"不，这正是奇怪之处。警方告诉他时，他大吃一惊。"

"或许帕尔多只是不想跟他下棋，不想冒险输给用人。"

"警方搜查了整栋房子，从阁楼到地窖，可是既没找到棋具也没找到棋盘，更别说少了一枚棋子的国际象棋了。"

瑟罗把剩下的酒一饮而尽。雅各布朝空杯子点了点头："听起来是个还得再来一杯的问题。"

"嗯？"瑟罗看了一眼金怀表，"对不起，伙计。最好还是回去吧。"

"你们怎么知道帕尔多是国际象棋俱乐部成员的？"

瑟罗压低声音："因为他的遗嘱里提到了。"

"遗嘱？"身旁吵嚷的酒徒们迫使雅各布伸长脖子，"我没听明白。"

"他留下一小笔财产……"瑟罗清了清嗓子，模仿起枯燥无味的老律师铿锵的语调，"听凭受托管理委员会处置，供我的朋友们和弃兵俱乐部的棋友们之用。"

13

　　雅各布的下一站是白教堂区，他打算跟列维·舒梅克聊一聊。此前，他同私家侦探打交道的经验有限，结果也不尽如人意。在利兹，他碰到过一些卑鄙的家伙，帮助客户搜集——或者伪造——离婚诉讼的证据，又或者追讨欠债人无力偿还的债务。不过，根据他打探来的消息，舒梅克似乎截然不同。

　　舒梅克的名字从未见诸《号角报》，又或者其他任何报纸。他无须宣传自己的业务，光是满意客户的推荐就能让他忙得不可开交。雅各布从未听说哪个私人侦探能拥有这样的口碑。

　　同曼迪夫人的牛津会面仿佛被跳蚤咬了一口，一想起来便隐隐发痒。如果他能激怒一个一辈子费心照顾孤儿的老太太，那么撬开一张守口如瓶的嘴或许根本是不可能的挑战。舒梅克不是斯坦利·瑟罗，雅各布没什么办法确保他开口。他又不可能开出比雷切尔·萨维尔纳克更高的价格。

雅各布骑着自行车在倾盆大雨中穿行，思考着如何赢得舒梅克的信任——假设能找到他。他打定主意不再刻意约见，以免遭到拒绝。雨天的街道空荡荡的。他放慢车速，在昏暗中张望，寻找目的地。

这就是那条街，街角有一间打烊的馅饼屋（炖鳗鱼和土豆泥随时供应）。一位戴着破毡帽的疲惫老人，步履艰难地往家走，浑身淋得湿透。根据对方胳膊下夹着的古董手风琴推测，雅各布断定他不是舒梅克。他停在一间双开门的咖啡店兼餐厅门外，门口写着：特色菜——鳕鱼、鲱鱼、腌鱼和咸鱼——货真价实，品质保证。他跳下自行车。再往前走五十码，一个弯腰驼背的孤独身影身穿大衣、手拿拐杖，正笨手笨脚地摸索钥匙。雅各布突然跑起来，潮湿的鹅卵石路面发出"吧嗒吧嗒"的声响，那人闻声抬起头环顾四周。

他的面颊肿胀，左眼上方缠着绑带，暗红色的瘀青让他看起来十分丑陋。雅各布甚至还没开口，对方就认出了他，面露惊愕。

"弗林特！"

"舒梅克先生？"

侦探痛得缩了缩身子："你来这儿干什么？"

"我希望能跟你私下聊聊。"

那只握着钥匙的满是老年斑的手抖个不停："走开。我不想跟你说话。"

"你出了严重的事故，"雅各布抓着对方瘦骨嶙峋的肩膀，"我能帮上什么忙吗？"

舒梅克鼻息沉重，挣脱他的手："我最不需要的就是你的帮助。"

"你一眼就认出了我，可是我们从没见过面。我也不出名，虽然我很荣幸，但是更好奇其中的缘由。"

舒梅克挣扎着把钥匙插进锁孔，雅各布脑海中回荡起雷切尔·萨维尔纳克温和的嘲讽。

"你在约克郡攻读了记者的相关专业；去年秋天来到伦敦，住在阿姆威尔街；疑心女房东的女儿想用自己的肉体逼你结婚；野心驱使你加入《号角报》，打探、挖掘别人的秘辛，而不是其他受人尊敬的报社；编辑欣赏你的毅力，同时也担心你的鲁莽。"

"我猜你帮雷切尔·萨维尔纳克调查过我，她未免待我过于苛刻。"

舒梅克弯下腰，喘着粗气，倚靠拐杖撑住自己。"走，"他低声说，"求你了。这是为了你好。"

"你看起来不太好。你应该去趟医院。"

"不……不去医院。"拐杖一滑，舒梅克失去平衡。雅各布赶紧抓住他的胳膊，扶他站好，免得他瘫倒在地。

"你需要休息，这是为了你好。回你的办公室吗？"

舒梅克说不出话，只点了点头。

舒梅克的办公室位于二楼，在一间工人自助餐厅的楼上，餐厅今天刚好歇业。雅各布费力地搀扶老人上楼，累得几乎喘不过气。踏上楼梯平台，侦探指了指办公室的钥匙，随后二人走进一间积满灰尘的L形房间，里面摆着一张桌子和三把椅子。门后还有一间内室，屋内陈设简单，只有两个大橱柜和一张折叠床，此外还有一间小浴室，浴室碎裂的地砖上还粘着血迹。显然，舒梅克在这里包扎了受伤的脑袋：急救箱仍在地上，箱盖大开，空气中弥漫着碘味。

"喘口气，"雅各布说，"我们聊聊。"

他一边等待，一边观察四周的环境。不管舒梅克怎么利用他的收入，显然室内装潢不在他的考虑范围内。这里就像利兹市那些野蛮讨债人住的老鼠洞一样破旧肮脏。

“感觉好些了吗？”舒梅克点点头，“很好。我们去隔壁吧。”

雅各布搂着他的肩膀，搀他回到办公室，扶他坐上椅子：“你这地方还不赖。”

舒梅克气喘吁吁地说：“不要把钱花在光鲜的办公场地上，有点儿脑子的客户都明白最后还得他们来埋单。”

“你遇上什么麻烦了？”

“我绊了一跤，头撞到了人行道。”

雅各布发出一声嘲讽的声音：“成功的侦探不会发生意外。你是个细心的人，舒梅克先生。我所掌握的信息都清楚地指明了一点：有人揍了你一顿。”

“你一直在观察我吗？”

“以彼之道还施彼身。”雅各布咧嘴一笑，“雷切尔·萨维尔纳克雇你调查我的背景。我很荣幸，她觉得我配得上你的收费。当然，我也很想知道她为什么要这么做。”

“我从不谈论我的工作。”

雅各布噘着嘴：“有那么一瞬间，我以为你能合作呢。你的柜子里有我的档案吗？你介意我看一眼吗？”

“我已经清空了。赶紧走吧，弗林特先生，为了你自己的安全。”

“发生了什么事？有人想杀你吗？”

舒梅克咬了咬下唇：“有两个家伙在奥尔德盖德东站袭击了我。他们看起来像工人、木匠或学徒。当时站台上没有其他人。我一定是老得警惕性下降了。我不应该把自己暴露在这样的危险之中。”

"他们试图把你扔到铁轨或者火车下面吗？"

"不，不。如果他们想要我的命，根本就不会失手。"舒梅克轻轻地揉着受伤的脸，看上去真是鼻青脸肿，"这次袭击看似是两个法西斯流氓随机挑了个犹太老人施暴，其实只不过是捎个信儿。"

"什么信儿？"

"跟我给你的一样。弗林特先生，趁你还有选择的机会，放手吧。你已经拿到独家新闻了。我知道你清楚那不是你运气好，对吧？现在回《号角报》去，写些别的东西。"

雅各布伸出手，用食指指尖触了触绷带。来这儿的路上，他做梦也没想到这位侦探有朝一日会像一块破布一般虚弱。力量像电流一样在他的体内涌动。他年轻又自信，他打定主意充分利用自己的优势。

"雷切尔·萨维尔纳克雇流氓揍你？你已经失去利用价值了？她是想掩盖自己的行踪吗？她为什么委派你调查劳伦斯·帕尔多？"

"你的问题太多了。"

"这是我的工作。"

"你不傻，"舒梅克嘀咕道，"但是你的言谈举止常常透着愚蠢的虚张声势。听我一句劝，弗林特先生。如果你想寿终正寝，插手这种危险游戏只能让你得不偿失。我打算听人劝，吃饱饭。下星期这个时候，我就要远走高飞了。"

虽然眼前的男人身体虚弱，却散发出一种奇怪的威严。平静和端庄并不是雅各布能联想到的私家侦探的品行。舒梅克或许判断失误，但是雅各布相信他所说的一切，甚至愿意为此赌上自己一年的薪水。

"我愿意协助你，舒梅克先生，我希望你也能帮我一把。你有你的理由劝我放弃，即使你能放手，我也不能逃避。至少给我一个机会吧？一点儿暗示，一条线索。雷切尔·萨维尔纳克……"

"雷切尔·萨维尔纳克是全英格兰最危险的女人。"

雅各布哈哈大笑："真的吗？"

"你根本不知道你在跟什么人打交道。林纳克在痛苦的抽搐中死去；帕尔多面目全非，脑浆溅得书房里到处都是。"

"你的意思不会是他们的死都是她一手造成的吧？"

"我说得已经够多了。"舒梅克挣扎着站起身，"失陪了，我得回家了。明天我将永远地离开伦敦。"

雅各布跟着站起来："你什么都不想告诉我吗？"

舒梅克犹豫了："看着你，我仿佛看到年轻时的自己，绝不善罢甘休。调查你身世的过程中，我对你萌生出一种近乎可笑的亲切感。最终也证明我越老越软弱。等一下。"

他拉开书桌的抽屉，拿出钢笔、记事本和信封，然后撕下一张纸，飞快潦草地写了些什么，塞进信封里封好。

"答应我一件事，"他说，"如果我把这个给你，你能不能发誓，除非我发生意外，否则绝不打开它？"

雅各布被逗乐了："假如你长命百岁呢？"

"那我的字条就无关紧要了。"

"好吧。"

"你发誓？"

"我发誓。"

舒梅克疑惑地瞥了他一眼，似乎后悔自己这么冲动，接着把信封递给雅各布。

"我能送你去车站吗？"雅各布问。

"谢谢，但是不行，不能让人看见我们在一起。这也是你一开始跟我搭讪，我却只想赶走你的原因。覆水难收，我们必须分开走。"

"我们被监视了吗？"

"真好笑，弗林特先生。你能从消防梯离开吗？不要走前门。"

雅各布把信封揣进口袋："如果你坚持的话。"

"这边走。"

舒梅克一瘸一拐地爬到楼梯平台，费力地打开一扇门，门外是一架室外铁梯。雨已经停了，周围没有灯光，台阶满是油污。雅各布腹诽，万一发生火灾，这条逃生路线简直跟在火中搏命一样危险。

煤气灯的光照下，鹅卵石地面显得阴森可怖，似乎有很长的一段距离。他迅速移开目光，不希望老人觉得他是个懦夫。雅各布忍不住微微鞠了一躬。

"但愿我们能再见面，舒梅克先生。"

侦探哼了一声，什么也没说。当他转身准备往下爬时，雅各布瞥见老人的眼睛闪过绝望的神情，比寒冷的夜风更令他冰冷彻骨。

两分钟后，舒梅克急切的声音穿过电话线。

"他叫雅各布·弗林特，供职于《号角报》。"

电话那头传来一个女人的声音："报社记者？"

"没错。不要……"大楼前的一阵骚动打断了他的话，"对不起。我必须得走了。"

他放下听筒。有人砰砰地敲着临街的大门。不一会儿，房门被人一脚踹开。木头碎裂发出的刺耳声响令他牙齿发酸。

他走到外面，紧抓着门把手，一步一步地爬上铁梯的顶端。鞋子滑落下去，他差一点摔得不省人事。他头晕目眩得想吐。

消防梯无处可逃，只能摔得粉身碎骨。他唯有寄希望于协商以摆脱困境。这么多年来，他数次靠这招儿脱身，但是今晚情势不妙。恐惧令他窒息。

他听见临街的门轰然倒塌。即便他把自己锁在办公室里，又有什么用呢？这些流氓能砸开一扇门，完全可以再砸一扇。他只感觉胃里翻江倒海，但是他不能表现出软弱。如果解释自己马上离开英格兰，或许还能讨价还价一番。假如二十四小时之后他还没出境，任凭他们处置。

他拖着步子走进办公室，楼梯间传来沉重的靴子声。这群家伙年轻、强壮、残忍，对此他已经有所了解。或许他们能讲道理？舒梅克默默祈祷。

那群人冲进办公室时，他坐在办公桌后面。一个宽肩膀、没刮胡子的男人手里拎着一个大帆布袋。对方的目光让舒梅克想起死鱼。他身旁跟着个断了鼻梁骨、满脸麻子的斜眼儿。

"你朋友在哪儿，犹太佬？"

"我叫他从消防梯逃走了。总好过卷入与他无关的麻烦。"

"他已经卷进来了。你跟他说了什么？"

"什么都没说。他不顾我的反对，坚持扶我上楼。"

那人抓住舒梅克的胳膊，反扭过去："我已经警告过你，如果你胆敢多说一个字会有什么后果。"

"他来找我。我赶他走，但是他不听。"

那人松开他的胳膊，朝沉默的伙伴比画了一下："看见乔了吗？他以前是个木匠。话不多，是吧，乔？他觉得行动胜于空谈。"

"我们之间没必要这样。"汗水顺着舒梅克苍白的脸颊往下滴，"我会永远地离开英格兰。明天我就远走高飞，去英吉利海峡的另一边。"

"远离危险，嗯？"

"我不会威胁任何人，我发誓。"

"你知道我怎么想吗？我觉得你是个爱撒谎的犹太佬。"

那人猛地一拽舒梅克的领带，老人立刻倒抽一口凉气。

"求你了！我没告诉他任何事。我不知道——"

"够了！"男人指了指大帆布包，"好了，乔，把你的工具拿出来。"

朱丽叶·布伦塔诺的日记

1919年2月1日（后续）

亨里埃塔端来一盘食物和饮料后转身离开，没有逗留。她想帮忙，但无能为力。我很感激她留我独自面对自己的悲伤情绪。表面上，她很尊重大法官和雷切尔，但是我知道她站在我这边。这个世界至少还有一个我能够信任的人。

我还没追问她关于我父母之死的细节。反正她也不知道真相。要举行葬礼吗？我不知道，也不在乎。我会以自己的方式铭记他们。

我应该怀疑雷切尔策划谋杀了他们吗？自从亨里埃塔说岛上找不到他俩和哈罗德·布朗的那一刻起，我便有一种不祥的预感。我非常绝望，最后冲进大法官的书房。那里是冈特岛的禁地，但是我没敲门，推门而入。

他坐在他最喜欢的椅子上打瞌睡，膝上摊着一本皮面书。即使休息，他锐利的面容也不由得让我想起伺机扑向无辜猎物的猛禽。我故意大声咳嗽，他闻声睁开眼睛。

"小姐，你这么闯进来是什么意思？"

他的语气一如既往地严厉，然而这一次他的脸色却没有因为愤怒而涨得通红。他的嘴角挂着淡淡的微笑。似乎有什么事正惹他发笑，可是我却觉得这比大发雷霆更可怕。

"他们在哪儿？"

"你的父母吗？"他咕哝道，"返回伦敦处理紧急事务。布朗陪着他们。"

"不可能！我母亲讨厌那个男人！"

笑容消失了，他的声音透着寒意："记住我说过的话。大人讲话，小孩少插嘴。我工作的时候，不要来打扰我。趁我还没拿皮带，赶紧走。"

我哭着跑出书房，一抬头发现雷切尔正站在楼梯上看着我。我们对视一眼，她得意地笑了。

我相信她跟大法官说了一些关于我父亲的坏话，并说服他杀了我父母，报复他们。冈特岛不见他们的踪影，事实显而易见。布朗带着他们神秘消失——很可能往他俩的酒里下了药，所以根本不担心他们反抗——等到了伦敦再处理掉。

雷切尔还要多久才对我下手？对她而言，家庭教师的哈巴狗比我更值得留在这世上。

14

"舒梅克死了。"第二天清晨，特鲁曼大步流星地走进健身房。

雷切尔全神贯注于划船机，看都没看他一眼。特鲁曼站在旁边足足等了一分钟。终于，她停下机器，擦了擦额头上的汗。

"他上次来这儿的时候，身体似乎就不太好。"

特鲁曼长叹："他的尸体是从泰晤士河打捞起来的。临死前他经受了一次野蛮的'手术'。他们肯定是想逼他开口。"

她抿紧嘴："延长他的痛苦根本徒劳无功。虽然他一时大意，但也不可能透露什么他们不知道的信息。"

"至少他够聪明，没有问你问题。"

她抱起瘦削有力的双臂："他的死改变不了什么。"

"怎么了，弗林特？你看起来像刚读了自己的讣告。"

沃尔特·戈默索尔习惯每天早上先逛一圈办公室，然后再同资深记者们开会，讨论当天要关注哪些事件。他的语气诙谐，表情却充满疑惑。

雅各布放下手中的《号角报》。

"不是我的讣告。"他含糊地回答。

"那是谁的？"

雅各布指着第二页底部的一句话："泰晤士河捞起沉尸。"这起事件既不能像帕尔多自杀那样荣登头版头条，也不值得大肆报道。从河里打捞出尸体几乎和捞起惠灵顿长筒靴一样常见。倘若不考虑死者的身份，这起事件甚至不值得一写。

"列维·舒梅克。"

他险些被这个名字呛住。前一天他们还在一起，可是眼下老人的遗体却躺在某间太平间。一想到这儿，他一阵反胃。

"你认识舒梅克？"

"我昨天还跟他说过话。"

戈默索尔眨眨眼："几个小时后，他就死在了泰晤士河？天哪，弗林特，你的新闻嗅觉真神啦。先是帕尔多，现在是这位。"

气愤涌上雅各布的喉咙。他深吸一口气，拼命克制自己，不想在编辑面前丢脸："这是同一起事件。"

戈默索尔皱了皱眉："我们的读者接受打哑谜，我可不行。五分钟后来我办公室，厘清你的思路，好好解释清楚。记住，用最简单的语言。我是个头脑简单的家伙。"

雅各布点点头，不敢开口，否则不知道自己会说出什么话。他径直跑进盥洗室。待他出现在编辑办公室时，他的面色已经恢复如常，尽管内心依然十分痛苦。

戈默索尔的办公桌上摊着最新版的《号角报》，旁边摆着两杯冒着热气的茶。编辑示意雅各布挑一杯："没有什么比它更能安慰一个受惊吓的年轻人了。那么，小伙子，怎么回事？从头说起。"

"谢谢，先生。"雅各布呷了一口茶，"灵感源自普伦得利斯先生。他提到，有传言称舒梅克一直在打探劳伦斯·帕尔多。"

"于是，你决定去问舒梅克，尽管他是出了名的嘴巴紧？"雅各布点点头，编辑继续说道，"啊，年轻人真乐观啊！"

"我见到他时，他已经受伤了，鼻青脸肿，几乎走不了路。他告诉我两个流氓在地铁站袭击了他。"

"他是犹太人，"戈默索尔说，"这种事情频繁发生，尤其是伦敦东区。一旦经济衰退，人们便到处寻找替罪羊，寻找跟他们不同的人。虽然我不喜欢这样，但是世界就是如此。"

"他说他们警告他放弃调查。"

"帕尔多死了，没什么可查的了。"

"我不确定。"雅各布的精神好些了，"舒梅克很当回事，他告诉我他即将离开英格兰。"

戈默索尔耸耸肩："年岁见长，不是吗？他肯定也发了财。或许已经准备退休，搬去温暖的地方生活。"

"他很害怕，甚至坚持不让我走大楼的正门。我沿着消防梯滑下去，差点儿摔断脖子。等我安全降到地面时，心里还暗骂他想象力太丰富。"

"你很容易说话。"戈默索尔说，"注意到附近埋伏了流氓吗？"

"没有，先生。当时天色已黑，我回家心切。那时舒梅克称我俩处境危险，我还觉得他夸大其词。现在，我……"

"他说你有危险？他解释原因了吗？"

"想必是因为帕尔多的案子，其他理由都说不通。有人不希望这起案件真相大白。"

"我们知道真相。帕尔多得知自己时日无多，所以才纵容自己野蛮的杀人行为。你不会想说玛丽-简·海耶斯不是他杀的吧？"

"我不知道。"

戈默索尔摘下夹在耳后的铅笔，绕着报道的段落画了一个圈："这是奥利·麦卡林登的文章。或许他知道更多背景信息。舒梅克说不定是喝多了，不小心摔进河里的。"

"太巧合了。"

编辑哼了一声："等你掌握了可靠的信息再来找我。还有一件事……"

雅各布咬紧牙关："您说，戈默索尔先生。"

"收起你那副闷闷不乐的模样。"

奥利·麦卡林登，年长雅各布三岁，却像怀特霍尔街的政界要员们一般圆滑。这种相似性源自遗传，他父亲是内政部的常务秘书。在上司面前，麦卡林登的举止就像他的头发和脸膛一样油滑，然而背后他却喜欢嘲笑同事，还时不时地模仿戈默索尔的北方口音。

相识之初，他告知雅各布自己要搬出埃德加之家，并推荐女房东多德夫人，称赞她收费适中，厨艺精湛。雅各布本以为他们能成为好朋友，然而某天下班后，奥利·麦卡林登邀请他一起去沃德街一家灯光昏暗的赌场俱乐部玩，那儿的男人们手牵手，时不时互相亲吻，甚至都不用轮盘赌的输赢做借口。一个身穿天鹅绒便服、发色灰白的男人还给了雅各布一个飞吻，这让麦卡林登觉得很好笑。

"你走运了，宝贝儿。我碰巧知道那家伙身家百万以上，即便是眼下这个乱世。"

"我想我还是道声晚安吧。"

"好极了。你去跟他玩吧。"麦卡林登举起一根手指压住他的嘴唇，"保守你知道的秘密，嗯？"

"不。"雅各布觉得自己像个孩子般困惑，"我要直接回埃德加之家。"

"黑暗的德斯伯里镇没有这种事儿，嗯？"麦卡林登操着勉强过得去的约克郡口音问道，"我打赌有，你懂的，只是得知道去哪里找。"

那晚之后，雅各布开始提防麦卡林登。和平共存是他的信条。他不在意别人怎么生活，但是他不免怀疑他同事的动机。麦卡林登的文笔平平无奇，却踌躇满志。这么想或许不公平，但是雅各布暗自担心麦卡林登为了自身的利益会诱使他言行失检。

"对不起。"雅各布无意中碰见从汤姆·贝茨办公室走出来的麦卡林登，赶忙追问关于舒梅克的死他还知道些什么，对方显然毫无诚意。"除了报道里提及的，我没法告诉你更多了。犹太私家侦探，嗯，然后呢？我想，无非是一个被美化过的讨债人。唯一令人惊讶的是，他居然能活到这把年纪。我赌一盒雪茄，他是被某个怀恨在心的家伙干掉的。你见过真正受欢迎的犹太人吗？没有，这是自相矛盾的说法。所以，你为什么对这位夏洛克·福尔摩斯感兴趣呢？"

雅各布心生厌恶，不想再谈论此事。"说来话长。"他嘀咕道。

麦卡林登打了个哈欠："改天再说吧，宝贝儿。我得去参加一个会议，莫斯利要在会上发言。有趣的家伙，他可不是个小人物。如果阿尔弗雷德·林纳克遭遇不测的话，我敢打赌他将成为我们的下一任首相。"

麦卡林登一消失，雅各布转身溜进贝茨的办公室。贝茨缺席后，再没有人整理这堆乱七八糟的文件和垃圾。雅各布期望能从中发现汤姆调查雷切尔·萨维尔纳克的线索。他仔细翻阅了一堆浅黄色的文件，搜寻提及她或者绞刑场的蛛丝马迹，最后只找到几块橘子皮和一堆令人作呕的香蕉皮。

他只发现一处提到雷切尔的地方。她的名字和冈特公馆的电话号码被潦草地写在记录逃犯哈罗德·科尔曼遇害案的复写本里。十分钟后，他放弃搜查，回到自己的办公桌前。依旧没有来自雷切尔的信息。见过麦卡林登后，雅各布的脾气愈加暴躁，他着手起草另一封电报。

删减了几版后，他决定言简意赅："舒梅克遇害前不久，我和他聊过。"神秘到令人无法忽视吧？这位女士肯定想知道言听计从的侦探有没有泄露她的秘密吧？无论她的游戏是什么。

电报一发出，他立即尝试约见文森特·汉纳威，结果被一位像奥利·麦卡林登一样油腔滑调的文员傲慢地告知：汉纳威先生不在办公室，他出门拜访客户，下午晚些时候才能回来；接下来的几天，他的日程都排满了，如果弗林特先生您愿意提交一份书面问询函或者一份介绍信……

雅各布挂断电话，致电伦敦警察厅碰碰运气。奥克斯探长的手下也竭尽全力地搪塞他，直至雅各布说打电话来是为了一桩谋杀案。终于，他接通了那个人的电话。

"我跟你说保持联系，"一丝揶揄的幽默缓解了奥克斯刺耳的语气，"可没指望收到每日简报。"

"你知道列维·舒梅克死了吗？"

"当然。"

"我相信他是被谋杀的。"

接着是一阵长时间的沉默，后来，对方说："我需要休息一下，吃顿午饭。下午一点来查塔姆伯爵餐厅见我。"

揣在他的口袋里的舒梅克的字条仿佛烫手的山芋。是否要偷看一眼的道德困境已经得到解决，这一天来得远比二人想象的更快，也更可怕。"如果我把这个给你，你能不能发誓，除非我发生意外，否则绝不打开它？"当初设定的条件仅在几个小时内就实现了。

转念一想，舒梅克或许早已想到。他之所以把机密信息托付给一个刚认识不久的年轻记者，或许只是因为他预料到自己将不久于世。

几乎可以肯定，谋害舒梅克的人就是雅各布现身前不久袭击他的那两个家伙。自离开奥尔德盖德东站后，二人一直关注着他的一举一动，发现他在一名记者的陪同下返回办公室，他们选择灭口。雅各布猜测他们是听令行事。那么，又是谁命令他们杀害舒梅克呢？

舒梅克曾效力于雷切尔·萨维尔纳克。他是不是丧失了利用价值，又因为知晓太多内幕而变成了一种威胁？这些年来，舒梅克肯定已经察觉自己处境险恶，然而当他领着雅各布走到消防梯前时，眼中依然闪烁着恐惧的光芒。他清楚她能干出什么来。

"雷切尔·萨维尔纳克是全英格兰最危险的女人。"

雅各布浑身发抖。下一个目标是他吗？肯定没人愿意冒险杀他。贝茨的事故尚未引人怀疑，但是如果《号角报》另一位对雷切尔·萨维尔纳克感兴趣的记者也遭遇意外的话，戈默索尔不会善罢甘休，奥克斯探长也不会听之任之。

办公室里烟雾弥漫，雅各布想呼吸一些新鲜空气。他匆匆下楼，走出大门，鬼鬼祟祟地溜进一条狭窄的小巷。据他观察，没有人监视他，但是他也不想冒险。待他确信即便寻常的路人也没注意他时，他掏出信封，撕开。

老人潦草的字迹难以辨认，似乎通过某种粗糙的代码留下了信息。

CGCGCG91192PIRVYBC

雅各布毫无头绪。他把纸条塞回口袋，朝办公室走去，心想倘若列维·舒梅克的最后一条信息既清晰又有新闻价值该多好啊！

"看来舒梅克几乎啥都没跟你说。"奥克斯一边嚼着最后一口面包和奶酪，一边说。

查塔姆伯爵餐厅里挤满了衣着朴素的公务员，以及身材魁梧、声音洪亮的年轻人，雅各布推测这些都是伦敦警察厅屈指可数的精英。根据藏叶于林的原则，挑选这样一个嘈杂的地方进行一场秘密谈话似乎合情合理，因为没人能偷听到任何东西。据雅各布所知，距他最近的那桌政府官员是交换国家机密的间谍，但是奥克斯没有冒险。他选择了一个有磨砂玻璃遮挡的角落。它原本的设计用意可能是为了保护尊贵的客人免受下等人的窥探，不过对于那些想谨慎谈论谋杀案的客人而言倒是完美的选择。

"没有我期待的那么多。"

雅各布不免一阵失望。他本打算利用列维·舒梅克被暴徒所杀的说辞吓唬奥克斯一下，哪承想探长似乎不为所动。

奥克斯擦了擦嘴，点了一根香烟，又随手递给雅各布一根，后者摇摇头："我跟负责调查这起死亡事件的同事——巴蒂探长聊过了，他比你早一步。据他推测，舒梅克是被扔进泰晤士河的，对方或许是他之前效力过的人，也可能是之前调查过的人。似乎……临死前，他被截肢了。"

雅各布一阵反胃："卑鄙。"

"确实。"奥克斯的表情阴沉。

"他坚持要我走消防梯时，我还觉得他小题大做，"雅各布竭力抑制自己生动的想象力。他最不愿意想象的就是那位侦探临终时的痛苦，"事实上，他知道我们处境危险。列维·舒梅克救了我的命。"

"别急着把他塑造成一个英雄，"奥克斯说，"罪魁祸首大概是为了钱或者情报。我怀疑他们对你根本没兴趣。"

"但愿如此。"

"舒梅克是个私家侦探。无论多想洁身自好，当私家侦探都是一场肮脏的游戏，他总会树敌。"

雅各布喝了一大口苦啤酒。来这儿的路上，他一直在考虑应该透露多少信息。奥克斯很平易近人，但是他和雅各布分属不同阵营。如果保留情报能达成他的某种目的，奥克斯会毫无愧疚地保密；同样，雅各布也并不打算把自己知道或者怀疑的一切和盘托出。至于舒梅克那张奇怪而潦草的字条，他打定主意先弄清楚其中的含意，再决定要不要跟警方分享。

"我没见过他，"奥克斯说，"但是他出了名的守口如瓶。这也是当有钱有势之辈需要帮助，而我们却无能为力时，他们蜂拥到他门前的原因。可惜的是，你没能从他嘴里套出任何能指认攻击者或者幕后主使的信息。"

"他什么都没说，"那张潦草的字条不算，雅各布暗想，"临走前我也没能了解更多东西。"

"啊，好吧。那你下一步打算做什么？"

"我打算拜访已故的劳伦斯·帕尔多的律师，文森特·汉纳威。"

奥克斯挑了挑眉毛："你想从他那儿得到什么呢？"

"我打算写一篇关于帕尔多的文章。我们的读者没能见证一次大快人心的审判，但是我不打算就此罢休。关于汉纳威，你有什么能告诉我的吗？"

"他的公司历史悠久，闻名遐迩。我想应该是由他祖父创立的。他父亲上了年纪，现在已经退居二线。他们处理商业和信托工作，因此同帕尔多有往来。他们不接刑事案件，客户群体不包括小偷和流浪汉，所以跟警方没什么交集。"

"银行家和高级谋杀犯除外？"

奥克斯哈哈大笑："你肯定没指望汉纳威畅所欲言吧？一位律师为什么要跟一个在《号角报》头版大肆宣扬他当事人自杀消息的狂妄年轻人寒暄呢？"

"不入虎穴，焉得虎子。"

"我欣赏你的乐观，弗林特先生。你打算今天拜访汉纳威吗？"

"是的，他的办公室距离佛里特街不远。"

"绞刑场，没错。"奥克斯露山一丝微笑，"以前，那里是执行死刑的地方。如果汉纳威给你很多绳子的话，可要当心了。很有可能，他想绞死你。"

15

　　"雅各布·弗林特没剩多少耐心了。"雷切尔伸手接过电报，看了一眼，脸上掠过一丝微笑，"他告诉我舒梅克死前他们聊过，大概是想看我惊慌失措吧。"

　　"那他有得等了，"特鲁曼夫人说，"我有时候怀疑，你是不是生下来就没有神经。你打算怎么办？"

　　"弗林特就像一只吵闹的小猎犬，不停地要人关注。"雷切尔说，"是时候再扔给他一根骨头了。"

　　特鲁曼敲门时，她正在书房写字，没等她回应，对方径直走进来。她用软纸吸干墨水，然后把字条塞进信封里。

　　"你跟我们虚空剧院的朋友聊过了吗？"

　　"是的，"他说，"我们在巴特西的一家酒吧见过面。"

　　"他有任何改变主意的迹象吗？"

　　特鲁曼耸了耸粗壮的肩膀："这世上没有什么是一定的，这个道理我们都懂。不过，他发誓坚持到底。不久前，他差点儿服毒自杀。现在，他有了目标。"

"好极了。相当无私。"雷切尔拿起信封，"你能把这个交给雅各布·弗林特吗？我今晚也邀请了他。"

"你有信心他会接受邀请吗？"

"他非常想知道我在干什么。所以，他为什么要拒绝我呢？"

"人都随波逐流。"

"我们可不那样。"雷切尔把信封递给特鲁曼，"选择权在弗林特手里。拒绝我，他就会错过一辈子难得一见的新闻。"

CGCGCG91192PIRVYBC

看过舒梅克的神秘信息后，雅各布发现自己再也无法把那串字母和数字从他的脑海中清除掉。他沿着斯特兰德大街漫步，脑海中的字符就像康康舞舞者一样不停地跳动。对神秘事件的热爱意味着暗号和密码能轻而易举地俘获他。他曾读过一篇引人入胜的故事，讲述了世界大战期间海军部"40号房间"密码分析员动人心魄的经历。然而，他永远做不来这样的工作。很久以前，一位老师曾嘲讽他见异思迁，这话虽然令人不快，却也没说错。他根本不可能日复一日、年复一年地凝视一组毫无意义的潦草字迹。倘若靠他，齐默曼电报永远无法破解，美国大概永远不会向德国宣战。

雅各布走进《号角报》大楼，前台的佩吉傲慢地递过一个信封。"有个家伙五分钟之前送来的，"她说，"要我把这个给你，一进门就给。"

雅各布撕开信封。消息很简单："今晚七点芬斯伯里市政厅。"这张字条没有署名，但是字迹同帕尔多去世当晚通知他到南奥德利街的那张字条的字迹十分相似。

"那个家伙，他长什么样子？"

"大块头，样貌丑陋的笨家伙，"她冷笑，"你朋友，是吗？"

接下来，他计划突访绞刑场和劳伦斯·帕尔多的事务律师，赶回埃德加之家前，刚好能挤出一段时间。然后再跟伊莱恩道歉，并取消二人原定的约会，以便赶赴芬斯伯里市政厅之约，同——据他推测——雷切尔·萨维尔纳克见面。

绞刑场隐藏在林肯律师学院后面一个人迹罕至的角落，位于新广场街和凯里街之间一条狭窄的长方形死胡同里。鹅卵石庭院中赫然耸立四幢高大的砖砌建筑，院子尽头有一条不超过一臂宽的潮湿小巷。曾经，这里矗立着一座绞刑架，最后一次公开处决还要追溯到两百年前，被处刑的是一位盗窃商店的妇女。现在，雅各布站在这个当初以正义之名勒死她的地方，觉得它已然成为一个不得人心的娱乐场所，狭窄的场地无法保证观众们清楚地见证死亡的痛苦。即使夏季，阳光穿过高耸的烟囱，周遭压抑的气氛也能诱使最坚韧的灵魂滋生幽闭恐惧。暮色渐浓，煤气灯的昏暗光线映照着鹅卵石地面，营造出一种阴森恐怖的不祥之感。

他绕着庭院走了一圈，发现其中三栋楼被各大律师事务所占据。第四栋楼外的栏杆挂着一块不起眼的铜牌，上面写着"汉纳威·汉纳威律师事务所"。雅各布跑上一小段楼梯，来到门口，按下门铃。他计划赶在工作日结束时拜访律师，这样对方就不能以等候室的客户

156

为由拒绝见他。不过，这个计划的缺陷在于律师们的借口总是层出不穷。

厚重的橡木门嘎吱一声被推开，门后站着一个六十岁左右、穿着一身土灰色西装的瘦削男人，透过夹鼻眼镜凝视着他。对方仿佛一具从棺材里爬出来的死尸，一看见雅各布就满脸厌恶地想回去。

"办公室关门了。如果你想预约的话，明早九点再来。"

雅各布眼疾手快地把脚伸进门，免得死尸砰的一声关上门。"汉纳威先生？"他问。

"当然不是。我是他的首席秘书。"轻蔑的口吻强调了事务所老板帮不速之客开门的荒谬，"此外，我还要补充一点，汉纳威先生不接待没有介绍信的客户。"

"我不是潜在客户。"雅各布觉得没必要拐弯抹角，面对专业的法律人士，这是一场他永远也赢不了的游戏，"我想跟汉纳威先生聊聊已故的劳伦斯·帕尔多。"

死尸怒目而视："绝无可能。汉纳威先生永远不会跟第三方讨论客户。"

"我不是爱打听隐私的老百姓。"雅各布挥舞着名片，"如果你能把这个交给汉纳威先生，我将不胜感激。"

死尸身后的走廊里，一扇门打开，一个轻快的声音问道："怎么了，布罗德斯？"

"汉纳威先生？"雅各布喊道，"我只想占用您一点儿时间。"

死尸回过头。他的雇主挥挥手，示意他站到一旁，然后快步走到雅各布面前，一把夺过他手里的名片。文森特·汉纳威远不如雅各布想象中那样年迈、干瘪。他有一头卷曲的黑发，嘴巴出人意料地性感，甚至称得上英俊潇洒。他噘着嘴唇，读着卡片上的名字。

“《号角报》，嗯？”

“我写了一篇报道……”

“好了。我不看你们的报纸，但是帕尔多先生死后，你的报道引起了我的注意。你为什么来这儿？”

“我正在撰写一篇相关文章。劳伦斯·帕尔多是个成功人士，没有暴力史。这起案件不仅骇人听闻，更引人注目。我的读者想知道更多故事……背景。”

“如果他们喜欢看热闹，就让他们去看马戏吧。”

“他们渴望认识和了解，”雅各布装模作样，“关于现实生活的故事。”

“我必须对委托人的相关事宜保密。”

“你的委托人已经死了，汉纳威先生。”

“尽管如此，我还要承担我的职业义务。我是他的遗产执行人。”

“你和劳伦斯·帕尔多也有共同的商业利益。”

汉纳威端详着他：“你知道我一小时收费多少钱吗，弗林特先生？”

“我猜，比我们许多读者的月薪还高。幸运的是，我来不是为了向你寻求有偿建议。我能进去吗？”

布罗德斯向前迈了一步，似乎很想当着雅各布的面砰的一声关上门，但是汉纳威手一挥，拦下他：“五分钟，一秒钟也不能多。我今晚在剧院有个约会，不能迟到。跟我来。”

雅各布一路小跑，跟着他穿过走廊，经过几扇敞开的房门，走进等候室，接着是一间摆着布罗德斯和秘书的办公桌的小房间，最后进入汉纳威的私人办公室。书架占据了墙壁的大部分空间，上面摆满了厚厚的法律报告；旁边挂着职业资格证书和一幅镶框漫画，画中戴着假发的律师正在为"诉讼之牛"挤奶。一只金钟端坐在橡木柜顶嘀嗒作响，雅各布猜测柜子里存的是客户的文件。汉纳威绕到一张巨大的办公桌后面坐下来，然后指着一张加了厚衬垫的椅子，示意雅各布落座。一个按小时收费的律师想必有充分的理由为客户提供舒适的环境。

"好的，弗林特先生。警方刚接警，你就赶到我委托人家门外。你去那里干什么？"

"如果你要提问的话，你得允许我超过五分钟时限，"雅各布说，"和你一样，我也受保密义务的约束。我从警方那里得知劳伦斯·帕尔多将他的大部分遗产捐赠给慈善机构，这样的慷慨行为似乎不符合一个凶残虐待狂的作风。"

汉纳威仔细地打量雅各布，仿佛要熟记他脸上的每一个雀斑："我只能告诉你，凭我与劳伦斯·帕尔多这么多年的交情，我敢说他是个守信、正直的人。"

"你做梦也没想到他……"

"请见谅，我既不会读心术，也不是心理医生，我区区一个律师。"雅各布没见过比他更不客气的人，不过他没有理会，"我无法告诉你我的任何一位委托人能做出什么事来，那不是我的工作。"

"你不仅仅是帕尔多的律师，汉纳威先生。你不只是他的商业伙伴，还是他的朋友。"

汉纳威无动于衷："律师跟很多人共事，弗林特先生。我猜你打算在报道中引用我的话？好吧，我准备这么说：'听闻劳伦斯·帕尔多的相关新闻，我十分震惊，仿佛晴天霹雳。'"

"你怀疑那封所谓的遗书是伪造的吗？"

"除了我已经说过的，其他无可奉告。"

"帕尔多和玛丽-简·海耶斯在谋杀案发生前就认识。"

"是吗？"

"我想是的。他没跟你提起过她吗？"

律师抬起手："够了，弗林特先生。"

"我想问你关于帕尔多遗嘱的事。"

汉纳威看了一眼柜顶的时钟："对不起，弗林特先生，你的时间快到了。"

"你能不能至少证实一下劳伦斯·帕尔多的慷慨捐赠将惠及哪些慈善机构？"

律师朝门口挥了挥手，仿佛庄园主解雇农奴一般："布罗德斯会送你出去。"

雅各布假装离开，又突然转身问出那个至关重要的问题："他为什么要把那么多钱留给一家国际象棋俱乐部，而他本人根本不下棋？"

汉纳威的表情阴晴不定，只一瞬间，轻蔑的神情消失了，紧接着迸发出冷酷的愤怒，不过雅各布目光敏锐地捕捉到这细微的变化，心中暗自雀跃。

"我怎么能不嫉妒呢？"雅各布伸手拿大衣时，伊莱恩说道，"你显然被这个雷切尔·萨维尔纳克深深地迷住了。一个在埃克斯茅斯市场花店打工的朴素女孩怎么能跟一个坐拥无尽财富的火辣美女相提并论呢？"

"雷切尔·萨维尔纳克对我而言只是一个报道对象。"几乎无可指摘,他默默地跟自己说,"至于火辣,她更像冰雪女王。我纠缠了很久,她才同意接受采访,所以趁她还没改变主意,我得抓住这次机会。"

"我想我明白了。"她皱着的眉头暗示情况并非如此,"真遗憾,我们错过了这出戏。我一直很期待。"

雅各布原本答应带她去看弗兰克·沃思珀的《三楼谋杀案》。作为补偿,他送了她一盒比利时巧克力,但是他知道这远远不够。

"对不起,伊莱恩。我们改天再去。尽管我十分嫉妒弗兰克·沃思珀,就像你嫉妒雷切尔·萨维尔纳克一样。"

她咯咯地笑:"他真是个万人迷,如此聪慧。你的雷切尔·萨维尔纳克什么时候写过剧本?更别说自导自演了。"

"我真的该走了。我可不敢让她等。"

她重重地叹了口气:"你知道,如果你回来得太晚,我就睡了。"

他轻轻地啄了一下她的脸颊。她闻到一股肝脏和洋葱的气味,得知二人的约会取消后,她妈妈匆忙准备了晚餐。

"很抱歉让你失望,"他说,"我一定给你补上。"

"你最好说到做到,"她挤出一丝微笑,"好好表现。"

雅各布一边往外走一边腹诽,他似乎没机会不好好表现。赶到芬斯伯里市政厅只花了五分钟,这幢新艺术风格的红砖大楼出人意料地壮观。待他抵达指定地点,天空下起雨,雅各布赶紧躲进大门外的铁艺玻璃雨棚。沿途,他一直试图拼凑第一次见到雷切尔·萨维尔纳克后搜集的碎片信息,但是始终无法形成任何完整的画面。雷切尔按照自己的剧本行事。不同于弗兰克·沃思珀,她选择潜伏在暗处。

雅各布只希望对方能信任他。

他看了眼手表确认自己没有迟到，脑海中忽然浮现出一段记忆，猛地击中他。还记得约斯坦利·瑟罗在埃塞克斯拐角的小酒馆见面时，对方怕上班迟到，曾掏出一块金表确认时间。此前，雅各布从没见过这块表，但是他记得瑟罗有一块破旧的老军表，据他说那是他已故父亲的遗物。如果他的旧表坏了，他或许会买块新的。但是，一个要养孩子、养老婆、时常抱怨没钱的年轻警官如何买得起这么贵的物件呢？

雅各布想到很多解释。那也许是瑟罗的传家宝，或者根本是赝品。又或者，仅仅是有这种可能性，某个比雅各布财力雄厚的家伙在补贴瑟罗的收入。他即将到来的布莱顿之旅也是由他承担费用吗？

一想到这儿，雅各布不寒而栗。他莫非是个伪君子？虽然他很乐意塞给斯坦利几个先令以换取情报，但是这笔钱并不多，几乎不具备影响法律与秩序的力量。利益推动着世界运转。不过，给轮子上油是一回事，贿赂完全是另外一回事。

突然，他意识到一辆车停在他身旁。正是帕尔多自杀当晚从冈特公馆接走雷切尔·萨维尔纳克的那辆劳斯莱斯幻影。他透过车窗朝里望。

雷切尔不在车里。

朱丽叶·布伦塔诺的日记

1919年2月2日

或许我的房间并非牢房,而是一个安全的避风港。亨里埃塔非常沮丧地告诉我,那个打零工的男人得了流感。

全怪雷切尔。她坚持要克里夫开车送她去住在岛外的女裁缝家,取她的蓝色礼服。克里夫提出异议,但是她威胁对方,如果他拒绝的话,她就让她父亲解雇他。妈妈说得对。我想她一定是疯了。自新年以来,那个村子已经死了六个人。女裁缝的丈夫也是其中之一,她的一个儿子至今还躺在床上,估计也坚持不了几天。雷切尔在拿自己性命开玩笑,还要搭上克里夫的命。

克里夫病得很重,亨里埃塔说他咳得很厉害,她甚至担心他会把肺咳出来。一想到亨里埃塔也有可能感染流感,我就怕得要命。如果死的是大法官而不是克里夫就好了。他老了,智力也在衰退,但是有时候我担心他会永远活着。

16

"雷切尔！真高兴能再次见到你！欢迎来到虚空剧院！"

雷切尔走进酒吧，威廉·基尔里从容地摆脱一众崇拜者。他一挥手，大方地展示周围华丽的金箔和玻璃装潢。曾几何时，只能追随帕拉斯剧院、伦敦大剧院和竞技场剧院的虚空剧院，现在摇身一变成为它们最强劲的竞争对手。电梯连通剧院顶层奢华的巴洛克式私人休息室，而普通观众只能在楼下宽敞的公共酒吧走动。侍者们东奔西跑，端着鸡尾酒和开胃小点送到每位客人面前。

基尔里俯身亲吻雷切尔的手背："亲爱的，你看起来比我们在拉古萨用餐时更迷人。"

这倒是真话。雷切尔并不只是随便穿了件漂亮的晚礼服，而是选择了一件能完美凸显她身材的黑色长裙。"你人真好，威廉。我提醒过你，我不是个善于交际的女人。跟一两个亲近的人待在一起，我感觉最自在。"

"你的客人还没到吗？"

"还没有。"雷切尔说。

她婉拒了基尔里递过来的突尼斯香烟。他转过身，朝一个端着鸡尾酒银托盘的侍者招招手。

"敬这个值得纪念的夜晚。"雷切尔举起酒杯，"你今晚还打算表演吗？"

"哦，是的，不过要等一会儿。这就是自己拥有剧院的乐趣所在——你总能确保自己是领衔主演！每次演出前，我总喜欢在我们的贵宾中转悠。"他洁白的牙齿闪闪发光，"尤其像今天这样的夜晚，你的光临令我们剧院蓬荜生辉。放心吧，给你留了剧院最好的位置。为此，我搪塞了一位文官长、一位著名的小说家和一位看不懂表演的海军少将。"

"我想我不值得你如此费心。"

"净胡说，亲爱的雷切尔。有机会款待一位伟人的女儿是我的荣幸。"他凝望着她的眼睛，仿佛要催眠她似的，"这倒提醒了我，演出结束后，我想跟你讨论一些事，关系到……你父亲的遗产。"

"我很感兴趣。"雷切尔说，"不过，不用一直照顾我，别因为我怠慢了你的其他客人。"

"即便最好客的东道主也有自己偏爱的客人。"基尔里哈哈大笑，"但愿今天晚些时候有你做伴。等你和你的客人道别后，我们或许可以共进晚餐。"

"你真慷慨。"

"很高兴你这么想。同时，也希望你能喜欢我们的小节目。"

"我很期待。"雷切尔喝光鸡尾酒，"我已经等候多时。"

166

"我们去哪儿？"当汽车拐进沙夫茨伯里大街时，雅各布开口问道。

"不要浪费口舌问问题，"司机说，"你很快就知道了。"

对方带有明显的北方口音，听起来不像约克郡人，雅各布猜测他来自奔宁山脉的另一边。尽管幻影内部空间宽敞，司机庞大的身躯还是让驾驶座有些吃不消。佩吉不客气地说他是一个长相丑陋的讨厌鬼；一双乌黑的眼睛对于一个彪形大汉而言显得过于深沉。然而，他的举止跟他的体格一样令人生畏。雅各布享受司机服务的经验屈指可数，他原本以为司机对待他的态度即便不用毕恭毕敬，至少也得彬彬有礼。可是，眼前这个家伙唐突得令他恼火。

他要被带到哪儿去？这辆供热良好的汽车是他坐过最舒适的座驾，但是他突然感觉一阵寒意。难道雷切尔·萨维尔纳克捎信来只是为了把他引诱到一个四下无人的地方，方便司机拷打、杀害他，就像某些人除掉列维·舒梅克那样？虽然雅各布健康又年轻，但是他心知肚明，自己根本不是司机的对手。

没等他烦躁得反胃，车便停在沙夫茨伯里大街虚空剧院的入口处。出乎意料！没想到他的目的地竟然是这座戏剧殿堂，莎拉·德拉米尔曾在这座爱德华七世时期建造的巨大剧院里化身埃及女王施展魔法，可怜的多莉·本森也曾在这里的合唱团展现自己的歌喉。

司机下车，帮他拉开车门。他的表情难以捉摸。

"进去吧。"

雅各布松了一口气，不由得放肆地咧开嘴："对不起，我没带零钱，不然我会付你小费的。"

司机狠狠地瞪了他一眼，笑容凝固在雅各布的嘴角。

"雷切尔在……在吗？"

"你该称呼她萨维尔纳克小姐。"他伸出粗壮的大拇指，朝门口穿着制服的侍者比画了一下，"跟那个男孩报她的名字，他会送你进去。"

雅各布按照他的吩咐，迅速搭乘电梯上楼。他站在酒吧门口，环顾人群，意识到自己是所有人中衣着最不体面的那个。不过，幸好记者做久了，他的脸皮也变厚了。

终于，他看到雷切尔的身影，快步走到她身旁："晚上好，萨维尔纳克小姐。"

"啊，你来啦！特鲁曼把你安排得恰到好处。演出五分钟后即将开场。"

"我没想到会——"

"来剧院度过一个愉快的夜晚？嗯，弗林特先生，我总是给人带来惊喜。"

他端详了她一阵："你这话倒是再正确不过了。"

"我们有自己的包厢，"雷切尔说，"只有我俩。威廉·基尔里真是慷慨大方。"

"我很荣幸，"雅各布说，"基尔里是你的朋友吗？"

"准确地说，是我已故父亲的朋友。"雷切尔冷静地回答，"我们进去吧。"

他们的座位位于弓形包厢的正中间。室内装潢豪华舒适，镀金支架的灯罩透着熟李子的色泽，密闭的空间散发出奢华的颓废气息。大理石雕刻的天使点缀着巨大的舞台拱门。雅各布举着一副小型双筒望远镜远远凝望，他发觉雕刻家甚至捕捉到了精灵眼中的调皮神情。灯光暗下来，雅各布看准机会朝着雷切尔耳语。

"我们能私下聊聊吗？"

"现在不行，这次演出也没有幕间休息。我们坐下来好好享受演出吧。今天晚上能为你提供一篇绝佳的稿子。"

她在玩游戏，然而他却不知道游戏规则。雅各布反唇相讥："可惜我不是戏剧评论家。"

黑暗中，他瞥见她的微笑，只感觉一腔怒火涌上心头。他想知道的太多了。如果这个女人不想和他说话，为什么邀请他来虚空剧院？

法国香水的麝香味很诱人。雅各布头晕目眩，仿佛伊莱恩曾经调侃他被雷切尔·萨维尔纳克施了咒语的笑话就要成真了。

他扫了一眼包厢。观众中不乏诸多知名人士，足以令一个签名猎人欣喜若狂。伊莱恩不在这儿，真有点遗憾。他认出一位杰出的歌剧演唱家，一位曾帮英格兰队开球的名流，以及伦敦警察厅的戈弗雷·马尔赫恩爵士。

鼓声响起，血红色的帷幕拉开。片刻之后，管弦乐队开始演奏。踢踏舞舞者锃亮的皮鞋踏着舞台闪闪发光，但是他的脑海中却不断闪现他和莎拉·德拉米尔的谈话。他不明白，纵然雷切尔对帕尔多受到的令人费解的威胁有先见之明，为什么帕尔多死后，她还有心思来虚空剧院？

除非，或许，她已经知道莎拉有话要说，并打算演出结束后询问她。这似乎很合理。也许他应该听雷切尔的话，好好享受演出。时机一到，她就会亮出自己的底牌。

虚空剧院大获成功的秘诀之一就是它的节目单每星期一更新。雅各布回忆起曾跟伊莱恩一同看过的几次演出，其中一些动作发生了变化，演员中也有一些生面孔。一群侏儒杂技演员翻滚着形成一个大三角形，接着又如同纸牌一样散开；来自弗马纳郡的飞天芬尼根踩着嘎吱作响的银色梯子，荡着空中秋千，上演了挑战地心引力的特技；来自帕德西的胖乎乎的喜剧演员说着含沙射影的俏皮话，逗得观众前仰后合。

雅各布发现他们包厢下面的观众笑得眼泪都流出来了。而身旁的雷切尔·萨维尔纳克礼貌地鼓掌，对每一个笑点报以微笑，思绪却仿佛飘在别处。直到最后一幕，幕布落下尚未升起之时，她才倾身向前，全神贯注地盯着舞台。场景切换到一座古老的寺庙，背景是茫茫沙漠，伴随着稳定的鼓声，魔幻而神秘的努比亚女王奈费尔提蒂登场了。

"魔术令我着迷。"雷切尔低声说。

"我也是。"雅各布小声附和，庆幸他们终于有了共同点，哪怕只是片刻。

温顺、忧心忡忡的莎拉·德拉米尔与眼前这个棕色皮肤、穿着紧身丝质长袍的天鹅颈美人完全不一样，纯洁的白色搭配鲜红的饰带，亮蓝色的眼影与她高高的锥形皇冠相得益彰。她从没跟观众说过话，演出间隙也只是围绕舞台动作夸张地表演她的戏法。空棺里飞出一群鸽子，十多页从古书里撕下的莎草纸神奇地变成一面旗帜，旗上的象形文字突然幻化成"奈费尔提蒂"几个字。她甚至沉迷于最古老的一个花招——摇摇晃晃地随着一根绳子摆荡上升，直到消失在视线之外，几秒钟后又现身于巨大的狮身人面像复制品背后。

掌声渐渐平息，乐队奏响充满威胁意味的阴郁背景乐，阿努比斯出现在舞台侧面的远端。他长着黑色的豺狼头，耳朵尖而长，鼻端突出，精瘦的古铜色人身，什么也没穿，只系了一条黄色的缠腰布，左手的食指戴着一枚玉质的圣甲虫戒指。看到他的到来，奈费尔提蒂故作震惊，狮身人面像缓缓滑上舞台，金字塔前，四根矮柱撑着一口巨大的石棺缓缓升起。

女王和死神伴着异域风情的求爱仪式舞蹈；她一会儿害怕地躲避，一会儿又卖弄风情，忸怩作态。随着音乐愈加震耳欲聋，阿努比斯努力想抓住她，然而每次她都能侥幸溜走，他十分挫败。最后，她站定，笑容灿烂地面对他。她扬扬得意地欠身致意，装腔作势地说了几句话，豺狼点点头。两人以哑剧的形式打了个赌。

突然，她不知道从哪儿掏出一根铁链，像戴手铐一样利落地扣在他的手腕上。音乐停止，她抓紧石棺顶部的一枚圆环，用力一拉，提起沉重的棺盖和石棺侧面的上半部。阿努比斯徒劳地挣扎着，这时她把观众的注意力引向石棺侧面的一个小开口。

她打了个响指，两个穿着埃及服饰的男孩跑上舞台。其中一个递给奈费尔提蒂四根柴火，另一个则递上一根点燃的火把。奈费尔提蒂把木头扔进石棺，然后比画着火把驱赶阿努比斯。她逼迫他钻进石棺，等他完全钻进去后，她拉下棺盖，音乐渐起，她举着火把欣喜若狂地舞蹈。

雅各布和伊莱恩称这场火葬魔术叹为观止，尽管他知道接下来会发生些什么，却依然惊叹不已。奈费尔提蒂要将火把从石棺侧面的开口推进去，点燃里面的柴火。待观众全神贯注，她再掀开棺盖欣赏自己的杰作。届时石棺里只剩下一具骨架，顶着一颗燃烧着的豺狼头，左手食指戴着一枚玉质圣甲虫戒指。随后，阿努比斯会从舞台后面的阴影中大步走上舞台，扯下锁链，准备带着他的战利品回到沙漠。即便是知晓这场戏法走向的人，依然无法对它掉以轻心。雅各布神情紧张地盯着奈费尔提蒂挥动燃烧的火把，最后将火把从石棺的一侧塞了进去。

他身旁的雷切尔呼出一口气。她闭上眼睛，似乎在默默祈祷。

剧院中的每位观众都能看见石棺下面以及它周围的一切。火焰异常猛烈，火舌钻出棺盖。观众倒吸一口凉气。无论谁被困在石棺里都会被烧成灰烬，阿努比斯怎么可能逃脱呢？雅各布猜不透这个魔术的窍门所在。尽管莎拉·德拉米尔十分谦虚，但是她确实是一位天才魔术师。

"太神奇了。"他在雷切尔耳边低语道。

"难以忘怀。"她轻声说。

铙钹响起，奈费尔提蒂掀开棺盖。雅各布想起上次演出，那具骷髅坐起身，瘦骨嶙峋的手指戴着一枚玉质圣甲虫戒指，闪闪发光。震惊的观众中弥漫着一股恐惧情绪。

今晚，似乎有些不同。尽管渐熄的火焰依旧灼热，奈费尔提蒂却像冻僵了一般。她凝视着石棺，这一次骷髅并没有坐起来。音乐断断续续，管弦乐队最后安静下来。

座位里的每位观众都向前探着身子，好奇接下来会发生什么。几位女观众倒抽了一口气，台口拱门上的小天使们带着恶毒的喜悦，咧着嘴盯着舞台。只有雷切尔·萨维尔纳克不为所动。

雷切尔知道发生了什么，雅各布想，她期待着这一刻，仿佛一位女巫等待自己的预言成真。

他的想象力此刻正超负荷运转，是不是……有股烧焦的肉味飘了过来？

奈费尔提蒂惊声尖叫，他知道了答案。

17

"你百分之百肯定威廉·基尔里是被人故意谋杀的吗？"戈弗雷·马尔赫恩爵士扯了扯自己的小胡子，仿佛扯掉上唇的胡须就能解开这个谜团。人们常说他看起来只有五十岁，他自己也引以为傲，然而不过一个混乱的夜晚，他便憔悴得像是六十二年来每天都在辛苦劳作似的。

"毫无疑问，长官。"查德威克警司小心翼翼地坐在桌子另一边的椅子上。他笨重的身材常令人感觉安心，"这会儿奥克斯和他的手下们正在清理现场，仍有大量工作要做，但是要点清晰。基尔里被人以最恶毒的方式杀害，而凶手是他手下的一名舞台工作人员"。

"巴恩斯？那个想和可怜的多莉·本森结婚的家伙？"

"也是林纳克自杀前我们逮捕过的那个家伙，"查德威克的语气同他的举止一样一丝不苟，"我总觉得他是个坏坯子。"

"他和基尔里之间有过交恶吗？"

"没听说，这也是整起案件中最奇怪的地方。基尔里对待巴恩斯无可挑剔。巴恩斯被怀疑杀害女友时，基尔里非但没有解雇他，反而花钱帮他聘请代理律师。当然，这与他的形象并不相悖。基尔里原本就是为人称道的好老板。"

戈弗雷爵士继续蹂躏自己的小胡子："巴恩斯一定是疯了。失去心爱的女人，又被怀疑亲手杀了她——即使只是很短的一段时间——这也足以改变一个人的精神状态。"

"可能吧，长官。"查德威克听起来并不信服。

"我是说，真该死。"戈弗雷爵士一拳砸在桌子上，"看看他杀害基尔里的方式。捆住他的双手，把他困在舞台上的石头坟墓里，活活烧死，残忍至极。没有哪个神志清醒的英国人能犯下这样的罪行。"

"我明白您的意思，长官。"查德威克是一位经验丰富的外交家，"然而，这起案件有一些奇怪的地方。巴恩斯清楚地制订了行动计划。不仅是犯罪计划，还有逃跑方案。对于一位疯子而言，他似乎非常有条理。"

"即使疯子也有卑劣狡诈的手段，"戈弗雷爵士哼了一声，"你搞清楚他如何实施杀人方案了吗？"

"我相信您知道这种障眼法的原理吧，长官？"

"我猜扮演奈费尔提蒂的女孩根本不能创造奇迹，"他不耐烦地回答，"但是，不……我不知道火葬戏法的窍门所在。"

"我来解释一下。"查德威克靠着椅背，像一位给孩子讲故事的老爷爷，"我相信，火葬魔术的呈现形式多种多样。这场是为埃及主题量身定制的演出。其实，石棺后面有一块能从里面移动的嵌板。"

"啊！"戈弗雷爵士眯起眼睛。

"一旦基尔里，也就是扮演死神阿努比斯的演员，"说到这里，查德威克咳了一声继续发表自己欠考虑的观点，"钻进石棺，他便可以移动嵌板。事实上，那是一扇活板门。而他的搭档，那个扮演奈费尔提蒂的女孩，同时举着火把绕着舞台跳来跳去，吸引观众的注意力，给他留出需要的时间。石棺庞大的体积掩盖了一切动作，所以观众看不到她身后发生了什么。舞台后面，藏在假金字塔里的舞台工作人员伸出一把梯子搭接在石棺的开口处。石棺悬于地面，所以观众的视线只能从石棺下方朝金字塔的方向看——但是，这里存在一个视觉盲区。基尔里从石棺背面的开口挤出来，舞台工作人员拽回梯子，把他安全地拉进金字塔里。最重要的是，魔术师站在舞台前面，分散观众的注意力。她非常漂亮，观众势必都目不转睛地盯着她。"

"确实如此。她的演出服……很'清凉'。请注意，这并无不雅，并不会惹恼宫务大臣，但是极具暗示性。"戈弗雷爵士清咳一下，"她如何确保搭档的安全呢？"

"问得好，长官。待基尔里钻进金字塔后，舞台工作人员按动某个开关，释放出一股烟雾。对于观众而言毫无意义，却是奈费尔提蒂一直等待的信号。"

"巴恩斯昨晚发出信号了吗？"

查德威克点点头："我们不仅取证了那个女人的证词，另外两个严阵以待的工作人员也证实了这一点。不幸的是，从他们所处的位置看不到基尔里逃脱失败。她有充分的理由相信把熊熊燃烧的火把扔进石棺没有危险。"

"可怜的家伙。"

"她精神崩溃了，胡言乱语，自责。但是，依我看，她是个无辜的傀儡。"

"真的吗？"

"是的，长官。我们拼凑了她的证词，完全说得通。她深信基尔里当时像往常一样已经绕到舞台后面，准备戏剧性地登台亮相，而观众则一如既往地看着熊熊燃烧的石棺肃然起敬。"

"跟我讲讲那具骷髅。"戈弗雷爵士要求。

"那具骷髅是道具，长官。石棺的棺盖有一个隐藏的小隔层。里面藏了一具衣衫褴褛的阿努比斯骷髅——连同豺狼头和一模一样的玉质圣甲虫戒指。舞台工作人员控制隐蔽在金字塔内的操纵杆，打开隔层的门，启动骷髅，骷髅身上安装了机械装置，能控制它坐起来吓唬观众。"

戈弗雷爵士眨了眨眼："真聪明。"

"巴恩斯的计划很简单。他从石棺背面固定了移动嵌板，这样基尔里就没办法从里面挪动一分一毫。石棺原本只要轻轻一触就能打开。棺盖又紧又重，女演员利用铰链结构，所以能轻而易举地拉开它，但是这种装置没办法从里面顶开。基尔里的双手被锁了铁链，要用些窍门才能松绑，以基尔里的熟练程度，至少也需要半分钟。然而随着火势的蔓延，他同时饱受恐惧和痛苦的折磨，这似乎成了不可能完成的任务。"

"他一定痛苦地大叫。"

"我相信他肯定叫了，长官，但是此时音乐已经到达了高潮。"

戈弗雷爵士的脸抽搐了一下："所以我们眼睁睁地看着音乐淹没了他的哭喊声。"

"的确如此。巴恩斯确信基尔里已经烧焦，随后平静地离开。当那个女孩——德拉米尔——打开棺盖，发现基尔里还躺在里面时，现场一片混乱。"

戈弗雷爵士叹了口气："我走向舞台时，那股恶臭难以形容。每个人都惊恐万状，没有人明白究竟发生了什么。"

"如您所知，巴恩斯过了几分钟才消失。他绕到大楼后面，从剧院后门离开。一片喧哗中，无人察觉。"

"他把这辆车停在剧院附近。是他的车吗？"

"我们已经确定四十八小时前他买下了这辆车。一辆别克因维克塔，长官，非常时髦的跑车。销售员简直不敢相信自己的运气。在他的印象里，巴恩斯是个外表不起眼的家伙，在慢慢确信巴恩斯有钱直接买下这辆车后，销售员才咽下'请勿触摸'的警告。"

"我很好奇，"戈弗雷爵士说，"巴恩斯透露过他的意图吗？"

"他当然没提过他正计划用最可怕的方式谋杀他的老板，长官。"戈弗雷爵士瞪了他一眼，但是警司粗犷的面容毫无讽刺的神情，"他说他计划去旅游。目击者告诉警方那辆因维克塔停在距离虚空剧院一百码的地方，当时他已经启动引擎，全速驶往克里登方向。"

"想必赶不上飞机了吧？"

"一架专门包租的飞机会载他飞往法国博韦。我们还在调查是谁安排的飞机——巴恩斯，又或者他的同谋。"

"你认为他跟其他人联手了？这无疑推翻了他在盛怒之下杀害基尔里的推断。"

"巴恩斯显然精心策划了这次行动。目前尚不清楚他是否得到了第三方的协助。表面看，非常值得怀疑，但是我们确信他买不起因维克塔。虽然基尔里是个慷慨的老板，但是虚空剧院舞台工作人员的薪水并没有高到那种程度。"

"该死，太奇怪了。他有没有可能偷钱？"

"很有可能。我们同时也在调查他有没有说服基尔里预支过现金。"

"令人毛骨悚然的想法，"戈弗雷爵士喃喃自语，"我们昨晚怎么这么快就锁定他了？当我意识到基尔里死了，我帮我妻子叫了一辆出租车，然后报告内政大臣。我离开时，整个剧院乱成一锅粥了。"

"等确定石棺有猫腻，巴恩斯又不知所终后，我们就知道该找谁了。有人报警称一辆因维克塔在距离机场五英里①的地方开得横冲直撞。警方派了个弟兄骑摩托车追，剩下的您都知道了。"

戈弗雷爵士盯着自己的指甲。巴恩斯猛踩油门，很快就甩掉了追兵，但是汽车也失去了控制。由于转弯太快，车子一头撞上榆树，而巴恩斯扭断了脖子，一命呜呼。

"帮刽子手省事儿了，"查德威克酸溜溜地说，"唯一的遗憾是，我们永远无法得知究竟是什么原因使他杀害基尔里。警方已经询问过剧院的工作人员，但是没有谁提及二人曾有过任何争执。每个人都很震惊。巴恩斯是个粗枝大叶的家伙，但是工作完成得很出色。大家说他最近看起来很沮丧，可是谁也不敢相信他恨基尔里恨到要用如此残忍的方式杀掉他。"

"关于那个放火烧他的女人，警方又了解多少？"

---

① 英里：长度单位，一英里等于1609.344米。

"奈费尔提蒂女王？她的本名叫莎拉·德拉米尔，至少她是这么说的。剧院的一名舞蹈演员——一个坏心眼的小婊子——称基尔里曾占过那姑娘的便宜。"

"真的吗？"戈弗雷爵士吓了一跳，"或许，她曾是他的情妇？"

"如果是这样的话，他可真是个大忙人。他跟一个寡居的意大利女人住在一起。我猜他们没有结婚，但是你知道这些搞戏剧的。他们有自己那一套。"

"如果基尔里玩弄过那个叫德拉米尔的姑娘，又抛弃了她，她或许想报仇。假如她能提供买车的必要资金，会不会是她怂恿巴恩斯这么做的？"

"我们从不排除任何可能性，长官，但是这似乎不太可能。所有迹象都表明，直到昨晚，她和基尔里都真心地喜欢着对方。"

"即便如此，"戈弗雷爵士沉思道，"也可能是地狱里的烈火抵不上受到愚弄的女人的怒火之类的。"

"考虑到这种特殊情况，我亲自跟她谈过。现实生活中的她与舞台上扮演的角色有着天壤之别，我只能说，如果她的痛苦是装出来的，玛丽·碧克馥就要多加小心了，她绝对是同时代最优秀的女演员。"

"骇人听闻的犯罪，查德威克。"

警司噘起嘴唇："长官，您一定吓了一跳。本打算陪同马尔赫恩夫人出门放松一晚上，结果却眼睁睁地看着一个人被活活烧死。"

"战争中，我曾目睹过许多可怕的场景，查德威克。作为军人早已见怪不怪，"戈弗雷爵士的嗓音低沉，"但是昨晚的事真的太恶劣了。"

"您不是唯一值得注意的目击者，"查德威克说，"看过今早的《号角报》吗？"

"坦白讲，我只来得及浏览几份严肃报纸。我猜其他报刊正像循着臭味聚集的苍蝇一样蜂拥而来。"

"雅各布·弗林特以目击者的视角报道了昨晚虚空剧院发生的事。"

"帕尔多自杀当晚现身南奥德利街的那个年轻人吗？"

"正是他。同您一样，他昨晚也观看了表演。"

"该死，这惊人的巧合！"

查德威克的表情清楚地解释了他对巧合的看法："他是雷切尔·萨维尔纳克小姐包厢的客人。"

"祝贺你，年轻人。"沃尔特·戈默索尔指着摊在他办公桌上的《号角报》头版说，"干得不错。"

雅各布点点头表示感谢。睡眠不足早晚要放倒他，不过他现在还能靠肾上腺素撑着。他这一辈子从来没有过像昨天晚上那样的经历。坐在一位美女身旁那么长时间，这本身就很令人难忘，但是他永远都无法忘记奈费尔提蒂刺耳的尖叫，以及后来发生的戏剧性事件。

起初，一些观众以为她惊恐的尖叫只是表演的一部分。有几个人甚至跟着笑起来，但是雅各布立刻意识到情况不妙。当穿着埃及服饰的男孩们跑过去扑灭残火，并把威廉·基尔里烧焦的遗体从石棺里拖出来时，观众的调笑瞬间变成错愕。

然而，雷切尔·萨维尔纳克的脸上始终波澜不惊。雅各布结结巴巴地说他原本打算转达奈费尔提蒂女王扮演者的提醒，但是雷切尔中途打断了他的话，并建议他下楼看看发生了什么事。雅各布犹豫了一下，匆匆赶往舞台。剧院一片混乱，但是几分钟后，他已经掌握了独家新闻的报道素材。

"我很幸运。"他坦诚地说。

"非常幸运。"戈默索尔交叉双手，放在脑后，这是他陷入沉思时的常见姿势，"短短几天之内，你已经先后两次身处现场报道重大谋杀案。这是所有记者都梦寐以求的好运气。"

雅各布还没准备好承认他是受雷切尔之邀前往虚空剧院。他要先搞清楚她想干什么。于是，他谨慎地点了点头："太巧了。"

"我也有同感。"戈默索尔眯着眼睛，仿佛想要看穿这位年轻记者似的，"你确定没有签订浮士德式契约，为了几条头条新闻把灵魂卖给魔鬼吗？"

雅各布哈哈大笑："要卖也得卖个高价，先生。"

"很高兴听到你这么说。"戈默索尔并没有跟他一起放声大笑，"干得好，小伙子。这样骇人听闻的新闻，任谁写都不会失手，但是你确实展现出了你的才华。我很钦佩，不过同时我也很担心。"

"担心，先生？"

"是的。"编辑摇摇头，"好运总有耗尽的一天。当心运气变坏。"

"巴恩斯买因维克塔的钱从哪儿来的？"查德威克问。

"他使用现金支付，没有通过他的银行账户。"奥克斯探长忍住打哈欠的冲动。他的眼神比平常呆滞，胡子也不如以往刮得干净，"莫非还有警方没发现的其他犯罪所得？没人知道。他既没什么朋友，也不向任何人吐露心事。"

"他有没有可能是个勒索者？"查德威克是个缺乏想象力的家伙，冒险涉足"如果""可能"的朦胧世界令他的语气充满怀疑，"这就解释了那笔钱从何而来。他是不是抓住了基尔里的把柄，并扬言要曝光他？"

"可以想象，先生。另外还有一个说得通的解释，他把多莉的死归咎于基尔里，虽然听起来似乎有些荒谬。林纳克无疑才是罪魁祸首。基尔里对巴恩斯只有恩情，然而这家伙却用最痛苦的死亡方式回报他的恩人。"

"彻头彻尾的疯子。"查德威克说。

"或许吧。"

"至少巴恩斯已经死了。"查德威克噘着下唇，"知足吧。"

"感恩他逃脱了法律的制裁？"

"这取决于你如何看待正义，"查德威克沉重地说，"幸运的是马尔赫恩爵士也在场，他很快就想到了报警。即便他能活着赶到克里登，我们也会截停他飞往法国的飞机。我想我们不必担心剩余的零星问题，结果干净利落。"

"像帕尔多一样干净利落，长官？"

查德威克怒视他的下属："不要混为一谈。"

"帕尔多死后不久，小瑟罗就看见了雅各布·弗林特。如果他并非像他跟瑟罗解释的那样刚刚赶到，而是帕尔多自杀时就在案发现场呢？"

"你想说什么？"

"没什么，长官，自言自语罢了。昨天晚上，弗林特在雷切尔·萨维尔纳克小姐的陪伴下舒舒服服地坐在豪华包厢里目睹了基尔里的死。我一直想不明白，一位富有的年轻小姐为什么要邀请一名小记者去虚空剧院？"

"某种浪漫幽会？"

奥克斯叹了一口气："如果是这样的话，倒是蛮不寻常。基尔里死后没几分钟，警方就赶到现场，警察记录下所有人的姓名和地址，包括弗林特。但是，没有雷切尔·萨维尔纳克。"

雅各布又泡了一杯又浓又甜的茶，然后回到汤姆·贝茨的旧办公室，整理他纷乱的思绪。昨晚，他跑向舞台，挤进混乱的人群，强烈的本能推着他弄清楚究竟发生了什么事，思考如何写成报道。那股气味令他反胃，周遭的骚动刺痛他的耳膜。女人们哭泣，观众和演员都一样，警察不断喊着"保持冷静"。

装扮成奈费尔提蒂的莎拉·德拉米尔依旧让人认不出，她一直哭个不停，由警察护送带离现场，而雅各布的采访请求在所难免地遭到了严厉的回绝。等他抬头看包厢时，雷切尔已经不见了。他象征性地找了找，很快就放弃了这个想法，专心搜集这起突发恶性事件的报道素材。

在浓茶的刺激下，他抓起电话致电虚空剧院，要求转接莎拉·德拉米尔。

"她不在。"一个带着鼻音的声音告诉他。

"您能给她捎个口信儿吗？"

"您是谁？"

"我是记者……"

电话挂断了。他决定打给雷切尔碰碰运气。女管家接了他的电话，告知他萨维尔纳克小姐不在家。雅各布怀疑这话的真实性，但是指责对方说谎对他没有任何好处。

"您能转告萨维尔纳克小姐我来过电话吗？我急着想跟她聊聊。"

"我会帮您转达的，先生。日安。"

对方挂断电话，徒留他独自对着听筒皱眉。撬开雷切尔·萨维尔纳克的嘴跟用花岗岩榨果汁一样简直是妄想。他端着杯子回到供初级记者使用的臭气熏天的小厨房，刚好撞见奥利·麦卡林登。

奥利帮他介绍埃德加之家时的善意后来逐渐变成不加掩饰的同行嫉妒。他简单地称赞了几句雅各布的头条新闻，敷衍得过于明显。

"你越来越像个明星记者，"他嘲笑道，"准备好接替汤姆·贝茨了吗？我一点儿都不觉得奇怪。我想你已经听说了吧？"

雅各布的心沉下去："听说什么？"

麦卡林登咧嘴一笑。他似乎一直以第一个宣布坏消息为乐："半小时后，老戈默索尔会召集大家开会，正式宣布——医院已经通知——贝茨今天早上去世了。"

18

"巴恩斯当场死亡，"特鲁曼一走进客厅立刻大声宣布了这个消息，"当时他正以每小时六十英里的速度疾驰，突然撞上那棵树。"

玛莎端来咖啡，雷切尔端坐在施坦威钢琴旁悠闲地弹奏着《脚尖穿过郁金香》。特鲁曼扬手把大衣扔在沙发靠背上。整个早上，他一直忙于打探关于乔治·巴恩斯遇难的详细情况。

"要我说，这也是一种福气。"特鲁曼夫人双臂抱于胸前，大胆地反驳丈夫，"巴恩斯不是跟你说过，多莉·本森死的那天他也跟着一起死了吗？他绝不会定居法国。那是一种多么悲惨的生活啊！永远小心翼翼，拼命地说服自己已经安全了。"

"和我们的生活并没有太大的不同。"雷切尔冷笑了一下，"不过，我一点儿也不觉得痛苦。这只是态度问题。"

"巴恩斯从不欠任何人的人情。"特鲁曼耸了耸肩，"我的意思不是说他故意开车去撞那棵老榆树，而是他根本不在乎后果。"

"可怜的家伙，"他夫人说，"至少你不用担心他会出卖你。"

"我从不担心。"

"如果警方逼他开口……"

"他一个字也不会说，"特鲁曼接过话头，"请放心。我比大多数人更善于判断一个人的品性。即便他们把他关进牢房，殴打他，他也会守口如瓶。"

特鲁曼夫人转身看向雷切尔："我猜你想说谁都不可信吧。"

"你们俩说的都对。"雷切尔撤下钢琴凳，走到炉火前暖手，"信任巴恩斯是一场赌博，没错，但是值得一试。结果证明一切都很完美。"

"除了巴恩斯本人。"特鲁曼夫人说。

正式开会前两分钟，沃尔特·戈默索尔把雅各布拉到一边："你听说了吗？"

"关于汤姆吗？是的，太可怕了。"

"天知道那个可怜的女人要如何独自面对这种事。"雅各布从没见过戈默索尔如此沮丧，"贝茨对于莉迪亚而言意味着一切。我们会尽可能地帮她，可是《号角报》不能为一个人提供活下去的理由。"

雅各布脱口而出："前几天，我拜访过她。"

"是吗？"他挑了一下浓黑的眉毛，"是去问候，还是探听消息？"

"二者兼有，先生。"雅各布不好意思地红了脸，"我想知道她……她是否能告诉我些什么，好让我搞清楚汤姆究竟出什么事儿了。"

"没必要脸红，小伙子。普通人和记者的身份并不矛盾。记住这一点。终有一天，你要面对比我更不留情面的家伙，遭受更严峻的考验。"

雅各布的笑容略显不安，不知道该说什么好。

"只是提前跟你预告一下。等会儿，我会宣布我们的新任犯罪调查记者。恭喜你，这是你应得的。"

戈默索尔握住他的手。雅各布结结巴巴地问："你是说，我……"

"汤姆的继任者，是的。这也是他的想法，只不过早了十年而已。我相信你能胜任。半小时后来我办公室，我们再谈谈薪水的事，只是别幻想给女朋友买貂皮大衣庆祝。我们可不是有钱人。"

"谢谢你，先生。"这句话似乎不够表达他的心情。

"别谢我，感谢汤姆吧。上次我在他床边时，他说的唯一一句能让人听懂的话就是把工作交给你。"

"雅各布·弗林特来电话了。"丈夫离开客厅后，特鲁曼夫人对雷切尔说，"他想跟你谈谈，说有些事情想不明白。"

雷切尔哈哈大笑："困惑是他的自然状态，它蕴含了某种甜美的魅力。我总想逗逗他，再给他点儿甜头儿。"

"算了吧。他昨晚说什么了？"

"只说他和莎拉·德拉米尔聊过。她告诉他，她听到了帕尔多和基尔里的谈话，帕尔多说的话让她担心我的安危。"

"那她为什么不亲自来找你？"

"因为她不光彩的过去。"

年长的女人哼了一声："你想跟弗林特谈谈吗？"

"等时机成熟吧。"

"他有危险，不是吗？他让自己成了活靶子。"

"那只能怪他自己。万事都有因果，你我都清楚这一点。"

"不过，你喜欢他。"女管家越过眼镜的上沿凝视她，仿佛控方律师盘问一个寡廉鲜耻的证人。

"他的天真取悦了我，但是我救不了他。"

雅各布依旧沉浸于汤姆·贝茨不幸离世和自己突然晋升《号角报》管理层的双重冲击里，刺耳的电话铃声将他从矛盾的情绪中惊醒。

"奥克斯探长的电话。"佩吉通报道。

冰冷的声音喃喃自语："你可真是个善于捕捉时机的家伙啊，弗林特先生。"

雅各布吞吞吐吐，探长打断他："你有空再跟我聊聊吗？"

"离开虚空剧院回去准备我的新闻稿之前，我已经跟一位警官交代过情况。"

"我看过了，合乎常理，但是跟你谈话的警官并不了解整个事件的背景。我们能见一面吗？"

"好吧。"雅各布顿了一下，"汤姆·贝茨死了。"

"节哀顺变。"

"报社提拔了我。我猜你想说凡事总有好的一面，但是我敢肯定贝茨的死不是意外。他是被谋杀的。"

"你为什么这么想？"

"他一直在调查雷切尔·萨维尔纳克。"

"你是说她制造了这场意外吗？"

"我不是……听着，我们不应该在电话里讨论这个。"

"我们约在斯特兰德大街的莱昂斯角楼见吧。"奥克斯话语简短，没有他一贯的冷幽默，"半小时后镜厅见。"

"到时见。"

"弗林特。"

"怎么了？"

"这是你我之间的秘密，明白吗？不要向任何人吐露一个字。"

雅各布步履匆匆地走下台阶，进入镜厅，看见奥克斯坐在一张紧邻镜子的餐桌旁恭候他。一支名为"迪克西兰表演者"的乐队正在演奏斯科特·乔普林的《从容的胜利者》，空气中弥漫着糕点和新出炉的面包的香味。这座工人阶级的凡尔赛宫是伦敦最受欢迎的餐馆之一，几乎很难找到空位。他挤过错综复杂的桌子，中途不小心撞到一位端着托盘的大屁股女服务员，害她差点儿失手把茶壶和茶具扣到一对衣着考究的小伙子身上，他赶忙道歉。那两个年轻人的餐盘里放着一口未动的小羊排，正全神贯注地聊天，甚至没有察觉自己险些被滚烫的茶水淋个湿透。服务员朝他抛了个媚眼，雅各布满脸通红。

自从来到伦敦，他便耳闻这附近和皮卡迪利广场是奥利·麦卡林登那伙人最喜欢光顾的地方。女服务员们怜爱他们，常常牵线搭桥地把人领到其他单身男子的桌前，这样他们便有机会以最自然的方式开始搭讪。雅各布环顾四周，好奇会不会有谁觉得他和奥克斯也是同道中人。相比与《号角报》新任首席犯罪调查记者交换信息，人们或许更乐意相信探长是在寻找男伴。鉴于斯坦利·瑟罗耸人听闻地描述过警局牢房里举止疑似"不正常"的犯人们所遭受的野蛮待遇，当然不会有这种可能性。

奥克斯掐灭香烟，放下假装研究的菜单，但是丝毫没有握手的意思。"我给我俩点了番茄汤和小餐包，"他直截了当地说，"没必要浪费时间。"

"为什么搞得这么神神秘秘？见记者又不是什么丢人的事儿，你知道的，警方经常跟媒体对话。"

"弗林特先生，你可不是普通的记者。我从没见过哪位记者拥有如此离奇的新闻嗅觉。"奥克斯的笑容里没有任何调笑的意味，"短短一个星期的时间，你已经先后三次现身死亡案发现场。"

"但愿你不要起疑心，探长。"雅各布亲切的语气掩饰了他的焦虑。今天奥克斯的态度显然没有那么友好，但雅各布接着说："我赶到南奥德利街时，帕尔多的尸体正要送往停尸房。舒梅克遇袭前把我赶出了他的办公室，而我也是目睹基尔里恐怖死亡事件的众多观众之一。"

"你当时坐在剧院最豪华的包厢里，紧挨着雷切尔·萨维尔纳克小姐。"

"又有什么关系呢？她是基尔里的客人，她一道邀请了我。"

"为什么？"

"老实说，我不知道。我本打算演出结束后跟她聊聊，但是基尔里的死彻底打乱了我的计划。至于那三个人的死，你很清楚我和他们没有任何关系。帕尔多在一间反锁的房间里开枪自尽，舒梅克遭暴徒袭击，而杀害基尔里的凶手逃避司法审判时当场死亡。说起巴恩斯，他的动机究竟是什么？"

奥克斯拨弄着餐巾："我们没办法再让他开口解释，或许连他自己也解释不清楚。我怀疑他知道萨维尔纳克小姐和基尔里之间的关系，但愿你能给我一个解释。"

"雷切尔·萨维尔纳克的邀约来得很突然。我一直想跟她搭话，但是始终没能成功。"

"关于什么？"

奥克斯的脑袋后面挂着一面大镜子，雅各布仔细看了看，确保自己的表情不乏坦率。他决定隐瞒自己和莎拉·德拉米尔的见面。她畏惧面对警察，甚至在不知不觉中成为谋杀威廉·基尔里的共犯之前便已如此。

"我想报道她。"这是实话，只不过并非全部实话，"我们的读者肯定喜欢名门淑女扮侦探的故事。出乎我意料的是，她的司机接上我，直接送我去了虚空剧院。"

"最后一幕变成一场悲剧时，雷切尔·萨维尔纳克是什么反应？"

"她……几乎什么都没说。"

"她一定吓到了吧？不安？"

一种模糊的本能警告雅各布措辞要谨慎："我实在没什么可说的。"

奥克斯皱着眉，这时穿着黑色羊驼呢连衣裙和白色围裙、戴着硬挺帽子、发色姜黄的女服务员端来二人的汤。莱昂斯角楼的成功得益于便宜而健康的餐食。他们谁也没有再说话，直到把汤碗中的汤喝光，乐队开始演奏《枫叶拉格》。

"我想起一件事。"雅各布拿起纸巾，擦了擦嘴，"当……最后出事时，所有人都惊慌失措，但是萨维尔纳克小姐平静得不可思议。如果不是太荒谬的话，我甚至觉得她期待着某些可怕的事情发生。"

"如你所说，"奥克斯嘀咕道，"太荒谬了。"

"小弗？"

返回《号角报》大厦，雅各布没想到还能再次接到伦敦警察厅的电话，但是他不可能搞错斯坦利·瑟罗的声音，即便对方嗓音沙哑也不会。

"我要跟你谈谈。"

"怎么了？"

瑟罗清了清嗓子，声音很响，仿佛准备站在海德公园角演讲似的，但是等他开口时，声音又很轻。

"是这样的，小弗。我……我给自己惹了点儿麻烦。"

雅各布屏住呼吸。所以他猜对了。

"很遗憾得知这个消息，斯坦利。出了什么问题？"

"这是……嗯，这次真的遇到麻烦了，小弗。事实上，糟透了。对你而言也一样，你已经知道得太多了，不能通过电话聊这件事。我现在正在警察厅，随时都可能有人进来。"

"我们见一面吗？"

"好。"瑟罗咳嗽一声，"好的，太好了。"

"老地方？"

"不，小弗。得找个新地方，去城外。如果有人跟踪我，我必须甩掉他们。而且，他们知道埃塞克斯拐角的那家店。"

"他们是谁？"雅各布问，"你听起来很紧张，斯坦利。你怎么了？"

电话那头停顿了很长时间："我不介意承认，小弗，我很焦虑，非常焦虑。我不知道该怎么办，否则我绝不会把你牵扯进来。"

雅各布用力地攥紧手掌："你想怎么做？"

"你今晚有空吗？莉莉的哥哥在本弗利特有间小屋，距离伦敦一小时车程，很僻静，他近期不在。我们分头行动。你坐火车从芬丘奇街出发，我开车。"

"斯坦，我都不知道你有辆车。"

"福特跑车。马达强劲，小弗，无篷座椅，一切都好。花了一大笔钱，但是物有所值。"瑟罗的声音明快了些，但是很快又消沉下去，"我想我有点儿忘乎所以了。"

"那间小屋在哪儿？"

"距离车站不远，你一定能找到。八点半见？"

"到时见。"

"谢谢你，小弗，你真够朋友。"瑟罗犹豫了一下，"还有一件事。"

"说吧。"

"看在上帝的分儿上，你要确保没人跟踪你。"

19

　　雅各布刚放下听筒，电话又响了。电话那端通报有位自称代表雷切尔·萨维尔纳克小姐的女士致电。

　　"转接过来。"

　　特鲁曼夫人不愿浪费时间，开门见山地说："萨维尔纳克小姐今晚可以见你。九点整。她说——"

　　"对不起，"雅各布打断她，"她人真好，可惜今天晚上不行。我另有一个紧急约会。"

　　随后的静默中，雅各布暗自狂喜。那个初出茅庐的小记者已然荣升《号角报》的首席犯罪调查记者。伦敦警察厅的探长咨询他的意见，犯了错的警察向他求援。雷切尔·萨维尔纳克也得排队等着跟他见面。

　　"取消那个约会。"

　　他是不是有些不自量力？雅各布迫切地想知道雷切尔想干什么。

她在虚空剧院的举动似乎非常可疑，即使他并不知道怀疑她什么。然而，他从没考虑过让瑟罗失望。如果那位女士真想跟他谈，她会再次来电。他可不是她的贵宾犬。

"恐怕不行，我已经答应赴约。萨维尔纳克小姐明天有空吗？"

电话挂断了。

"你已经知道得太多了。"

要是真如瑟罗所言就好了，雅各布一边寻思，一边扯下衣架上的外套。照理说，今晚他原本应该出去庆祝自己升职——接替汤姆·贝茨的职位，但是他手头的事太多了。对于一个刚刚晋升的记者（狭义讲，这就是成功）来说，怎么描述他的无知程度都不过分。雷切尔·萨维尔纳克一天比一天神秘，但愿明天还有机会跟她说话。

当他大步流星地穿过走廊时，同事们时不时地截住他，恭喜他晋升新职位。大家的盛情令他自觉惭愧。雅各布发现奥利·麦卡林登躲得远远的，莫非他深受嫉妒的折磨？雅各布不在乎，重要的是弄清楚他知道些什么。

一时心血来潮，他决定绕道而行，不直接回阿姆威尔街。出了《号角报》大厦，他转向林肯律师学院，赶往绞刑场。夜幕降临，寒冷的夜风刺痛他的皮肤。走到阴冷潮湿的通道尽头，他停下脚步，透过黑暗寻找汉纳威或是他苍白随从的踪影。昏黄的路灯灯光洒满寂静的庭院。一个人也看不见。人们只有在别无选择的情况下才会来这儿，交易一结束便逃也似的离开。

雅各布惶恐地穿过鹅卵石院落，跑到汉纳威律师事务所的门前。恐惧刺痛他的脖子。小偷也有这样的感觉吗，仿佛赤身裸体般惹人注目，害怕警察的哨声，双手紧握得像老虎钳一样？

前门旁挂着一块不显眼的牌子，标着"冈特律师事务所"的字样。萨维尔纳克大法官做律师时肯定在这里工作过。这幢大楼登记在册的机构名称以黑色斜体字涂刷在一块长长的白色竖板上，正如律师事务所罗列律师名单的方式一样。他浏览了一眼名单，蓦然涌起一股兴奋之情。上次造访的模糊记忆以及召唤他重访绞刑场的莫名本能原来都有迹可循，那些名字跃然眼前。

虚空剧院有限公司、威廉·基尔里经纪公司、帕尔多地产、牛津孤儿信托基金、林纳克投资集团。

有些对他而言则是生面孔：哈利街控股公司、联合工会福利基金、苏豪区土地收购公司、弃兵俱乐部。

他大脑里的齿轮嘎吱作响。帕尔多地产——奥克斯不是告诉过他，玛丽·简-海耶斯丧命的那幢房子登记在那个银行家持有的公司名下？

咔嚓，咔嚓，咔嚓。

弃兵俱乐部（The Gambit Club），冈特律师事务所（Gaunt Chambers），绞刑场（Gallows Court）。

GC，GC，GC。

又或者，反过来的CGCGCG。难道列维·舒梅克想通过那串密码将雅各布引到这里吗？

雅各布匆匆逃出绞刑场，理智告诉他密码肯定简单易懂。舒梅克几乎没有犹豫地一蹴而就，一定是他不假思索编撰而来。这意味着那串密码其实非常简单。

CGCGCG91192PIRVYBC

卖报的小贩想兜售他一份晚报，可惜没能成功。雅各布习惯性地瞥了一眼头版，吸引他目光的并非虚空剧院惨剧的醒目标题，而是标题上方的日期。他突然灵光乍现。

如果舒梅克的意思是倒着读那串密码的话，那么那些数字或许代表1919年1月29日？至于舒梅克为什么关心十多年前的事情，他毫无头绪。但是解密的过程总得有个起始的地方。那几个字母他完全摸不着头脑，然而他又忽然想到，RIP或许意味着"愿灵安息"[①]。舒梅克是想提醒他关注某个首字母缩写是CBYV的人的死吗？

返回《号角报》大厦后，他决定验证一下自己的推理，于是找到外号"特里特米乌斯"——这是德国著名密码学家的名字——的同事。这个胖家伙鲜有手里不拿着蛋糕或者小圆面包的时候。他本名叫托斯兰，是《号角报》的解谜专家，专门汇编各种填字游戏、离合诗和脑筋急转弯，帮助读者们暂时摆脱日常烦恼，诸如担心自己会不会失业之类的琐事。他的笔名源自十五世纪一位酷爱密码学的德国一所修道院的院长。

"给你出个小难题，"雅各布把舒梅克草草记下密码的那张纸条递给托斯兰，"关于它的含义，我已经有了初步的推断，我想验证一下。"

托斯兰咽下剩余的巧克力松饼，扫了一眼密码："你有什么线索吗？"

[①] RIP：英文Rest in Peace的缩写，意为愿逝者安息。

"我相信其中的信息并不复杂，写这个的人也是一时冲动想到的。"雅各布犹豫着不知道吐露多少信息合适，"你的线索是绞刑场。"

"林肯律师学院那块昏暗的空地？"托斯兰同波泽一样消息灵通。

"完全正确。"

"交给我吧。"托斯兰抄起袖子，抹掉下巴上沾着的巧克力，"我现在正忙着搞我们下一本大部头益智书，不过明天我会抽时间看看。"

雅各布道过谢，起身回家。前一天晚上，忙完基尔里死亡事故的新闻稿后，他于凌晨回到埃德加之家，害怕吵醒多德夫人或者伊莱恩，只得踮着脚上楼，地板每发出一次嘎吱的声响都令他局促不安。今天早上，等他从床上爬起来准备吃早餐时，伊莱恩已经出门去上班了。多德夫人一反常态地少言寡语，浑身一股浓重的杜松子酒味，想必她昨晚又喝得烂醉如泥，恐怕他一路敲着铙钹上楼也吵不醒她。

一回到埃德加之家，他一头扎进厨房，惊愕地撞见愁眉苦脸的多德夫人。她红润的面庞泪迹斑斑，稀疏的头发凌乱不堪。厨房一如既往地干净整洁，不过她忘记藏好她的杜松子酒了，餐桌上还摆着一瓶喝了一半的戈登酒。

"出什么事了？"

"伊莱恩跟我闹翻了。她气冲冲地走了。"

"很抱歉听到这个消息。"

"你没有……"多德夫人咬着嘴唇，"我本不想问，但是你和伊莱恩吵架了吗？"

"因为我不能跟她约会的事吗？不算吵架吧。我尽力解释过，也道过歉。为什么这么问？"

"没什么。"她的语气毫无生气，"你想喝茶吗？"

伊莱恩究竟说了什么？雅各布说："我不想给你添麻烦。"

"哦，不麻烦。至少能让我暂时不去想那些事。来个美味的煎蛋卷怎么样？"

"你真好。"他迟疑地开口，"伊莱恩怎么了……？"

"求你了，雅各布。我现在的状态不适合接受盘问。你误会了。伊莱恩没事。一切如常。"

她避开他的目光，盯着油毡地面，沮丧仿佛廉价、刺鼻的气息沾在这个郁郁寡欢、满身杜松子酒味的女人身上。

赶往芬丘奇街的途中，甚至站在售票处等候买票时，雅各布总有一种受人监视的不适感。然而，每次他回头确认时，都没发现周围有什么可疑的人对他感兴趣。他猜，奥克斯和瑟罗的警告不仅提高了他的警觉，更诱发了一些偏执。

不必担心，他默默想，火车抵达本弗利特站，雅各布走出灯火通明的车站，融入夜色。地势平坦，距离铁路线不远处有一条宽阔的小溪，估摸是泰晤士河的入海口。月亮和星星倾洒的微光柔化了荒凉、空旷的沼泽，幸好他早有准备，随身携带了手电筒。光束照亮了一台硬币槽式水泵，一条通往船夫小屋和新桥巷道的煤渣路。即便如此偏僻的地方，终有一天也要屈服于发展。眼下，这里没有现成的道路，只有一条狭窄的草径沿着溪流蜿蜒远离煤渣路。

一只猫头鹰啼鸣。他异想天开地理解成又一次警告。一只小动物，或许是只狐狸，在河边看不见的地方爬来爬去。小径湿软而泥泞，他能闻见潮湿的泥土气味，幸好他回阿姆威尔街时换了一双结实的靴子。手电筒的光束映照出一幢海滨风格的小木屋。屋前有一条游廊，几码远的地方是一座大蓄水池。接近小屋门口草径慢慢消失，一辆时髦的福特跑车停在参差不齐的树篱旁。瑟罗说得对，它看起来真不错，但是这得花多少钱啊！

小屋内没拉窗帘。窗口没有灯光，雅各布甚至看不到闪烁的烛光。如此偏远的地方没有煤气或者电力，他猜照明要用石蜡。他加快脚步朝房子走去，却感觉不到一丝人气。瑟罗是不是吓得躲在房子后面了？

雅各布走到门前，敲了三下，无人应答。他喊道："你在吗？"

他往前一靠，门开了。雅各布举着手电筒，扫视一圈狭窄的门厅，门厅两旁的房门紧闭，另外一扇显然通往厨房的门虚掩着。

"斯坦，我来啦。"他看了一眼手表，"准时到达。"

没有动静。

雅各布推开左侧的房门，手电筒照进去。房间里陈设很少，只有一张小沙发、一把扶手椅和一个餐具柜。沙发上躺着一个男人。他身材魁梧，一双长腿挂在沙发的一端，耷拉到地板的垫子上。鲜血从他腹部狰狞的伤口喷涌而出，脖子旁还有一道丑陋的切口。

斯坦利·瑟罗确实有理由恐惧。

雅各布难以置信，僵在原地。他甚至不需要触摸尸体就已经知道自己无能为力。年轻的警察双眼无神地盯着天花板。

空气中飘浮着一股难闻的气味，似乎很熟悉，与周遭的神秘格格不入。呆滞的雅各布根本无暇分辨。

手电筒的光束随着他颤抖的手不停摇晃。光束忽然扫到一只女性的红色尖头鞋，从沙发后面探出头来。他艰难地吞了口唾沫，强迫自己往前走了几步，以便看清鞋子的主人。

那具躺在破旧地毯上的尸体是一个留着鲜艳红发的年轻女子；身上绿色的丝绸衬衫被撕破了，血迹斑斑；白皙的喉咙被割开一道口子。

但是令雅各布作呕的并不只是目睹死状凄惨的尸体，更糟糕的是辨认出死者时的恐惧。

他目不转睛地盯着伊莱恩·多德的尸体。

朱丽叶·布伦塔诺的日记

1919年2月3日

又是糟糕透顶的一天。亨里埃塔快要疯了。

哈罗德·布朗从伦敦回来了。他喝得酩酊大醉，神志不清。毫无疑问，那三十枚银币都被他挥霍在首都的妓院了。

得知克里夫病了，他哈哈大笑。这消息对他而言似乎像某种低级趣味似的惹人发笑。现在我终于明白他为什么这么高兴了。

亨里埃塔说他匆匆穿过堤道，跑到村里，克里夫的妹妹和母亲就住在那儿。显然，他对那个女孩做了些可怕的事。

"什么时候才是个头啊！"亨里埃塔放声大哭。

可怜、勇敢的亨里埃塔。我从没见过她如此难过。而我根本不敢想这一切什么时候才能结束。

20

伊莱恩的尸体仿佛一记警棍，狠狠地砸在雅各布身上。他颤颤巍巍地紧抓着沙发，撑住自己免得瘫倒在地。震惊和怀疑令他头晕眼花。喉咙从未如此干渴，即使他想尖叫，也只能勉强发出一声痛苦的呻吟。一个清晰的念头忽然从他的脑海中闪过。

保持安静。不管凶手是谁，现在很可能还在附近。

他的脚下好像踩到了什么东西。他低头一看，只见手电筒的光束映照出一把大切肉刀。冰冷的刀刃沾满了瑟罗和伊莱恩的鲜血。稍加打量后，他意识到眼前这把刀柄乌黑、破损严重的切肉刀跟多德夫人厨房里的那把一模一样。这绝不是巧合。他的第一反应是捡起来，然而一种自我保护的懵懂本能却在他弯下腰时阻止了他。相反，他挪了挪脚，关掉手电筒。

他看够了。

那是什么？他竖起耳朵，房间外有人走动。他听到轻柔、谨慎的脚步声，凶手穿着橡胶底而非皮革底的鞋子。对方现在正站在门厅，准备第三次动手。

雅各布的太阳穴突突直跳。他蜷缩在黑暗中，身边是一男一女两具尸体，那两个人还曾是他的朋友。他必须挣脱死亡的恐惧。现在最重要的是活命。他必须活下来。

他没有武器，只能赤手空拳保护自己，可是他向来不擅长打架。凶手还有武器吗？还是说他只带了一把刀来？雅各布屏住呼吸，不敢出声，踮着脚往前挪动。

门嘎吱一声。

雅各布屏气凝神，看着门慢慢地、慢慢地被打开。他钉在原地，不敢再动一步。月亮是唯一的光源，一丝月光透过窗户洒进来。他又闻到那股奇怪而熟悉的油腻气味，这味道他一进门就注意到了。

他听见橡胶鞋底再次移动。门缝渐宽，凶手突然出现在门口。月光下，他惊恐的眼睛看得很清楚。

奥利·麦卡林登手里攥着一把黑色的左轮手枪对准雅各布的胸口，空气中充斥着他难闻的发油味。

弃兵俱乐部镶嵌着橡木护墙板的会员休息室里，文森特·汉纳威安坐在一把皮质扶手椅中。签署完办公室当天最后一批函件后，他沿着会员专属楼梯快步走进俱乐部。在这间小小的私人餐厅里，他大快朵颐，吃着鲜嫩的带血牛排，又搭配浮岛甜点，享用了最优质的皇家托卡伊贵腐酒，然后坐下来一边品尝古巴雪茄，一边处理几笔业务。用人在他身旁的红木桌上安置了一部电话，他对着听筒轻言细语，以免打扰两位正在通过下棋打发时间的尊贵同僚，大家耐心地等着享受俱乐部会员的隐秘特权。

"还没有消息，耐心点儿。"

"我一直信不过麦卡林登。他不可靠，像他的许多同类一样。"

"注意你的言辞。你所说的他那类人也包括我们兄弟会的几位杰出成员。当然，他的父亲……"

"是个好人，自不待言。这只关乎儿子的可靠性问题……"

"这是个严峻的考验。今晚结束前，我们就能知道他是什么成色。"

"一听到风声立刻通知我。"

面朝汉纳威的书架滑到一边，露出一条光线充足的走廊，走廊的墙壁贴着威廉·莫里斯风格的玫瑰粉色墙纸。这是弃兵俱乐部的几个隐蔽出口之一。它们几经迂回，最终通往凯里街和大法官巷几扇不为人知的门前，而非绞刑场。一个年轻的中国女人身穿白色缎子长袍、黑发齐腰，站在通道的入口处。她娇嫩的红唇露出礼貌、探询的微笑，汉纳威点点头。

"稍后再打给你。"他对着听筒皱起眉，"在此期间，请你不要再给我打电话了。但愿你没有失去勇气。"

"毫无疑问，相信我。我只是……"

"很高兴听到你这么说。眼下到处都是犯罪，伦敦警察厅需要你全力以赴。"

麦卡林登握枪的手抖个不停。雅各布心想：他和我一样害怕。

"趴在地板上，闭上眼睛。"

麦卡林登听上去像个青涩的演员，唯恐搞错煞费苦心排练的台词。

"奥利，你干了什么？"

"我干了什么？"麦卡林登拔高嗓门，"我赢得了我的荣誉。这就是我干的。我实施了完美的犯罪。三次。"

雅各布感觉脸颊的肌肉绷得紧紧的："我不明白。"

"你用从住处偷来的刀捅死了瑟罗和那个妓女伊莱恩，然后满心悔恨得一枪爆了自己的头。"麦卡林登咯咯直笑，"枪上只有你的指纹。完美的犯罪，不是吗？"

雅各布忽然想起小时候有个男老师抓到他犯了一个小错误，于是扒掉他的裤子，抽打他裸露的屁股，通过这种给他人施加痛苦的方式满足自己。自那之后，还没发生过什么事比麦卡林登这种挑衅似的取乐更刺痛他。对麦卡林登而言，他的死还不够。在世人眼中，他就是一个畏罪自杀、受人唾弃的懦弱杀人犯。穷人版的劳伦斯·帕尔多。

"奥利，求你了。"

"求我？"麦卡林登的手端稳了。雅各布不知道怎么办，只能拖延时间，寄希望于出现奇迹，"你为我做过什么？"

能不能扑倒他，赶在他扣动扳机之前打掉他的枪？无论如何，总比饮弹自尽来得好。他必须慢慢靠近目标寻找机会。

"别动！"麦卡林登尖叫。

"这究竟是怎么回事？"雅各布问，"告诉我，至少，趁你还没……"

月光下，麦卡林登的脸上掠过一丝微笑。

"当然是天谴会，别假装你什么都不知道。"

雅各布盯着他，完全不知道那家伙在说什么。

麦卡林登举起枪："听着，趴下。如果你听话的话，我可以快些

208

了结你。如果不……你就要吃点儿苦头了。"

雅各布浑身紧绷，准备扑上去。

突然，插曲从天而降。一声巨响划破紧张的气氛，麦卡林登朝前一倾，倒地前开了一枪。雅各布瑟缩着闭上眼睛，猛地朝一边扑去。撞到地板的一瞬间，他的肩膀一疼，不过没别的感觉。肯定不是子弹穿透肌肉的那种疼痛。子弹射偏了。

他如释重负，但是还没来得及睁开眼睛，一只有力的手就掐住了他的脖子。粗大的手指紧压住他的气管，某个坚硬的东西砸向他的脑袋。

紧接着，他的眼前出现一片黑色的虚无。

"你还需要别的什么吗？"特鲁曼夫人问。

"一个小时里你已经问过三次了。"雷切尔放下菲茨杰拉德的小说《漂亮冤家》，抬起头。客厅里炉火熊熊，收音机里传来平·克劳斯贝的低吟，"别担心了。如果你能专心刺绣，而不是每五分钟放下一次，或许能开心得多。"

"我今晚一直坐立难安。"

"我发现了。"雷切尔懒洋洋地说。

"我想上床睡觉，但就是睡不着。"

"给自己倒一杯威士忌，世界会变得更美好。"

年长的女人冷冷地哼了一声："自信固然是好事，但是不要自满。"

"听着。"雷切尔取来一张流苏书签，夹在刚读完的那页，目光灼灼地盯着女管家，"关于必须做些什么，我们已经达成一致。现在除了等待，我们俩没什么可做的。"

"你怎么能如此镇定？"年长的女人问。

"你更喜欢歇斯底里地吼叫？别忘了，我已经等了这么多年，再多等几个小时又算得了什么。"

"这不仅仅是几个小时的问题，不是吗？"特鲁曼夫人的脸色像冬天一样阴沉，"我们什么时候才能看到结束的那一天呢？"

"事实上，星期三，"雷切尔说，"耐心点儿。很快就要结束了。我就快完成我的计划了。"

雅各布也不知道自己昏迷了多久。他逐渐苏醒过来，强迫自己睁开眼睛，尽管这需要极大的意志力。他浑身都疼，而且身体好像有些地方不一样了。他眨了眨眼睛，意识到自己正置身寒冷的夜色中。月亮不见了，这里似乎只有他一个人。可惜，他无计可施。此刻，他正头朝下地趴在距离小屋不远的一个大铁罐的一侧。

他的头很疼，疼得想哭，但是他的嘴被胶带封住了，发不出声音，似乎有什么东西勒进他的手腕和脚踝里。哦，原来他被一根结实的绳子绑起来了。即使用力挣扎，他也不可能挣脱束缚，反而更危险，万一掉进蓄水池里怎么办？

那个蓄水池有十英尺深，底部的三分之一盛满臭水。他整个人摇摇欲坠。如果不慎从蓄水池边缘滑下去的话，他会被淹死。

雅各布小心翼翼地抬起头，刚好探过蓄水池的边缘望出去。旁边是一个用砖砌成的小平台，袭击他的人想必是站在这上面把他捆成这个样子的。他环顾四周，看见小屋的后门大敞，摇曳在夜风中。

门内传来一声满意的叹息。一时间，雅各布不知道该庆幸自己被死神抛弃，还是该担心即将发生的事情。他根本不知道谁在屋里。过了一会儿，他才想起来伊莱恩和瑟罗已经死了。

所有人中，凶手偏偏是奥利·麦卡林登。

或者这一切都是他的梦？难道他脑海中那些血迹斑斑的可怕尸体只是一场变态的噩梦？这样一个离奇的夜晚，他无法确信任何事。

屋内传来一声巨响，打破了宁静。一声枪响。

雅各布屏住呼吸，瞥见门口闪出一个影子。后门走出一个人。

雅各布在一阵恐惧中无助地绷紧了身体。

21

"现在好些了吗？"雷切尔询问。

特鲁曼夫人喝光格兰威特威士忌酒，把酒杯搁在胡桃木小桌上："你和大法官有些相似的地方。"

雷切尔抿了一口威士忌："真的吗？"

"只要尝一口就知道是上好的麦芽。"

雷切尔讽刺似的微微鞠了一躬："你吓到我了。我以为你嘲讽我像那个卑鄙的老暴君一样心理扭曲呢。"

"你像我和特鲁曼一样理智。"

"我应该感觉欣慰吗？"

老妇人挤出勉强的微笑："恐怕不行。"

"一个人的秉性有多少源自遗传，又有多少受后天生活经历影响呢？"雷切尔闭上眼睛，"我很好奇。"

"听起来没把握，这可不像你。"

"但愿坦承弱点能提醒你，我也是个人。"

"噢，你是人，没错。我还记得那天晚上那个卑鄙的男人用朱丽叶·布伦塔诺的秘密勒索你的时候你的脸色。"

雷切尔再次睁开眼，但是什么都没说。

"苍白如纸。你想弄清楚他究竟知道多少，又猜到了多少。"

雷切尔长呼一口气："他咎由自取。"

女管家点点头："我得承认，你很果断。但是即使现在，我们也不能确定，不是吗？我们永远不可能安全，永远。"

"担心最坏的结果毫无意义。"雷切尔抬高嗓门，"记住，星期三，一切都会结束。想想我们已经取得的成绩，帕尔多和基尔里都死了。至于克劳德·林纳克……"

"贝茨呢？还有列维·舒梅克呢？"

"战斗伤亡。"

"那么，巴恩斯呢？"

"他……他想死。你丈夫这么告诉我们的，记得吗？"

"即便如此……"

雷切尔嗓门尖锐地说道："我们一直都清楚生活的真相。即使无辜也要受苦，无辜者通常受苦最多。"

特鲁曼夫人摇摇头："这可不容易承受。"

"不。"雷切尔抓住老妇人的手，捏了捏，"正义绝非易事。"

"听起来像大法官说的话。"

"一些被他判处死刑的人其实是罪有应得。"

"雅各布·弗林特呢？"

"他怎么了？"

"他不怎么擅长打斗。"

雷切尔耸了耸肩："我没办法。"

"要是他今晚死了呢？"

雷切尔没有回答。

小屋里走出来的那个男人肩膀宽阔，身高超过六英尺，从头到脚一身黑，戴着蒙面袜，只露出眼睛和嘴巴，粗大的手掌里握着一把枪。走到蓄水池边上时，他一把扯下面罩。

雅各布倒抽了一口气，雷切尔·萨维尔纳克的司机正皱眉瞪着他。

"别说话，"特鲁曼说，"我要把你抱下来。小心一点儿。如果情况不妙，你就下水。先顾头。"

雅各布屏住呼吸。大块头像对待布娃娃一样把他举起来，放在地上。

"老实点儿。"特鲁曼用枪口顶着雅各布的肋骨，"今晚我已经开过一枪，再开一枪又有什么区别呢？对我而言，没有什么。对你而言，彻底拜拜。"

二人站在煤渣小道上，距离小屋只有四分之一英里远。特鲁曼载他去虚空剧院的那辆劳斯莱斯幻影不见踪影，不过树篱旁停着一辆锈迹斑斑的牛鼻子莫里斯四座车。特鲁曼衣衫破旧。今晚他没穿司机制服。

麦卡林登呢？他不见了。雅各布忍不住又张开了嘴。

"为什么——"

"你没听见吗？"特鲁曼用枪托戳了戳雅各布，"别说话。"

雅各布的头隐隐作痛，绳子仍然勒着他的手腕。他应该庆幸自己还活着，然而今晚发生的事情不仅让他困惑，更令他作呕。

"我会给你松绑，然后把你塞进车后座。后面有一些破自行车零件，推到一边去，睡一会儿；你看起来需要休息。我不打算走大道，但愿没人拦我们的车，但是如果运气不好的话，请你闭上嘴。我来应付，大概会说你喝多了，醉得不能动弹。不管我做什么，你配合就好。否则我不介意闹个鱼死网破。你听明白了吗？"

雅各布点点头。不能动弹，确实，他确实一动也不能动。

"别耍花招。"特鲁曼朝小屋的方向比画了一下，"我救过你的命，不过请你记住，我能给你一条命，也能再夺走。"

穿越黑暗的长途跋涉在雅各布看来仿佛一场永远没有尽头的噩梦。即使坐在方向盘后面，特鲁曼也威慑力十足。或许，他要开去别的什么鬼地方，然后神不知鬼不觉地处理掉他的乘客。疲惫和痛苦蹂躏着雅各布的大脑，他已经见识过特鲁曼的本事，深知惹怒他的代价。他们驶过无边无际的乡间小道，一路颠簸，雅各布服从命令，保持沉默。很快，他便断断续续地打起瞌睡，脑海中充斥着令人作呕的画面：一起喝过酒的警察和他亲吻过的女孩一动不动地躺在血泊里。

尽管特鲁曼预料可能会被拦车，但是事实上一路畅通。最终，二人安全抵达伦敦市中心。特鲁曼把车停在雷切尔家门口的广场，搀着他跨上台阶。

一位体格健壮的女士打开前门，丝毫没有讶异的神情，仿佛松了一口气。她一定是接过他电话的那位女管家。她一直在等他们。

"弗林特先生，您看起来似乎需要喝一点白兰地。进来吧。等特鲁曼处理好车，萨维尔纳克小姐马上就来。"

"谢……谢谢你。"他的声音听上去沙哑而苍老。他不知道处理好车指的是什么。

女人把他领进客厅，往一只玻璃杯里倒了些白兰地，然后转身离开。墙壁装饰着各式各样的装裱画：裸体、幽闭的内室和音乐厅的场景。它们暗淡的色调很符合雅各布此刻的心情。他一口饮尽白兰地，连滋味都懒得品尝，接着若有所思地拿起桌上的酒瓶，又给自己倒了一杯。

这次他慢慢地啜饮，试图分析周遭的环境，观察它们有没有透露主人的任何信息。他的结论是看不出什么，只能说她很有钱，喜欢艺术装饰风格的家具和恐怖的现代艺术。

特鲁曼为什么现身于本弗利特？凶杀事件并没有令他仓皇失措。莫非麦卡林登为雷切尔卖命？又或者她知道麦卡林登是个精神错乱的疯子，要是这样的话，那又跟她有什么关系呢？他想不明白。

十分钟过去了，门再次被打开，特鲁曼大步流星地走进来，身后跟着他的妻子和一位女佣。谁都没有说话，年轻的女士仔细地打量着雅各布，他也看到了对方被毁容的脸颊。这让他想起利兹贫民窟的一个女孩，那姑娘也是这般模样。后来她刺伤了毁掉她容貌的男人，雅各布负责报道她接受审判的新闻。

他用力咽了口唾沫，发觉自己正在经受某种考验。他不能流露任何感情，不能表现出怜悯，不能表现出厌恶，甚至不能愤怒于竟然有人如此野蛮地破坏这位年轻女子的美貌。据贝茨称，雷切尔只雇用了三名用人。或许与其说他们是忠诚的侍从，不如说他们是谋杀的共犯？

雷切尔·萨维尔纳克走进门，朝雅各布苦笑一下。

"晚上好，弗林特先生。你还活得好好的。恭喜你，你刚刚完成了一次完美的犯罪。"

"我不明白……"雅各布开口道。

"这就是你梦寐以求的报道，不是吗？"雷切尔打断他，"你或许不这么想，弗林特先生，但是今天是你的幸运日。多亏了特鲁曼，你才死里逃生。"

雅各布的后脑勺隐隐作痛。他小心翼翼地搓了搓。

"更重要的是，我决定相信你。尽管这与我的判断不符。"

雅各布清了清嗓子："我猜我应该受宠若惊。"

"当然，这里隐藏着一个不利因素。"

"什么？"

坐在椅子上的雷切尔朝前倾身："你永远别想把我要告诉你的这些事报道出去。同意吗？"

雅各布挪动身子："我不——"

"允许我再说明白一点，"她说，"这不是谈判。"

"最后通牒，嗯？"

她耸耸肩："随你怎么说。你说话算话吗？"

夹在妻子和女佣之间的特鲁曼坐在一张长靠椅上，闻言立刻哼了一声，其中的意思雅各布不难理解：记者的话一文不值。

"我想是这样。"

"希望能安慰到你，你并没有做出重大让步。因为这个故事你永远不可能发表。"

"随你怎么说。"雅各布执拗起来。他还活着，但是伊莱恩已经死了。他从没感觉如此疲惫和沮丧。

"好吧，"雷切尔说，"公平起见，我应该说明，你的个人情况，从某种程度来讲……有些不妙。"

雅各布瞥了一眼特鲁曼，大块头攥紧拳头。他的紧张显而易见，似乎随时准备动手。

"你在威胁我吗？"

"你胆敢如此粗鲁？"雷切尔语气刻薄，"别搞错了，你欠特鲁曼一条命。对他来说，看着奥利·麦卡林登杀了你易如反掌。"

"麦卡林登在哪儿？他死了吗？"

"他不会再来烦你了。"

雅各布只感觉怒火翻涌。他转头看向特鲁曼："你杀了他。"

"麦卡林登承受了他为你准备的下场，"雷切尔说，"很讽刺，不是吗？"

"他怎么知道我在那儿？"

"有人通知他，瑟罗说服你赶赴本弗利特。"

"你是说这是个阴谋？"雅各布睁大眼睛，"瑟罗和麦卡林登是一伙的吗？"

"他们都泥足深陷，不过都不是幕后主使，尤其是瑟罗根本力所不及，所以他想跟你坦白一切。我猜他觉得伊莱恩能帮他怂恿你保守他行为不端的秘密，再答应回报你一篇新闻稿。优秀的记者永远会保护自己的消息源，这不是你的座右铭吗？"

"伊莱恩怎么……？"

"瑟罗最致命的错误是让别人轻易地发现他的苦恼。他已经没有用处了，伊莱恩也是。你也一样。"

雅各布闭上眼睛："很高兴得知我曾经还有些用处，至少有过。"

"也没太久。你加入《号角报》时，麦卡林登以为你比贝茨更好操纵，所以特别关照你，不过他很快发现你很有主见。"

"于是他放弃了我？"

"没关系，这故事结局圆满。警方会找到他的尸体，以及另外两具，警方拥有凭借显而易见的线索推导结论的天赋。"

"杀了两个人，再畏罪自杀？"

"正是。我预计，这个判决会得到杰出的病理学家鲁弗斯·保罗先生提供的专业法医的证据支持。斯坦利·瑟罗和伊莱恩·多德保持着不正当关系。你知道她最近跟一个已婚男人纠缠不清吧？"

雅各布目瞪口呆地看着她："我……嗯，是的。可是，我不知道她的情人就是斯坦利。"

"我猜你也不知道。你搬进埃德加之家之前，麦卡林登也住在那儿，对吗？"

"其实，那地方是他推荐给我的。"

"他当然要那么做了。安排一个前途无量的年轻记者住在方便伊莱恩监视的地方，对他的主子而言多有裨益啊！"

"你的意思肯定不是在说伊莱恩……"

"别着急，弗林特先生。就像我说的，警方可以编造一个看似合理的故事。麦卡林登钟情于伊莱恩·多德，但是她更愿意交往一位升迁迅速的年轻警官。麦卡林登搬出去后，她借由玩弄你的感情蒙蔽他的双眼，但是婚外情仍在继续，可惜麦卡林登终有发现的那一天。他还留着埃德加之家的钥匙，于是偷偷溜回去，从厨房偷拿了一把刀，跟踪这对情侣来到本弗利特的幽会地，妒火中烧的他杀了他们俩，然后自杀。一个一目了然的案子，甚至不需要找其他证人。"

雅各布深吸一口气："上帝啊！"

"令《号角报》尴尬的是，他们的记者卷入了一场旷日持久的三角恋谋杀案，不过他们的读者是出了名的接受能力强。谁知道呢？说不定发行量反倒看涨。麦卡林登本人也无所谓。他缺乏记者的天赋，所以记恨你。"

她的脸仿佛一副面具，就像他们第一次见面的那个晚上一样。不管他再怎么努力，依旧看不透它。

"是这样吗？"

她叹口气："好吧，我已经描述了本弗利特事件的一种版本，但是可以想见，当局或许会提出另一种版本。你想听吗？"

她嗓音里的某种东西唤醒了他空洞的胃。

"洗耳恭听。"

"伊莱恩·多德私生活开放。她——"

"她好交际，热心肠，"雅各布打断道，"你不应该诋毁她，她已经死了，没法捍卫自己的名声。"

雷切尔极其蔑视地看了他一眼："她哄诱你，就像她哄诱瑟罗和麦卡林登一样。你认识另外两个男人，你跟他们的关系并不融洽。瑟罗掌握着许多有用的小道消息，而你付钱买下这些消息。利用一个入不敷出、贪赃枉法的警察和一个过分自信、寡廉鲜耻的记者，编造一段不光彩的关系费不了多大力气。"

雅各布使劲咽了口唾沫："我只是偶尔请瑟罗喝一杯，仅此而已。"

"肯定不止这些吧？瑟罗的遗孀能证实你的慷慨大方。"

"我甚至从没见过她！"

"她没她丈夫那么聪明。瑟罗告诉她，是你出钱给他买了辆新车，还有其他许多东西。财政大臣削减了警察的薪资，可是你的朋友却发了财。在妻子面前，他把自己与媒体的特殊关系描述成这份工作最具价值的额外津贴。"

"这不是真的！"

"你多年的新闻工作经验肯定教过你，真相有多种形式，只取决于旁观者的角度。"

"无论是谁收买了瑟罗，那人肯定不是我。"

"我相信你，但是如果当局受到问询，他们可不会这么有同情心。"

"太过分了！"愤怒令他窒息，"太不公平了！"

雷切尔耸耸肩："人生没有公平可言。你已经是个大人了，理应明白这一点。至于麦卡林登，你们是竞争对手，野心蒙蔽了理智。众所周知，你俩彼此看不对眼，更不要提你和伊莱恩的关系了。"

"麦卡林登不喜欢女人。"

"你大可以诋毁他，说他是个同性恋。另一种视角看，他只不过是个喜欢打破禁忌的浪荡子。或许他怂恿你也这样做。"

"荒谬！"

"你怎么能这么说呢？"雷切尔语气轻快，"你不是跟他一起去沃德街的盖伊·戈登赌场俱乐部玩了一个晚上吗？那可是个臭名昭著的场所，名声非常不好。或许你初到伦敦，阅历浅。既然如此，为什么不小心点儿呢？"

雅各布叹息道："我不想问你是怎么知道那天晚上的事的。"

"我知道就够了。据我所知，你并没有丢人现眼，但是如果有目击者站出来讲述一个截然不同的故事，我也不会感觉惊讶。而且……还有很多可以发挥的地方。诸如，你能够像麦卡林登一样轻而易举地偷走那把刀。"

"但是我……"

"等警方赶到小屋，他们会在案发现场搜查出不属于那三具尸体的指纹。他们自然要好奇。"

雅各布看向特鲁曼："今晚小屋里不止我一个人。"

"你是屋里唯一没戴手套的人，也是唯一在门垫留下泥脚印的人。你穿九码的鞋，是吧？特鲁曼趁你昏迷时检查过。你要是能像他那样只穿袜子进门就明智多了，再谨慎一点儿的人买火车票时或许能想办法避免售票员注意到他要去本弗利特。之前我祝贺你完成了一次完美的犯罪，恐怕有些言过其实。"

接着是长时间的沉默。雅各布紧闭双眼，大脑疯狂转动，试图理清思路。他能像胡迪尼①那样逃脱她的圈套吗？特鲁曼打晕他之前，麦卡林登开了一枪。假如警方找到了那枚子弹会怎么样？他们能看透那些无关紧要的线索吗？不能，雅各布自问自答。警方知道他是个没经验的枪手。射杀麦卡林登之前，或许要开枪吓唬他。

还有其他漏洞吗？他努力强迫自己冷静下来。

"我怎么离开本弗利特的？"

"问得好。"她笑着说，"我赌你偷了一辆自行车。你是个健

---

① 胡迪尼：享誉国际的脱逃艺术家，20世纪早期以能从各种镣铐和容器中脱身而成名，同时他也是以魔术方法戳穿所谓"通灵术"的反伪科学先驱。

壮的小伙子，也是个狂热的自行车爱好者。回到伦敦后，你甚至有可能试图破坏那辆自行车来掩盖自己的行迹。恐怕不是很彻底，你的住处阿姆威尔街附近或许能找到一些零部件。"

哦，上帝啊，那堆跟他在牛鼻子莫里斯车后座挤了一路的破自行车零件！

零件上到处沾着他的指纹。

"巧妙。"雅各布嘟囔道。

"这只是一些皮毛，亲爱的弗林特先生。"她的笑容里没有一丝调笑，"我只是担心警方喜欢简单的答案。"

雅各布喉咙发干，声音嘶哑："你忘了些什么。"

她抱起双臂，靠近椅子背："那么，给我些惊喜吧。"

"我问心无愧。"他伸出大拇指，朝特鲁曼指了指，"我们这位朋友杀了麦卡林登。他救了我一命，我才没被杀，没错，但是他后来把我打晕了，然后痛下杀手。"

雷切尔摇摇头："诽谤，弗林特先生。我建议你走出这间屋子后不要再继续这种无端的指控。特鲁曼整晚都在这儿，我能做证。我们俩一直在玩比齐克牌。"

"那么又是谁开了你的牛鼻子莫里斯呢？"

"牛鼻子莫里斯？"她状似无辜地挠挠头，"天哪，我这辈子都没坐过那种车，"她说，"我的车是劳斯莱斯幻影，你还记得吧？"

他双手捂脸，大脑飞速地运转。

"我猜那辆莫里斯是他偷的？"

"在伦敦，汽车失窃是常有的事。幸运的是，失而复得时通常没造成任何损坏。有时候，车主甚至根本不知道自己的车已经被人开走一个晚上了。"

雅各布几乎抑制不住想哭的冲动。但是，他必须让这个女人和她的用人们知道，他并非可以随意摆布的软蛋。

雅各布声音低沉地说："你似乎什么都想到了，萨维尔纳克小姐。"

她耸耸肩："过奖了，弗林特先生。恐怕总有百密一疏的时候。这是即兴创作的必然结果。然而，如果警方取信了我随意列举的解释，也挺令人沮丧的。你不这么认为吗？"

"是啊！"他咬着牙回答。

"很好。我相信你能明白我为什么乐观地认为关于今晚发生的事，你一个字也不敢往外说的话，一切都会好起来。"

"相信你？"

"是的。"她语气严厉，"现在，告诉我，你和瑟罗之间的交易，不要遗漏任何细节。那个小傻瓜死了可能比他活着的时候更有用。"

雷切尔傲慢地走出房间，雅各布回想起曾在布拉德福德看过的一场拳击比赛。落败的那方当时已经瘀青流血，裁判趁尚未造成不可弥补的损伤，赶紧叫停了那场实力悬殊的较量。现在，他切身体会了那个被打得毫无还手之力的拳手的感受。

特鲁曼和女佣跟着女主人鱼贯而出，女管家却迟迟不走，询问雅各布要不要吃点儿东西。他摇摇头，特鲁曼夫人见状责备道："折腾了一晚上还是吃点儿东西比较好。"

"你要振作起来，"她说，"我给你熬些滋补汤。"

"谢谢，但是不必了。"即便他强迫自己吃进去，最后也要吐出来。

她不赞成地咂咂嘴："你待会儿饿得肚子咕咕叫，就知道后悔了。"

他环顾四周："待会儿？你们想留我在这儿待多久？"

她夸张地叹了口气，仿佛母亲面对一个迟钝的孩子："当然是一整晚。毕竟，你还没准备好回到住处安慰失去女儿的母亲，不是吗？"

她说得当然没错。他独自陷在扶手椅里，这个灾难性的夜晚逐渐清晰起来。

一切都不一样了。首先是他的家庭生活。伊莱恩死了，多德夫人势必悲痛欲绝。失去丈夫后她开始酗酒，再失去女儿，雅各布怀疑她还能不能活下去。至于房东太太的女儿跟麦卡林登之间有什么关系，他无从猜测。

他的职业生涯也永远地随之改变。经历了升职的惊喜后，他又现身一场多重谋杀的案发现场，目睹了一起前所未有的案件，然而他现在别无选择，只能永远保持沉默。雅各布毫不怀疑，倘若他食言，雷切尔随时准备且有能力让他付出代价。撕碎他简直像撕纸屑一样毫不费力。

即使现在，他仿若贵客般置身于她的豪华府邸，却依旧对她一无所知。正当他困惑不解时，特鲁曼夫人端着一杯热气腾腾的可可折返回来。

"把这个喝了，"她说，"快点儿，喝不死你的。"

雅各布畏缩了。这是被害妄想症的表现吗？他怀疑这位平易近人的女士想要毒死他。

"我不觉得……"

女管家恍然大悟。

"担心它掺了砒霜？"她哈哈大笑，"今晚经历了那么多事，我想任何事都有可能发生。好吧，我先喝一口，让你放心。"

她尝了一口可可，然后把杯子递给他。雅各布羞得脸颊发烫，咽下一口。它又烫又香。

"没那么可怕，对吗？"特鲁曼夫人问道，"趁她还没回来，我告诉你一件事。没有谁能打败雷切尔·萨维尔纳克，即便豁出性命。相信我，年轻人，唯一能摧毁她的人……只有她自己。"

"她为什么要毁掉自己呢？"雅各布问，"她究竟想要什么？"

女人摇摇头，站起身："我说得够多了。喝光饮料，杯子我要拿去洗。你确定不用我给你弄点儿吃的吗？"

五分钟后，雷切尔·萨维尔纳克在三位用人的陪伴下回到房间。雅各布觉得，他们更像是犯罪团伙。

"你来之前，玛莎已经整理好三楼后面的房间，"雷切尔说，"很舒服。枕头里填满了上好的鹅绒。"

雅各布打了个哈欠，几乎睁不开眼睛，又希望她继续说下去。如果她有弱点的话，他想抓住它。

"谢谢，"他说，"考虑再三，我接受你的盛情款待。不过，很多事情我依然想不明白，比如明天会发生什么。"

"你会回去上班，还能有什么？"

"《号角报》肯定一片哗然，"他说，"消息一出，又是一场大乱。麦卡林登死了，还有伊莱恩·多德和一名年轻的警察。我猜，编辑肯定要指派我报道这起案件。我该怎么办？"

"指派一个男人报道他曾追求过的女孩的遇害案件，而且他还一直寄宿在那个女孩家里，即便以佛里特街那低得可怜的道德标准来看，也未免太不近情理了。"

"你不了解戈默索尔。"他勉强挤出一丝苦笑，"关于今晚我该怎么解释？我来这儿难道是打桥牌三缺一吗？"

雷切尔哈哈大笑："这主意不错，但是我觉得不太合适。你不能提我的名字。明天吃早饭的时候再聊吧。"

雅各布想反驳她。无论她提出哪种不在场证明都并非无懈可击，但是他明白同雷切尔·萨维尔纳克争辩只会徒劳无功。她是个真正的棋手，总是走一步，看三步。

他改变策略："你怎么知道我今天晚上要去本弗利特？"

她呼出一口气："你那么卖命地纠缠我，显然要有特殊理由才会拒绝今晚的邀约。我一向准备万全，以备不测。监视你很简单，监视伊莱恩·多德也一样。我们早已得知本弗利特小屋的位置，你的朋友瑟罗根本无法掩饰自己的踪迹。这恐怕是对伦敦警察厅的一次拙劣宣传。曾几何时，他尚能为他的幕后老板所用，但是他的愚笨最终成为拖累他的负担。"

"他的幕后老板？"雅各布皱眉，"伦敦警察厅之外？还是警察厅内部？"

她不屑一顾地挥挥手："该睡美容觉了，弗林特先生。请原谅我这么说，你看上去气色很差。"

雅各布深吸一口气。他应该再追问她绞刑场的事吗？

"请允许我问最后一个问题。天谴会是什么？"

她举起一根手指放到唇边："嘘，弗林特先生，晚安。"

"求你了。天谴会是什么？"

雷切尔·萨维尔纳克沉下脸。

"根本没有所谓的天谴会。"

22

脑袋和肩膀的疼痛提醒雅各布，自己曾受到特鲁曼那双大手施加的"特殊关照"。女管家喊他吃早餐时，他只睡了四个小时。哪怕躺在他能想象到的最舒服的床上也于事无补，这段睡眠时间还不足以让他清醒过来。接收雷切尔的指令前，他得像一辆哑火的老爷车那样启动他的大脑。

雷切尔坐在餐桌对面，看着女佣玛莎默默地端给他一整盘培根、鸡蛋、蘑菇和煎面包。她穿着一件淡蓝色的羊毛裙，凸显了她纤细的腰肢，看起来完美无瑕。头发一丝不苟。没有谁会质疑她跟忠诚的家仆玩了一夜牌，然后美美地睡了一觉。万一有警察来核实特鲁曼的不在场证明，她也能面不改色、和风细雨地编造一段谎言。

但是，他也说过谎。每个人都会这样，只要他们觉得合适。雷切尔询问他怎么跟多德夫人谈论昨晚的安排时，他坦白当时他说要出门庆祝升职，预计很晚回家。

"很好的借口，"雷切尔说，"不妨继续用。如果有人问起，你可以说自己从一个酒吧晃荡到另一个酒吧，然后昏倒在一条后巷。这就是为什么你昨晚没能回阿姆威尔街，以及为什么你的衣服、裤子看起来那么脏的原因。"

他咬了一口煎面包："芬丘奇街的那个售票员呢？"

"无关紧要，除非警方对你昨晚的行踪感兴趣。为你着想，希望他们能把精力放在其他方面。别联系我，也别回来。等我做好准备，会再跟你联系。"

"阿姆威尔街呢？"她反复强调的方式让他觉得自己是个不够格的生手，"我所有衣服都在那儿。我的全部身家。"

"今天晚些时候，你应该回去，安慰那位悲痛的母亲。"

"我原本就在乎伊莱恩，你知道的。"他厉声道。

"是的，她确信你在乎。"

"她……一直跟瑟罗约会吗？"

"断断续续，他溜到小屋见她的机会少之又少。"

"他们之前在本弗利特见过面吗？"

"是的。关于小屋，瑟罗骗了你。这是众多归……"

"归帕尔多地产有限公司所有的房产之一？"

她挑了下眉："根据绞刑场的公司铭牌推断出来的？"

"你知道我的方法？"他反问道。

"精彩！"雷切尔鼓掌，"想必，我不需要再告诉你什么，剩下的你已经猜到了。"

"这不是游戏，"他强迫自己不再回忆伊莱恩的尸体，把剩余的早餐推到一边，"死了三个人。"

雷切尔隐去笑容："你觉得我忘了？"

"伊莱恩她……"

"贪婪。她受人贿赂，勾引瑟罗，紧接着是你。你难道没发现吗？她昨晚穿的那件衣服根本不是花店女孩负担得起的。省省你的眼泪，留给值得的人吧。"雷切尔嚼着吐司，"你又没有爱上她。"

她的残忍令他退缩，"没有……恋爱，没有。但是我喜欢她，甚至她妈妈……"

"埃德加·多德是个有钱人，"雷切尔打断他的话，"他的遗孀把他的遗产都花光了，当有人提议用金钱换取二人提供某些服务时，她和她的女儿一口应承下来。"

他捂着脑袋："天哪，真是一团糟。我该怎么办？"

"告诉派辛丝·多德，你觉得自己应该搬出去。她会挽留你。"

"我该留下来吗？"他听起来像个傻瓜。

"为什么不？你刚经历了丧友之痛，虽然你的痛苦不及多德夫人。没有什么比失去孩子更可怕，后果不堪设想。"

她的语气让他抬起头。令他惊讶的是，她的嘴角挂着淡淡的微笑，仿佛想起某段有趣的往事。

"麦卡林登在哪儿？"戈默索尔问。

这个问题引发了普伦得利斯和编辑团队其他资深成员不满的抱怨。麦卡林登的傲慢和赤裸裸的野心让他不招人待见，雅各布甚至怀疑这些资深的记者在质疑他是否能胜任报社的工作，更别提他一直渴望的晋升机会。

这是雅各布第一次出席戈默索尔主持的会议。记者们有半个小时讨论当天的新闻，决定优先报道哪一个。雅各布躲在会议室后面。今天，他不想引起任何人的注意。他深知这些讨论毫无意义。本弗利特事件的消息一旦传出，其他的一切都无足轻重。

"又忘了调闹钟吧？"波泽说。

戈默索尔哼了一声，转头开始讨论政治危机。政治危机始终存在，雅各布想，只要倒霉的麦克唐纳掌权，这种状况很可能要一直持续下去。他心不在焉地旁听记者们谈论经济衰退，寻思着关于失去孩子这件事，雷切尔能懂些什么。

会议室一侧的门被猛地推开，戈默索尔的机要秘书梅齐匆匆走进房间。周围一阵骚动，编辑们露出震惊的表情，显然中途打断会议严重违反了办公室礼仪。他眼看着梅齐弯下腰俯在戈默索尔的耳边低语了几句。

他不用读唇语也能猜到小屋里的尸体已经被发现了。很快，所有人都会知晓麦卡林登缺席会议的原因。

"再次深表同情。"一个小时后，戈默索尔如是说。他把雅各布叫到办公室，简略介绍了本弗利特发生的悲剧。一位倒霉的邮递员看见小屋的前门随着风来回摇曳，于是冒险进去查看状况，随即召来警察。

"谢谢你，先生。虽然伊莱恩和我约会过一两次，但是我们只是朋友，仅此而已。"他不顾一切地与死亡保持距离，"我只是众多朋友中的一个。她是个活泼的姑娘，好交际。"

"你过得去就行。"对于戈默索尔而言，冷嘲热讽远比哀悼来得自然，"你了解她和那叫瑟罗的警察吗？"

"我们彼此略有交集，"雅各布含糊其词，"当然，他已经结婚了……”

“我猜，你没有问得太仔细吧？如果你想在这行干得好，不需要太客气。麦卡林登呢？你们俩曾经关系很好，对吧？”

“算不上，先生。不过，他曾跟伊莱恩以及她母亲住在一起，他搬出去后，推荐我搬进埃德加之家。”

“哦，是吗？”戈默索尔舒展浓密的眉毛，“我猜他跟那姑娘大吵一架后搬出住处，却始终没能忘记她。”

“这似乎是最合理的解释，先生。”

“嫉妒，没错。要我说，这是最大的罪过。而麦卡林登恰好是那种善妒的人，愿上帝保佑他。听着，我简直不敢相信。抛除其他因素，他留给我的印象从来都不是……要结婚的那种人。”

“或许只是他的举止问题，先生。”

“他过去也出过一些事情，”戈默索尔说，“当时是在哈罗公学和剑桥大学。他父亲恳求我给这个男孩一个机会，来佛里特街大展拳脚，于是向我透露了这些秘密。他说那只是年轻人的胡闹，不过听起来似乎只是一厢情愿的想法。说句心里话，我接受这孩子违背了自己的判断。意外吧？”

雅各布从没见过《号角报》的编辑如此自省：“算不上，先生。”

“有位身居高位的朋友绝没有什么坏处，但是如果再问我一次，我一定拒绝。对于他父亲而言，这件事抹杀了他晋升文官长的全部希望。没有哪个遵纪守法的民众会拥护他，毕竟他儿子杀害了一个漂亮姑娘和她的情人，最令人忍无可忍的是对方还是个警察！最后他儿子又像个懦夫似的自杀了。”

雅各布点点头，没有接话。面对上司时，少说多听是明智的举措，尤其是在要隐瞒那么多事情的时候。

戈默索尔挪开办公桌上的一摞文件："正如你所知，我已经吩咐波泽安排其他人报道这起事件。尽管你最近升职了，但是对你而言处境过于尴尬。"

"好的，先生。当然，我会尽力协助他。"

"谢谢你，小伙子。我想你该走了，跟那姑娘的母亲说说话。"

这恐怕是雅各布最不愿意做的事，"她肯定很伤心，先生"。

"这是自然。不过，我们的读者想听听她关于……不幸处境的看法。波泽已经派了一名摄影师过去。"

雅各布冷酷地点点头。刚当记者时，面对具有新闻价值的悲剧，他一向盲目乐观，近乎油嘴滑舌。重要的是满足读者们的好奇心。然而，近距离接触死亡之后，他却没那么自信了。不过，获得晋升的第二天，似乎不太适合跟编辑分享这些保留意见。

"很好。"戈默索尔看了眼手表，这是他打发下属之前一贯的标志性动作，"那赶紧走吧。今天对我们而言都不好过，只是有一件事我没想到。"

往门口走的雅各布停在半路："什么，先生？"

"我们之前聊过，你总能不可思议地恰逢其时，身在其地。"戈默索尔的苦笑暗示这位爱挖苦人的新闻记者又要展现自己的幽默感了，"得知你没出现在本弗利特案发现场的那一刻，我甚至有些失望。那是多么精彩的独家新闻啊！嗯？"

雅各布返回办公室，电话铃响起来。"有个警察想问你几个问题，"佩吉几乎抑制不住她幸灾乐祸的语气，"我说你马上就下来。

234

还有一位女士打电话找你，她坚持要等你听电话。"

他涌起一股恶心的感觉。是不是多德夫人迫切地需要一个可以痛哭的肩膀？

"那位女士报名字了吗？"

"她不肯给。"那姑娘阴沉地回答。

"接过去……喂？"

"弗林特先生，是你吗？"

他立刻分辨出莎拉急迫又悦耳的声音："是的，德拉米尔小姐。你还好吗？"

"是的。"她迟疑了一下，"我是说，不，不太好。"

"出什么事了？"

"我不敢在电话里说。"她的声音听起来有点儿喘，好像在跑步，"我们能找个地方见一面吗？找个公众场所，我觉得安全一点儿。"

"安全一点儿？"对方的铤而走险让他犹豫了一下，"大英博物馆行吗？"

"好的，没问题。我倒是没有进去过。"

他朝窗外瞥了一眼。正值一月清爽的早晨，户外甚至散落了一缕淡淡的阳光："我们约在正门入口外的台阶见吧，有人正等着见我。一点钟方便吗？"

"非常感谢。你或许能救我一命。"

这位五十多岁的长下巴警官名叫多宾，他的长相令雅各布莫名想起忧郁的马。他已经知道雅各布认识暴尸小屋的那三个人。雅各布心想，伦敦警察厅这次倒是进展神速。这并不奇怪，毕竟警方这次损失了一个自己人。

雅各布不必假装得知三人死讯时的震惊，这三个人他都认识，彼此之间亲疏程度不同。他的本弗利特之旅仿佛一场栩栩如生的噩梦。

多宾此行的目的只是搜集信息，而不是传达信息，经验老到的警官面对雅各布间或提出的各种问题避而不谈。

"伊莱恩的母亲得知这个消息有什么反应？"

"先生，恐怕我帮不上忙，那个消息并非由我转达。"

尽管雅各布十分挫败，但是他自己的回答也没有多大帮助。他承认瑟罗是他的酒友，而麦卡林登则是交往甚少的同事。（"我入职《号角报》之后，他带我出去喝过几杯，但是我们几乎没有什么共同语言，所以只喝过那一次酒。"）他否认知晓伊莱恩和瑟罗之间的任何关系，这句话是真的，并称不了解她和麦卡林登有没有交往过。（"他们俩都没有提过，如果已经分手，为什么还要提呢？"）

他说，伊莱恩是闲暇外出时的合意女伴，尽管她母亲偶尔取笑她是时候安定下来了，但是他们之间的友谊完全是柏拉图式的，彼此之间只交换过一个纯洁的吻。多宾闻言挑了下眉毛，却依旧如实地记录雅各布的否认。

雅各布非常了解警方的办事程序，多宾没有质疑他的说辞并不代表他毫无怀疑。这仅仅是调查的第一阶段。

告别警察时，他的胃一阵痉挛。

"但愿能帮上忙，警官。如果需要我提供进一步的协助，请联系我。"

多宾的长脸面无表情："谢谢你，先生。感谢你的好意。"

雅各布沿着罗素大街朝大英博物馆走去，一位身材苗条的女士映入他的眼帘，对方穿着一件带毛领的长大衣，戴着一顶过时的宽檐帽。

"莎拉！"

她如遭雷击般猛地转过身，一看到他似乎松了一口气："非常感谢你能来。"

"荣幸之至。"

"抱歉，我看起来有点儿……紧张，"她低声说，"自上次见面后，日子有些难熬。"

"当然。"他轻咳一声，"威廉·基尔里的事我很遗憾。"

她低下头："太可怕了。无法言说。"

他迟疑了一下问道："我们进博物馆吗？或者在附近找一家茶馆？"

"我们能边走边聊吗？我宁愿一直走路。你永远不知道谁在偷听。"

她的声音颤抖，双手神经质地抽搐着，脸颊没有一丝血色。雅各布怀疑她处于崩溃的边缘。奈费尔提蒂火葬魔术的恐怖结局足以令所有人心惊肉跳。

除了雷切尔·萨维尔纳克。

"我给虚空剧院打过电话。"她稍显迟疑，雅各布赶忙解释，"不是想事后采访你，只是想问问你怎么样。"

这是真话，他对自己说。至少在某种程度上是这样。

"你人真好，"她低声说，"他们有没有告诉你我辞职了？"

他吃了一惊："真的吗？"

"我再也不演埃及女王了，或者表演其他魔术。我就是无法面对。”

"那不是你的错，"他说，"那个叫巴恩斯的人……"

"哦，是的，乔治·巴恩斯堵住了威廉的后路，让他逃不出熊熊燃烧的棺材。但是，放火的那个人是我。"

"这场魔术已经被表演过几十次。你怎么能想到巴恩斯会犯下如此骇人听闻的罪行？"

"我当然不知道，"她说，"但是这理由安慰不了我。"

"我明白。"

"你明白？"

雅各布迫不及待地想告诉她，不到二十四小时之前，他也亲身体会了突如其来的残酷死亡，但是他不敢违背对雷切尔·萨维尔纳克的承诺。他拽着她的胳膊穿过街道，走进罗素广场的花园。二人找到一张僻静的长椅，雅各布发觉她偷偷地东张西望，似乎在确定没有人跟踪。

"你想跟我聊聊？"他低语道。

"是的。"她紧闭双眼，仿佛召唤内心的力量，"你瞧，我不知道还能求助谁。"

"剧院有你的朋友和同事们，"他说，"我想他们很乐意……"

"我能信任他们吗？"她的双眸泄露出一丝令人捉摸不透的神色，"他们中的任何一个都可能是我的仇人，打算伤害我。"

"我确信——"

"只有一件事我可以肯定。"她说。

"什么？"

"有人想要我的命。"

23

"你为什么觉得有人想杀你？"雅各布开口的一刹那，苍白的太阳仿佛羞愧于自己的暗淡，躲进乌云里。

"威廉遇害后，我也遭遇了两次袭击。"她压低声音，雅各布不得不靠近些才能听清，"我担心第三次还能不能那么走运。"

"发生了什么？"

莎拉靠过来时，他闻到一股栀子花香。"我必须告诉你全部事实。上次见面时，我暗示过我坎坷的过往。我曾经做过一些自己深感羞愧的事。"莎拉说。

他清了清嗓子，希望给对方留下一种没什么能令他震惊的世故印象。

"我不会给你讲细节，太丢人了。可以这么说，我和威廉是在一次……商业交易中碰巧相识的。其他男人以折磨人为乐，他很温柔，而且他……嗯，他对我有好感。"

雅各布把手轻轻搭在她的手上。

她垂下眼睛："像其他人一样，威廉也有他的缺点。但是，他把我当成一个人，而不只是……嗯，享乐的工具。他答应帮我过上更好的生活。许多人面对我这种不幸的家伙时总愿意轻许诺言。但是他不一样，他说话算话。多亏了他，我才得以摆脱过去肮脏的生活，重新开始。"

"我明白了。"

"真的吗？"她摇摇头，"我怕你瞧不起我。"

"没有的事。"

"我成了威廉的情妇。我并没有以此为傲，沾沾自喜。如你所知，他有家室，妻子是上议院议员的女儿。"

雅各布点点头。威廉·基尔里死后，他做过调查。

"几年前，他妻子精神崩溃，自那之后，她一直住在私人疗养院里。我知道威廉永远不会跟她离婚，无论法律是否允许，而他也没有在这件事上哄骗过我。我们的关系自然而然地结束，没有撕破脸。他反而保证我衣食无忧。我摇身一变化身虚空剧院的头牌明星，住进他在摄政公园附近为我准备的公寓。他不是要讨我欢心，也不是要收买我。他只是为人慷慨，于是我也欣然接受。"

"我明白了。"她多天真啊，雅各布心想。

"我们一直很亲近，从未起过争执。妻子去世后，他并没有回到我身边，而是又迷恋上一个美丽的意大利女人。奇亚拉·比安奇是一位富商的遗孀，如鱼得水地混迹于上流社会，这一点我永远都做不到。不过我很清楚，他并不快乐。"

"因为那个叫比安奇的女人？"

"哦，不是。因为他的一些伙伴，例如林纳克那样声名狼藉的家伙。"

"还有事务律师，汉纳威？"

她扬起下巴："是的，汉纳威父子，他们同属一个小圈子。威廉逐渐开始厌恶他们，林纳克谋杀多莉·本森是压垮他的最后一根稻草。他不想再同他们有任何瓜葛，然而对方并不是能轻易怠慢的那类人。自那时起，他们便开始寻找机会惩罚他鲁莽的背叛。"

"你之前认为他们威胁到雷切尔·萨维尔纳克的安危。"

"我确信，雅各布。她父亲曾经是他们兄弟会的一员，渊源很深，能追溯到很多年前。我相信大法官是他们的领袖。"

"直到他的精神状态越发不受控，搬回家族小岛。"雅各布喃喃道。

"然而，雷切尔不知怎的激怒了他们。她来到伦敦，搞砸了他们的计划。"

"她做了什么？"

"我不知道。每次我问威廉时，他总闭口不言。他显然觉得我知道得越少越好。"

"雷切尔有性命之虞吗？"

"自她来到伦敦便一直如此。"尽管外套很暖和，她仍然不住地颤抖，"我没想到威廉也有危险。"

他眨眨眼："你认为是这些人教唆巴恩斯杀人的吗？"

"还有其他更合理的解释吗？"

"巴恩斯或许只是一时发狂。"

"犯罪经过精心策划。有人替他购买了那辆开往克里登的汽车，帮他安排了飞往法国的航班。巴恩斯自己根本负担不起这笔费用。"

"即使这些人确实谋害了基尔里，也想要雷切尔·萨维尔纳克的命，可是他们为什么要除掉你呢？"

她低沉的长叹有多少是由于疲倦，又有多少是出于恼怒呢？"难道你还不明白吗？我知道得太多了，至少他们这么认为。他们不能冒这个险。"

雅各布握紧她的手，温柔地说："你刚刚经受过一场严酷的考验。这是可以理解的，如果你——"

"这不是我的臆想，雅各布。"她快要哭出来了，"我已经搬出摄政公园的公寓，在莱顿斯通无人问津的地方租了一间房子，但愿没有人能找到我。并不是只有我害怕，威廉的情人——那个意大利女人比安奇——已经逃走了。"

"她不会被人杀了吧？"

"我不知道。她原本住在威廉位于凯里街的房子里。我本想跟她谈谈，但是，自从……那件事发生后，没人见过她。那儿有个女佣是个中国女人。威廉带我去她家时，我认识了她。她告诉我那个叫比安奇的寡妇带走了一个手提箱，还有她的珠宝。我猜她已经出国了。毕竟她原本就很有钱，不需要依靠威廉。或许她吓得躲了起来。"

"有人想要你的命？"

"昨天，莱顿斯通地铁站，人群中有个男人想把我推下站台。"

"你认识对方吗？"

"我甚至没看清他的脸。要不是有个年轻的士兵一把抓住我的胳膊，把我拉到安全的地方，我就完蛋了。对任何不知情的人来说，

242

这都像是一场意外，我也假装它是。但是，我确信这是蓄意谋杀。"

他呼出一口气："你刚经历了一场可怕的悲剧。"

她拔高声线："或许我弄错了，但是今天早上，我往霍洛池塘方向散步，想平复一下自己的心情，突然有辆汽车好像失去控制似的疾驰而来。我躲开了，但是好险啊！我距离死亡只有几秒钟。"她顿了一下，"怎么看我都像个神经病。但是这有什么奇怪的吗？"

"如果我能帮上什么忙的话……"

"现在只有一个人能帮我，"她说，"雷切尔·萨维尔纳克。"

"我把你的口信儿转达给她了。"

"她说什么了吗？"

"她似乎并不惊慌。我没见过如此胆大的女人。"

莎拉凝望着他的双眼，仿佛窥探锁孔一般："我相信你被她迷住了。"

"根本没那回事儿。"他在对方的注视下挪动了一下身体，"她很迷人，是的——我不能否认。她不同于我以往见过的任何女人。说实话，她更像一只螳螂。她好像继承了她父亲的冷酷无情。"莎拉不住地战栗，他问："怎么了？"

"没什么。"

他沮丧地呻吟："莎拉，我以为你信任我。你究竟在隐瞒什么？"

眼泪蓄满她的眼眶，过了好一会儿她才回答。

"我小时候见过萨维尔纳克大法官。"

"你还没告诉我你对弗林特的看法。"雷切尔说。

她和特鲁曼坐在冈特公馆地下室小型摄影实验室的暗房里。特鲁曼漫不经心地吹着口哨，手里摆弄着刚洗出来的照片，一首苏萨的进行曲被他演绎得支离破碎。

"我行我素、不顾后果的家伙，不要相信他。"

"因为他是记者吗？"

"不仅如此。他太年轻，又任性。"

"比我小不到十二个月。"

"住在岛上的那些年，你始终在学习。"

她耸耸肩："书本不能教会你一切，你告诫过我很多次。教育帮你为生活做好准备，但是它不能替代生活。我的阅历不如弗林特。没错，他很天真，不过我倒挺喜欢他这一点。"

特鲁曼指着他放在小木桌上的照片。照片中，雅各布·弗林特俯身注视着仰躺的斯坦利·瑟罗，镜头从他身后取景，这个角度看不出雅各布已经失去意识，被人小心翼翼地搀扶着以免瘫倒在地。它似乎记录了一位凶手正在欣赏自己的杰作。

"不要太喜欢他。或许有一天你需要牺牲他。"

"我不记得我的父母，"莎拉说，"最初的童年记忆始于孤儿院。那里管理严格，但是我们衣食无忧，接受过正规的基础教育。女孩的数量远远多于男孩，但是这并不重要。随着年龄的增长，我才渐渐意识到事情有些不对劲。"

"这家孤儿院，"雅各布说，"是不是恰巧在牛津？"

她瞠目结舌："你怎么知道？"

"劳伦斯·帕尔多杀害的那个女人曾供职于牛津孤儿之家。"

莎拉双手抱头："哦，天哪，不！"

"对不起，对不起，我不是故意打断你。请继续。告诉我出了什么事？"

她掏出一小块蕾丝手帕，轻轻擦了擦鼻子："时不时地，某个年纪稍微大一点儿的女孩就会突然消失。孤儿院会告知一些缘由，解释她们为什么不辞而别。诸如，失散已久的亲戚突然出现，给了她一个像样的家。或者某个条件优渥的家庭提供了一份需要立即到岗的工作。我并没有多想过，直到同样的事情发生在我的一个好朋友身上。我关系非常亲密，她不可能不告而别。有人告诉我，她的叔叔和婶婶突然从澳大利亚回来了，但是我根本不相信这个解释。我提出异议，于是女舍监把我带到她的房间里，用荅条鞭打我。"

"曼迪夫人？"雅各布问，她微微点头，他说："我见过她。"

"见过？"她眨眨眼，"你调查得很深入，弗林特先生。"

"我说过，叫我雅各布就行。"

"谢谢你，雅各布。终于能跟人聊起这件事，我好像放下了心中的石头。"她又摸出手帕，擦了擦鼻子，"那次挨打之后，我不再大惊小怪，假装忘掉了朋友的事。自那天起，我成了一名演员。我留心观察，渐渐地搜集到一些线索。"

"关于你朋友的失踪？"

"是的，还有其他姑娘。类似的事情似乎总发生在开完理事会之后。这家孤儿院由一家慈善机构管理，负责人是萨维尔纳克大法官。"

"我明白了。"他并非完全懂了。雅各布觉得自己仿佛罹患了视觉障碍，透过乳白色的镜片模糊地看见了一个曾经熟悉的世界，"这是战争爆发前不久的事吗？"

"是的。大法官和其他理事曾跟我们这些孤儿谈过一两次话，据称目的是确保我们得到妥善的照顾。虽然这么说纯粹出于偏见，但是我不喜欢大法官。他理应是那种高尚之辈，然而每次他看我们的眼神都令我感觉毛骨悚然。有时候，他会邀请我们中的某个人上楼。他称之为会面。我恍然大悟，那些孩子——也并非都是女孩——都是在那之后不知所终的。起初，我以为他是来宣布失散已久的亲戚认养他们的消息，诸如此类。后来，我就没那么确定了。"

"他叫你上去过吗？"

"没有，感谢上帝。"她的声音逐渐激动，脸颊涨红，"我断定他在撒谎，曼迪夫人和孤儿院的其他人都在撒谎。当然，我永远也无法证明这一点。后来，某次开理事会时大法官没有出席。我没有问他去哪儿了，只是很高兴他没有出现。自那之后，我再也没见过他。"

"你后来怎么样了？"

她垂下眼睑："我不想谈细节。我只能说，我接受了新任理事会主席所谓恰当的牛津教育。"

他咬着嘴唇："我懂了。"

"我要说的只有这些。后来有一天，他通知我会面。你已经知道他的名字了，劳伦斯·帕尔多先生。"

戈弗雷·马尔赫恩爵士站在办公室的窗前，凝望着伦敦的屋顶，仿佛希望那些锯齿状的瓦片能神奇地变幻出一种完美的图案。

查德威克警司翻阅笔记，清了清嗓子。

"当地警方负责调查，这合乎常理，长官，而且……"

"他们有什么过人之处吗？"

"我们正在提供适当的协助，长官。"查德威克重重地叹了口气，"我想他们很快就会把这起案件移交给我们，哪怕只是为了帮埃塞克斯的纳税人省点儿钱。初步调查显示麦卡林登认识跟瑟罗约在本弗利特见面的那个女孩。或许他暗中监视过他们，发现二人在那间小屋幽会。"

"那里距离伦敦很远。"马尔赫恩爵士嘟囔道。

"旅行的目的很简单，如果你不想别人发现你在做什么，出城是最明智的选择。昨晚，瑟罗开车把那个女孩接到了小屋。"

"小屋是谁的？"

"我已经派人去调查了，长官。"

"我想案情已经很明晰了。"

纪律不允许查德威克在助理警务处处长面前耸肩，不过他的微表情依旧泄露出这位职业警察对眼前这位空降兵的不屑。

"总有值得怀疑的地方，长官，即使不一定是合理的怀疑。目前，我们推测麦卡林登谋杀了瑟罗和那个姑娘，然后开枪自尽。"

"我猜法医的证据支持这一推断。"

"我们很幸运，鲁弗斯·保罗先生刚好有空出现场。现阶段，他似乎认为这起案件证据确凿。"

"我想这是一种慈悲吧。"鲁弗斯·保罗的结论是出了名的准确，"但是警方的声誉……"

"瑟罗当时已经下班了，"查德威克说，"我们没有发现任何证据证明他同那姑娘之间的肮脏勾当影响他执行公务。"

"感谢上帝。"马尔赫恩爵士细细咀嚼了一番，"当然，道德败坏也有轻重之分。"

查德威克绕过话题的雷区，仿佛年轻时他站在拳击台躲开对手的拳头一般："福祸相依，您或许可以这么说，长官。《号角报》的编辑原本免不了要趾高气扬地指责警方无能。不过，如果他们雇用了双重谋杀犯的话，事情就要另当别论了。至于佛里特街的其他媒体，他们能从麦卡林登的死中挖掘出更多的内幕，而不是紧盯着伦敦警察厅的失职。长官，就一件肮脏、不幸的案件而言，我得说这一切尚算差强人意。"

马尔赫恩爵士鼓起双颊："我们要心怀感激。"

"当然，长官。"查德威克警司说。

他们走出花园，一阵狂风吹起落叶，沿着小径上下翻飞。天色阴沉，乌云暗合了雅各布的心境。莎拉羞愧于自己的过去，但是雅各布则认为那完全是无稽之谈。她是个受害者。谢天谢地，她逃脱了孤儿院的魔爪。威廉·基尔里赋予她新生的机会，不过他的社交圈里仍有帕尔多、林纳克和大法官之流。基尔里之前的朋友们会觉得他扫了他们的兴，于是煽动精神错乱的舞台工作人员报复他吗？

雅各布隐约猜到了玛丽-简·海耶斯谋杀案背后的真相。他推断帕尔多在伦敦无意中结识了玛丽，并对她萌生出些许好感。作为牛津孤儿之家的主席，他最关心的是满足朋友和同僚们的异国情趣。于是，他打定主意招募沉默寡言、看似顺从的玛丽-简，接替曼迪夫人的工作，对方受宠若惊地接受了邀约。雅各布猜测当她意识到这家孤儿院并非它表面看起来的样子后，她立即提出辞职。帕尔多杀害她究竟是因为自己遭到拒绝，还是因为她发现了太多真相？这其实无关紧要。总之，最后他把她骗进考文特花园的房子里，勒死她，又把犯罪伪装为杀人狂魔的杰作。

曼迪夫人表现出的义愤填膺其实是为了掩盖自身罪行的虚张声势。她应邀现身富勒餐厅时穿的那件皮毛大衣或许根本不是赝品，而是价格高昂的真货。孤儿院为有钱有势的家伙们提供了源源不断的女孩和男孩，满足他们最卑劣的欲望。长期而忠诚的效力，尤其是她的谨慎，势必为她赢得了丰厚的报酬。

"我必须回莱顿斯通了。"莎拉说。

"你认为雷切尔·萨维尔纳克有危险是因为她知道孤儿院里发生的事吗？"

"老实跟你说吧，雅各布，我已经毫无头绪了。"

他没有告诉莎拉他在冈特公馆过夜的事。信任一个人固然好，但是凡事都有限度。一想到其他人发现他昨天晚上曾现身本弗利特，雅各布便一身冷汗。

二人走到罗素广场地铁站的入口。他伸出手想跟她握手，对方却抢先一步，轻轻啄了一下他的脸颊。

"我还能再见到你吗？"

"乐意之至。"他说。

"请不要试图找我。我想我得不停地搬家，不过我很快就会联系你。谢谢你，给了我最珍贵的礼物。"

困惑不解的雅各布发出一种含糊、尴尬的声音。

"你给了我希望。"说完，她混进排队买票的人群。雅各布很高兴她猜不出他在想些什么，他丝毫没有暴露自己脑海中闪现的疯狂念头。

假定萨维尔纳克大法官领导了一群自称"天谴会"的堕落分子，他们剥削牛津孤儿之家的孩子们，纵情享乐。也许雷切尔·萨维尔纳克决心守护大法官的秘密，发誓铲除任何阻挡她的人——帕尔多、基尔里，以及……天知道还有谁。

24

"我警告过你，麦卡林登家的小子不行。"

加布里埃尔·汉纳威的喘息掩盖了他的话。得知麦卡林登的死讯后，他步履蹒跚地走进办公室。文森特·汉纳威不带感情地打量着生病的父亲，不知道眼前的老人还能踏进这间办公室几次。尤斯塔斯·莱弗斯爵士最近在弃兵俱乐部的鸡尾酒会上吐露，他担心加布里埃尔·汉纳威熬不过下个圣诞节。

"值得冒次险。"

"上一个跟我说这话的客户已经被绞死了，"加布里埃尔·汉纳威说，"即使莱昂内尔·萨维尔纳克帮他辩护也没能救得了他。"

文森特暗中叫苦。那一定是二十多年前的事，老人依旧沉湎于过去。人生重要的是接下来会发生什么。

"我根本不相信麦卡林登干掉瑟罗和那个女孩后会自杀。这种情况只有当他是个妒火攻心的情人时才说得通。荒谬。"

"假如另一个记者——他叫什么来着，弗林特？——突然决定不去本弗利特呢？"

"他为什么要那样？他是个爱管闲事的人，这又是他的工作。瑟罗已经喂他吃了足够多的诱饵，他无法拒绝这个邀请。"

"好吧，假如他无法成行呢？如果麦卡林登惊慌失措……"

"他会寻求进一步的指示。不，说不通，父亲。他所谓的自杀根本不成立。"

"我们伦敦警察厅的朋友怎么说？他赞同你的观点吗？"

文森特点了点头："不到一小时前，我找他聊过。整件事让他震惊不已。仿佛事情还不够糟糕似的，通知派辛丝·多德这个消息的警官报告说她陷入了歇斯底里的状态。他现在拿不准主意要不要帮她摆脱痛苦。他突然很焦虑，当初打算牺牲瑟罗时，他就忧心忡忡，现在仿佛一瞬间，这家伙和那个姑娘都白死了。"

"他俩已经活得够久了。至于她母亲，没有能支撑她再活下去的理由。"

"除了杜松子酒。"

"愿它赐福于她。"老人大手一挥，打断了关于多德夫人的话题，"或许弗林特很聪明，出其不意地袭击麦卡林登，然后将其反杀。"

"诱使麦卡林登落入他自己的陷阱？"文森特冷哼一声，"他没有那个身手。昨晚的事确实不同寻常。"

"新的介入因素？"老人大声地咳嗽，"你想听听我的意见吗？有人取代了弗林特的位置。"

"或许吧。"

老人阴冷的眼睛打量着年轻人："我知道，你用这种口气跟我说话时，其实并不赞同我的看法，我的孩子。那么你又如何解释这种该死的状况呢？"

文森特用笔尖戳了戳吸墨纸："干掉麦卡林登的家伙十分强壮，能够制服他；非常残忍，敢于近距离射杀他；同时又极其狡猾，懂得如何制造自杀的假象。"

"哦？"

"我心里有个接近的人选。"

"雷切尔·萨维尔纳克那个手下？"

笔尖折断了。愤怒的文森特一挥手，把它摔下桌子。

"还能有谁？"

"我告诉过你，她会惹出麻烦的。我从没见过脾气像她父亲那么暴躁的人。她简直如出一辙。"

"未来儿媳的完美人选。"文森特惯于讥讽的语气中夹杂着一丝怨恨。

"比起你胡搞的那些贪得无厌的妓女，她显然更有个性，也更养眼。漂亮的脸蛋、完美的身材。她让我想起一个人……"

"我猜是已故的西莉亚·萨维尔纳克。"文森特嘀咕道。

"不，不，不是她母亲。"老人摇摇头，"想不起来了。我的记性真是大不如前。"

不只是你的记忆，文森特恶狠狠地想。他竭力控制自己的脾气，说道："我们都不再年轻。"

"这就是我想在临走之前看到你安定下来的原因，我的孩子。"

"我永远都不会跟雷切尔·萨维尔纳克结婚，父亲。"

"你可真傻。当然，这是你的决定。我知道还有一个女人值得你爱，经济独立，不再指望不切实际的恋爱关系。"

"风韵犹存的寡妇比安奇？"文森特冷笑道，"眼下，我的首要任务是收拾这个烂摊子。自从雷切尔·萨维尔纳克来到伦敦，我们遭受了一次又一次的祸患。林纳克、帕尔多、基尔里，现在轮到麦卡林登。"

"什么时候是个头啊？"老人梦呓似的问。

文森特猛的一拳砸向桌子："我来告诉你什么时候是个头，忘掉那些关于结婚的鬼话吧。雷切尔·萨维尔纳克只有躺在冰冷的坟墓里，一切才能结束。"

"你没让弗林特盘问那姑娘的母亲。"特鲁曼说。

雷切尔和特鲁曼夫妇坐在客厅里喝茶，她一边往松脆饼上涂黄油，一边说："为什么浪费他的时间？多德夫人什么都不会告诉他，理由很充分，因为她几乎一无所知。"

"埃德加·多德是大法官的会计。"

"他算不上是加布里埃尔·汉纳威那样的密友。尽管他的老朋友们保障他的遗孀免受经济拮据的困扰，换取对方不定期的效力，但是真正有价值的是她的女儿。"

特鲁曼夫人又给自己倒了一杯茶："瑟罗的妻子呢？瑟罗会跟她说些什么吗？"

雷切尔摇摇头："当他跟伊莱恩·多德保持不正当关系的时候？我对此表示怀疑。"

"你觉得我们现在该做什么？"特鲁曼问。

"我们要去一趟伦敦警察厅，"雷切尔说，"不过首先……再来块松脆饼。"

"感谢你抽时间来见我，"开朗的女服务员端来二人的茶后，奥克斯探长开口道，"尤其是你这么忙的时候。"

他和雅各布再次约在斯特兰德大街的莱昂斯角楼见面，二人又一次坐在镜厅里喝茶。返回《号角报》大楼后，雅各布得知奥克斯探长来过电话。电话打回去，探长要求见面，而且越快越好。

"很讽刺，是吧？"雅各布的笑容苍白无力，"我荣升首席犯罪调查记者的第一天，甚至不能报道昨晚的案件。考虑到麦卡林登涉案已经很具挑战性，而伊莱恩又是他的受害者之一，我与案件当事人牵连过甚。"

"我对你的遭遇深表遗憾。"

奥克斯的语气生硬而正式，二人之前谈话时那种放松亲密的感觉早已消失殆尽。他一根接一根地抽烟，烟雾缭绕，似乎睡得比雅各布还少，衬衫熨得也不如往常那般平整，甚至领带看起来都像随手打了个结。究竟什么原因令他夜不能寐？

"谢谢你的关心。"雅各布缓缓搅动茶汤，他要小心措辞，但是又必须说些什么，"伊莱恩是个……好伙伴。"

作为墓志铭，它称不上有诗意，却发自肺腑。他很享受同她一起度过的时光，二人紧贴彼此时，她身体传来的那份温热依然停留在他的记忆里挥之不去。即便雷切尔·萨维尔纳克说的是真话，伊莱恩也玩弄了他的感情，然而不知何故，他却无法鄙视她的口是心非。无论她做错了什么，都不该落得丧命偏僻小屋的悲惨下场。

"你们很亲近吗？"

"只是好朋友而已。她母亲似乎觉得我是个做丈夫的好人选，但是我从没想过要伊莱恩嫁给我，而且我肯定她是只顾活得开心的那种人。"

"而且她已经和别人搞在一起了，"奥克斯说，"你不知道吗？"

"我隐约察觉有个男人一直躲在背后，我很好奇他是不是已经结婚了，但是她从未提起过他，我也从没问过。"

"稀奇。我以为你的好奇心无法满足呢。"

"有些事情还是不知道为妙。我情愿假定这段关系已经自然而然地结束了。"

奥克斯感到局促，雅各布的脸一下子红了。他暗自责备自己，作为一个靠文字为生的人，他的措辞简直毫无同情心。

"所以你并不知道那个人是斯坦利·瑟罗探员？"

"他们告知我时，我才知道，"落入陷阱之前，雅各布拉住了自己，"今天早些时候，我无比震惊，直到现在依然无法接受。所有人里偏偏是斯坦利。"

"世界真小啊！"奥克斯又点燃一根香烟，"你认识两名受害者，同时也认识杀害他们的凶手。"

"是啊！"雅各布如履薄冰，小心说话，"这不仅仅是一场悲剧，更是骇人听闻的犯罪。请原谅我心烦意乱。直到现在，我依然没能完全消化这个消息。"

"关于麦卡林登，你了解多少？"

"不太多。"雅各布急忙回答。

"你觉得他是个同性恋吗？"奥克斯问。

"我不在意。这不关我的事。"雅各布忍不住回敬一枪，"他的举止有时似乎有些古怪，但是我觉得是由于他在公学所受的教育。"

奥克斯怒目而视："碰巧的是，他曾先后两次在不利状况下被捕，然而因为他父亲从中牵线搭桥，他从未遭到起诉。"

探长酸涩的语气令雅各布抬起头，"他跟伊莱恩有一腿吗？"

"或者至少是单恋她，是的。看起来是这样。"

"听起来你不是很确信。"

"我的观点无关紧要。我来这儿是看看你能为这出悲剧提供什么线索？"

"我已经协助你的手下录了一份口供。一个叫多宾的家伙，脸像……"

"老多宾？没错，我看过你那份口供。"奥克斯靠进椅子背，"我想知道你有没有什么要补充的，或者说，经过深思熟虑后决定告诉我的。"

雅各布选择以进攻作为最好的防御方式："我只能说，瑟罗让我很惊讶。我不知道他是不是个好警察，但是我喜欢他。你可能知道，我们曾一起喝过一两次酒。"

"是的，"奥克斯说，"我知道。"

"我不知道他跟伊莱恩搞在一起。我想，我太天真了。"

"或许这就是他找你做伴的原因，"奥克斯不留情面地说，"然后在背后嘲笑你。"

"这件事在警察厅众所周知吗？"

奥克斯皱了一下眉，这给了雅各布一丝安慰。也许只是因为奥克斯疲倦而困惑，但无论如何，雅各布确实对他造成了些微伤害。

"谈不上。他煞费苦心地……保守秘密，而且理由充分。如果警局听到风声的话，他早被开除了。"

"他想必很受器重，"雅各布说，"否则也得不到晋升。"

"晋升？"奥克斯气势汹汹地问，"这话是什么意思？"

"他告诉我他即将晋升侦查警长。老实说，我没想到你这么器重他。"

"就我而言，"奥克斯生硬地说，"斯坦利·瑟罗距离晋升差得还远呢。你肯定误会了。"

"当然没有。他说得很清楚，而且相当高兴。"

"他什么时候告诉你的？"

雅各布意识到自己必须小心说话："就是昨天，我们最后一次聊天的时候。他打电话告诉我这个消息，我也提到了自己升职的事。于是，我们决定一起庆祝一下。"

"没有这回事。"

"当然，现在永远不可能了。"雅各布长叹一口气，"奇怪的是，你说没有提拔他的打算。他虽然不是大学毕业，但是也绝不会弄错这种事情。你不觉得……"

"我不觉得什么？"

"我不想提这个，"雅各布仿佛佛里特街白发苍苍的老媒体人，语气透着伪善，"但是，他有没有可能……仰仗了伦敦警察厅的某位当权者？"

"你这是什么意思？"奥克斯面红耳赤。雅各布从没见过他如此恼怒，"营私舞弊的高层朋友？"

"对不起，"雅各布说，"我没有任何其他意思。"

他们看着对方的眼睛，心知肚明，彼此都有些难听的话没有说出口。

返回《号角报》大楼的途中，雅各布忍不住为自己感到庆幸。倘若奥克斯的目的是诱骗他认罪的话，那么谈话并没有按照计划进行。雅各布相信他已经尽力了。

他关于伦敦警察厅的那一击确实击中了要害。奥克斯的不安或许源自他也得出了类似的结论？如果是的话，奥克斯心里是否已经有了嫌疑人？

路过编辑部时，雅各布看见波泽正在同印刷商开会。泡泡眼举起手跟他打招呼。

"乔治，有人采访过多德夫人吗？"

波泽点点头："我亲自去的。我不确定她有没有意识到自己再也见不到女儿了。杜松子酒暂时给了她安慰。她并未责怪你没有赶回去。"

雅各布心情沉重地走回自己的办公室。他没考虑过如何安慰一个失去独生女儿的女人，注意力全用来思索伦敦警察厅的腐败问题。奥克斯听闻瑟罗即将晋升时的震惊看起来极具说服力，唯一合理的解释是瑟罗得到了某个位高权重之人的许诺。

雅各布的脑海中忽然浮现虚空剧院的某个场景：灯光渐暗，演出开始之前，他瞥见戈弗雷·马尔赫恩爵士坐在雷切尔对面的包厢里。多莉·本森遇害后，《号角报》采访警察厅时，汤姆·贝茨嘲讽过马尔赫恩的无能。在贝茨看来，马尔赫恩代表了警察等级制度的问题所在；他曾是名军人，对刑侦工作知之甚少。战争期间，他曾是领导众多雄狮（其中也包括雅各布战死于法国的父亲）走向死亡的笨驴之一。

可是，战争是一回事，冷血杀戮则完全是另外一回事。不是吗？

正当他纠结这个问题时，办公室的门嘎吱一声开了，绰号"特里特米乌斯"的托斯兰跑进来。他双眼放光，异常兴奋。

"解开了！"他气喘吁吁，"事实上，这密码非常简单，只要稍加思考，谜底昭然若揭，不过我得做一些研究敲定细节。"

"非常感激。那究竟是什么意思？"

"字条隐藏了两个人的死亡信息。"

"两个人？你确定吗？"

"当然。"托斯兰摸了摸鼻子，"请相信特里特米乌斯。"

"我全身心相信你。"雅各布夸张地说。

"别急，老伙计。不能忘乎所以，尤其是麦卡林登出事之后。很糟糕，嗯？"

"骇人听闻，"雅各布赞同道，"现在——说说密码？"

"我很好奇你为什么提到了绞刑场（Gallows Court），所以我今天下午去了一趟。"

"你去了？"雅各布想象不出托斯兰匆忙赶往什么地方的画面，"你发现什么了？"

"那儿有个叫冈特律师事务所（Gaunt Chambers）的地方，门旁边竖着的铭牌写着'弃兵俱乐部'（Gambit Club），这样我们就能解释密码的前六个字母。三对完全相同的首字母简单地颠倒过来。"

雅各布点点头。截至目前，一切顺利。

"如果我们倒着读这串密码，还能截取出'愿灵安息（RIP）'几个字，以及日期1919年1月29日。"

"是的，我也这么想。"

"既然那样，"托斯兰故作严肃，"你应该亲自去趟萨默塞特公爵府，帮我省点力气，而不是把所有累活都留给我这个老实人。"

"对不起。你说得对。"

"我查阅了所有在那天去世的人。花了些时间，不过有两个名字符合条件。查尔斯·布伦塔诺（Charles Brentano）和伊薇特·维维耶（Yvette Viviers）。"

"没听说过这两个人。"

"这两起事件的死亡地点都在林肯律师学院，所以一定有关联，这串密码肯定跟他俩有关。"

"是的，我想这是唯一合理的解释。但至于他们是谁……"

"我对另一个女人毫无头绪。根据名字来看，她应该是个法国人。但是，《泰晤士报》登过布伦塔诺的讣告。"

"真的？"

"是的，他出身于一个富裕家庭，伊顿公学、牛津大学，诸如此类的描述，战争爆发前没做过什么值得关注的事。然而，后来他荣获了杰出服役勋章，以及英勇十字勋章。相当了不起，不过德军的轰炸也让他付出了惨痛的代价。战争的最后几个月，他一直待在一家军医院里接受治疗。"

"他是由于伤势过重而死吗？"

"显然不是。死亡证明记录的死因是心力衰竭。"

"他有家人吗？"

"讣告没有提及妻子或者孩子。措辞相当戒备，出乎我的意料。"

"你这么说是什么意思？"

"讣告字面内外所蕴藏的信息通常一样耐人寻味。对于某些终身不娶的单身汉而言，字里行间会暗示这样的潜台词。更常见的情况是粉饰文字。"

"我明白了。"

"伊薇特，也是同样的死因。"

"他们俩同一天死于心力衰竭？"

"奇怪的巧合，对吗？"托斯兰咕哝着朝门口走去，"希望这些能帮到你。不管怎样，我得走了。忙了一天，我觉得有点儿饿。"

"谢谢你，托斯兰。感激不尽。"

"别想了，老伙计。这些天来刺激接踵而至，不是吗？起初，我们失去了可怜的贝茨，紧接着，麦卡林登了结了自己。据说他卷入了一段三角关系，难以置信。如果不是从《号角报》上读到这篇报道，我一个字都不敢相信。"

雅各布笑笑："那么，一定是真的。讣告还有什么值得注意的地方吗？"

"讣告很简短。还有一点你或许感兴趣。布伦塔诺的父亲是一位柏林外交官，他来到这儿，爱上了一个英国姑娘。那姑娘出身名门，萨维尔纳克家族。她的哥哥正是臭名昭著的绞刑法官，莱昂内尔·萨维尔纳克。"

25

"雷切尔·萨维尔纳克想见我们？"查德威克警司重复道。

"没错，今天晚上，"戈弗雷·马尔赫恩爵士说，"反常，该死的反常，不过我们就生活在一个反常的时代。"

"这么说，您已经同意见她了，长官？"这一次，查德威克的自制力松懈了，他瞠目结舌，难以置信。

"是的，查德威克。"戈弗雷爵士的脸颊微微泛红，"她非常坚持，简直不请自来，声称掌握瑟罗探员之死的关键信息。"

"哪类信息？"

"她没明说。我说警方确信麦卡林登杀害了瑟罗和他的女朋友，然后开枪自尽。这是一起嫉妒引发的简单案件，但是她拒绝在电话中进一步讨论此事。"

"我之前表达过这种观点，长官。"查德威克冷冷地说，"我不赞成鼓励业余侦探们轻率地从事严肃的刑侦工作。"

戈弗雷哼了一声。他敏锐地意识到雷切尔·萨维尔纳克并非查德威克眼中唯一的业余侦探。

走廊里回荡着托斯兰沉重的脚步声，雅各布突然回想起什么。记得他跟麦卡林登谈论舒梅克的死讯时，他不是刚好撞见对方从这间办公室里走出来吗？那家伙来贝茨的办公室干什么？他根本没有理由过来。当时，雅各布并没有在意——那时他只顾着暗中调查——然而，现在他知道麦卡林登是谋杀犯。那人是不是一直在搜查贝茨的东西，寻找犯罪调查记者问询萨维尔纳克的档案？

雅各布环顾周围的杂物。如果你不知道东西在哪儿，根本无从找起。据他猜测，麦卡林登已经把这间办公室翻了个底朝天，但它现在非但没有凌乱，反而比之前还整洁了一些。

如果真有什么有价值的东西，麦卡林登势必已经带走，但是雅各布决定在动身回到阿姆威尔街之前再搜查一次。这是个拖延与多德夫人见面的绝佳理由。

十分钟后，他再次准备放弃。他找遍贝茨书柜的每个抽屉，依次翻开了他能找到的所有笔记本，然而依旧一无所获。

贝茨塞在电话底下的照片里，莉迪亚·贝茨朝他仰起天真无邪的笑脸。很快，雅各布就要在汤姆的葬礼上见到另一个失去至亲的女人。又将是一次生硬、绝望的对话，他忍不住叹息。相比医院，他更讨厌葬礼和墓地。

他望着莉迪亚，脑海中浮现出另一幅画面。贝茨家的书架上有一本看名字就知道肯定属于汤姆的书，爱伦·坡的《神秘及幻想故事集》。莫非汤姆也像他一样，喜欢《失窃的信》这样的故事？

雅各布抽出照片，翻过来，背面是贝茨熟悉的铅笔字，潦草得几乎难以辨认。

查尔斯·布伦塔诺
文森特·汉纳威
坎伯兰郡燧发枪团，第九十九师
圣昆廷堡垒
发生了什么？

贝茨的笔记仿佛爱伦·坡的线索，隐藏在显而易见的地方，尽管它并没有解决什么，反而又带来了一个新谜团。萨维尔纳克大法官的外甥查尔斯·布伦塔诺，死于绞刑场，跟在那里执业的事务律师文森特·汉纳威是世界大战期间的战友。

回到埃德加之家时，雅各布还在琢磨汤姆·贝茨的笔记。他深吸一口气，拉开前门。

雅各布从来不觉得自己是个敏感的人，但是一进门，他就知道出事了。寂静中蕴含的似乎不是悲伤，而是险恶。自经历本弗利特的不幸之旅后，那种熟悉的感觉再次扑面而来。

"多德夫人？"

无人回应。

他转动厨房的门把手，发现门是锁着的，锁眼里塞了个塞子。他疑心重重地嗅了嗅。

"多德夫人？你还好吗？"

雅各布用肩膀抵住门，用力顶。他使出全身力气，直至听见木头碎裂的声音，最后一使劲把门推开了。

煤气的恶臭险些把他熏晕过去。水槽边堆着没洗的平底锅和盘子，紧接着，油毡地板上的惨状深深地刺痛了他的眼睛。

派辛丝·多德一动不动，看样子已经死了有段时间。

"非常感谢您能安排我们尽快见面，戈弗雷爵士。"

雷切尔·萨维尔纳克放下包，微笑着环顾助理警务处处长办公室里的其他人。马尔赫恩的身侧站着查德威克和奥克斯。特鲁曼坐在警司旁边，紧挨着窗户，月光洒在他的脸上。

戈弗雷爵士指了指特鲁曼："你没说过需要你的用人陪同。"

雷切尔的声音刺破寂静，仿佛剃刀划破皮肉："我跟特鲁曼之间没有秘密。"

"即便如此，事关如此微妙的话题……"

"特鲁曼尽管外表……粗犷，但知道怎么处理微妙的话题。"她说，"现在，我们可以开始了吗？"

"请便吧。"戈弗雷爵士看了眼怀表，"我今晚有个晚餐约会。如果你不介意长话短说的话……"

"开门见山，戈弗雷爵士。"她的语气非常冷淡，"我来这儿的目的是举报斯坦利·瑟罗探员收受贿赂。"

"萨维尔纳克小姐！"戈弗雷爵士紧张地瞥了一眼身边的同事，"我真的不……"

奥克斯打断二人的对话："你有什么证据佐证如此严重的指控？"

"瑟罗同《号角报》的雅各布·弗林特坦白了一些很能说明问题的事情。"

"你怎么知道？"

"弗林特亲口告诉我的。"

"记者的话。"查德威克厌恶地咕哝。

"他没有理由撒谎，警司。我确信他说的是实话。"

奥克斯说："今天早些时候我见过他，他没有跟我说过这样的话。"

"或许，"雷切尔回答，"你没问到点子上。"

"瑟罗可能有点儿感情用事，"戈弗雷爵士说，"年轻人总是这样，萨维尔纳克小姐。在朋友面前免不了要吹吹牛，你知道的。"

"我相信你关于年轻人的评价，"雷切尔说，"不过证据清楚明白。瑟罗的物质生活远远超出他的收入水平。一辆闪亮的新车，一块金怀表……"

"那个人已经死了！"戈弗雷爵士咆哮道，仿佛又回到了阅兵场，"他无法回应这种可耻的诽谤。"

"确实很不体面，戈弗雷爵士。恐怕行为不端的并非只有他一个。"

"你这话是什么意思？"奥克斯嘟囔。

"他告诉弗林特他即将被晋升成巡佐。"

"匪夷所思！"戈弗雷爵士厉声呵斥，"你到底想说什么……？"

"他的忠诚被收买了。"

"他虚构了所谓的晋升，一定是这样。"

"不，他深信承诺给他的报酬一定能兑现。"

"荒唐！"

雷切尔摇摇头："你们中有个人知道我说的句句属实。他不仅出卖了自己的名誉，还一并出卖了自己的灵魂。"

救护车运走派辛丝·多德的尸体后，一位面色阴郁的警官帮他录了一份口供。雅各布挑了几件行李塞进手提箱，步履蹒跚地沿玛杰里街行走，最后停在沿途的第一家旅馆门前。他无法想象在埃德加之家过夜的景象。

一个消瘦的侏儒站在门厅后面的玻璃前台后，仿佛蛛网密布的博物馆展出的动物标本一般。他不情愿地抬起玻璃遮板，阴沉地告知雅各布还剩一间单人房。房间脏乱不堪，窗帘布满虫蛀的破洞，床垫凹凸不平。镜子把雅各布照得像个畸形的滴水兽，不过他根本不在乎。过去的二十四小时已经让他变得麻木呆滞。

墙壁很薄，他听到屋外高亢的声响。隔壁那对住户显然卷入了一桩金融交易，二人围绕着偿付的价格、提供服务的范围和价值激烈地争执。最终，这场争吵以掌掴声、摔门声和走廊里咚咚咚的脚步声告终。他听见女人的哭泣，但是几分钟后她也离开了，二楼重新陷入一片寂静。

他仰躺着，盯着天花板，两眼发酸。天花板参差不齐的裂缝提醒着他，他所熟悉的生活正在土崩瓦解。那个在雾中和雷切尔·萨维尔纳克搭讪的雅各布·弗林特仿佛完全是另外一个人，天真无邪、无忧无虑。贝茨的死难以挽回，令他不知所措，而瑟罗和伊莱恩的遇害，以及随后伊莱恩母亲的自杀，却让他体会到了切身之痛。斯坦利和那两个女人或许别有用心地同他相处，但是他仍然感激他们的陪伴。

至于雷切尔·萨维尔纳克，魅力四射，动机却深不可测。昨晚，当她询问他和警察的交易时，雅各布追问她是否相信奥克斯。

她的回答如律师一般含糊其词："他是个罕见的聪明警察。当然，有时候过于聪明了。"

最近，奥克斯的态度变化引人注目。那家伙到底怎么了？

答案只有一个。奥克斯探长在害怕。

"女士！"戈弗雷爵士气得嗓音嘶哑，"这完全是可以提起控诉的诽谤！"

她转头看向奥克斯："你怎么看，探长？"

奥克斯面色苍白，神情憔悴地低下头："很抱歉，你说得对，萨维尔纳克小姐。"

"你愿意给你的同事们一些启发吗？"

奥克斯深吸一口气："我确信最近发生的一连串……事件并非巧合。种种迹象表明，一伙社会名流联手蔑视法律，诸如帕尔多、林纳克和基尔里，以及其他尚未露面的人。他们都来自同一个社交圈，不过我敢肯定他们之间的关系远比我们想象的紧密得多。对方的动机和活动神秘莫测，但是我怀疑犯罪活动承蒙了伦敦警察厅的非法祖护。"

"天哪，伙计！"戈弗雷爵士嚷道，"说话当心点！"

"我本来不想说的，长官。我的调查刚刚展开，我必须坦率地承认还有很多我不知道的事情。但是面对萨维尔纳克小姐的逼问，我别无选择，只能摊牌。虽然我不愿意这么说，但是她说得没错，瑟罗探员并非警察队伍里唯一的害群之马。"

戈弗雷爵士怒视着他："很好，小子。痛痛快快地讲出来，你怀疑谁？"

"允许我替奥克斯探长避免些许尴尬，"雷切尔说，"我知道他在想什么。很遗憾，他怀疑你，戈弗雷爵士。"

助理警务处处长的脸颊不自然地涨得紫红："女士，这……"

她抬起一只手："我说得对吗，探长？"

奥克斯羞愧得满脸通红，什么也没说。

"这个推断是基于各种零碎的信息，戈弗雷爵士。你跟帕尔多和林纳克一样出身名门，同属有钱有势的阶层。你家同帕尔多银行有业务往来。你本人是个狂热的戏剧爱好者，经常现身虚空剧院的包厢。威廉·基尔里遇害的那天晚上你也在现场。"

"那天是我妻子的生日！稍微庆祝一下……"

"关于这一点，我就不啰唆了。我只想说探长已经搜集了足够立案的证据。不过，恐怕不成。"

"你这话是什么意思？"奥克斯嘶哑地问。

查德威克站起身："你不会想说奥克斯自己贿赂了瑟罗吧？无礼！先是诋毁戈弗雷爵士，现在又……"

"坐下，"雷切尔厉声呵斥，"我只是责怪探长只见树木不见森林。"

"你到底在胡说些什么啊，女士？"查德威克反问。

"戈弗雷爵士没有贿赂瑟罗，探长更没有。害群之马正是你，查德威克警司。"

"萨维尔纳克小姐，"戈弗雷爵士一副随时可能中风的模样，"我由衷地希望你能证实自己的指控。否则，我必须要求你收回你说的话，并为此道歉。警司——"

"……是这栋大楼里最富经验、最受尊敬的警官之一，"雷切尔打了个哈欠，"这恰恰是蒙蔽奥克斯探长的原因。一想到这样的人会为此牺牲他辛苦奋斗来的一切，他便深恶痛绝。"

查德威克终于找回自己的声音："这种指控肮脏又卑鄙。你是女性的耻辱，正如你父亲是司法界的耻辱一样。"

"大法官？二十年前，他的野蛮让你望而却步，我不能怪你。但是，你竟然屈从于他门徒的示好，真令人失望。"

"一派胡言！你需要一个像你老爸一样残忍的律师接收我的诽谤传票。你的证据呢？"

"瑟罗问弗林特是谁送来的匿名字条，通知他去帕尔多家，他说要把这个信息汇报给你。奇怪的是，你只是个忙于案头工作的警司，他理应报告给探长吧？"

"微不足道的道听途说，"查德威克嘲讽道，"你就这点儿能耐吗？"

"瑟罗告诉弗林特，帕尔多的书房里发现了一枚棋子。探长命令手下对这条线索保密，但是你授意瑟罗泄露给弗林特。你不断用小道消息吸引他，博取他的信任。"

"这与我无关。还有别的吗？"

"恐怕还有一大把。在列维·舒梅克被你的幕后主使干掉之前，他曾调查过你，发现你儿子一家搬进了赫斯廷斯的一栋小别墅，海边的气候有益于你孙女的病情。虽然比起你在温布尔顿置办的那套府邸，这房子根本不值一提，然而对于丈夫失业在家、孩子经常需要医疗护理的夫妇而言依旧很奢侈。单是医药费，就是一大笔钱。"

"查德威克？"戈弗雷爵士瞪大眼睛，"这是真的吗？"

"问问奥克斯吧。"雷切尔说。

戈弗雷爵士转过身，探长痛苦地点点头。

"关于赫斯廷斯的房子，我不太了解，长官，但是温布尔顿的那栋房产确实价值不菲，邻居大多是伦敦金融区的高官。我必须承认，我曾有过怀疑，不过警司打消了我的疑心。他无意中提过他姑妈留下一笔遗产，我猜他是财产受益人。"

"完全正确。"查德威克咬牙切齿，"光明正大。如果你怀疑我，看看萨默塞特公爵府的档案。"

"列维·舒梅克已经查过了，"雷切尔说，"付清你姑妈的债务后，你继承了一笔九十三英镑的'巨款'，完全不够维持你和你家人习以为常的那种奢华、放纵的生活。"

"奢华、放纵？你好大的胆子啊！"

查德威克大发雷霆，攥紧拳头，朝她迈了一步。他曾是拳击比赛中的重量级选手，但是雷切尔毫无畏惧。

"你的赛场生涯早已成为历史，"雷切尔平静地说，"不要让你自己难堪。"

"看在上帝的分儿上，伙计！"戈弗雷爵士说，"别做傻事！"

"闭嘴，你这个喋喋不休的老头子！"查德威克大喊，"你们中有谁知道，辛辛苦苦一辈子，却只能眼睁睁地看着自己的孙女绝望地挣扎，究竟是什么感觉吗？有吗？！"

"家家有本难念的经，"雷切尔说，"留着这些话，等审判时请求减刑时再说吧。"

"你这个傲慢的婊子！"

查德威克一只手伸进夹克，掏出左轮手枪的一瞬间，特鲁曼跳起来，一拳撂倒了他。长年伏案工作降低了警司的反应速度，就连肌肉也所剩无几。特鲁曼把他按在地板上，查德威克失控地咒骂，一旁的奥克斯趁机夺走手枪。

雷切尔打开包，掏出一副手铐："对不起，戈弗雷爵士。虽然是伦敦警察厅，但我也不确定你的办公室里有没有这种东西。所以，我有备而来。"

朱丽叶·布伦塔诺的日记

1919年2月4日

　　期待意外之喜。这是我母亲最喜欢的人生建议。今天晚上，亨里埃塔送来了喜讯——仅此一次——还有我的晚餐。这条好消息让我胃口大开。

　　克里夫的病情没有恶化。她甚至觉得他或许恢复了一些。但愿他还有希望。

　　如果这样的话，等他知道布朗如何伤害他妹妹时，他要做何反应呢？

26

第二天清晨，雅各布睡过头了。当他使劲睁开眼睛时，远处教堂低沉的钟声告诉他现在已经十一点了。幸运的是，他不用上班。《号角报》一个星期里发行六天，它还有一份姊妹刊——《星期日号角报》。理论上，这两种刊物上的新闻类型截然不同，不过两边的记者通常也帮姊妹刊撰稿，而英国公众在安息日对丑闻和爆炸性新闻的热衷让犯罪调查记者们忙得不可开交。即便监工戈默索尔也得承认，他的员工需要一天——或者至少几个小时——用来休息。

雅各布头痛欲裂，口干舌燥。尽管一滴酒也没喝，他依然恍若宿醉。他的床狭窄又不舒服，但他依旧耗费了很大的意志力才爬起来。雅各布望着镜子里扭曲的自己，眨了眨眼睛，眼神空洞，胡子拉碴。他浑身酸痛。这就是衰老的感觉吗？

他穿上晨衣，沿着过道慢慢走向尽头那间气味难闻的小浴室。结果发现没有热水，他默默地对自己说，据说洗冷水澡有利于健康。

用毛巾擦干身体，刮完胡子，他又躺回那张凹凸不平的床上，闭上眼睛，脑海中浮现出莎拉·德拉米尔的脸。他逐渐明白莎拉如何幻化成奇异又性感的奈费尔提蒂。她迷人的外表令他想起自己最喜欢的美国电影明星露易丝·布鲁克斯。

　　莎拉的脸不知怎么又变成了伊莱恩·多德。他沮丧地意识到自己有多么地在乎她。知道她欺骗了自己，一切变得有些不同了，但影响并没有特别大。贫穷和贪婪令她身不由己。他喜欢和她在一起。即使她受人指使，但是或多或少也有一些真心吧？

　　他不愿想象她躺在停尸间里的样子。即便只是回忆发现她尸体的那个瞬间，也让他忍不住反胃。她母亲的自杀……

　　自杀？想到这个问题，他心里咯噔一下。他是不是贸然得出了想当然的结论？多德夫人没留遗书，不过话说回来，自杀往往没什么可解释的。

　　一件微不足道的怪事根深蒂固地扎在他的记忆中。发现她时，厨房里堆着没洗的锅碗瓢盆，她穿着沾满汤渍的围裙。多德夫人在保持厨房整洁这件事上拥有近乎狂热的坚持。自杀那一刻，她能忍受厨房里一团糟吗？雅各布猜想，如果某天他去意已决，势必不愿再费心洗碗。但是，派辛丝·多德在意的事情跟他完全不同。她很注重外表。

　　派辛丝·多德清楚伊莱恩在做什么，无所不知的雷切尔·萨维尔纳克坚信这一点。多德夫人告诉雅各布，她跟女儿大吵一架。她是不是畏惧了那些人，例如麦卡林登和瑟罗？女儿死后，房东太太也许说错了话，或许求助了警方。她是被灭口了吗？

　　如果是的话，又是谁杀了她？

加布里埃尔·汉纳威和儿子文森特面对面地坐在齐本德尔式餐桌的两端。二人眼下正在老人位于汉普斯特荒野的格鲁吉亚式宅邸中，共进星期日的午餐。文森特住在切尔西的豪华公寓里，但是每逢星期日和星期二都要过来跟父亲一起吃饭。这是家族传统。

　　一个穿着整洁制服的女佣端来一瓶拉图尔酒庄的葡萄酒，斟满父子二人的酒杯。她留着金色短发，脸颊上有一对酒窝，年龄不超过十六岁。她十分紧张，笨手笨脚，瓶子里的酒倒光时，几滴红色液体洒在白色的桌布上。

　　"白痴女孩！"老人气喘吁吁。

　　女佣满脸通红，结结巴巴地道歉。文森特握住她的手腕，止住她的话。

　　"没关系，比阿特丽斯。"他语气温和，目光粘在她身上，"父亲今天不舒服。痛风，你知道的。走吧，过一会儿我再跟你谈。"

　　女孩怯生生地行了个屈膝礼。她瘦小的身体不住地颤抖。文森特坚硬的手指戳了一下她纤细的手腕，然后松开手，放她匆忙退出房间。

　　加布里埃尔·汉纳威摇摇头："她有很多东西要学。"

　　"我会教她。"

　　老人嗤之以鼻："这就是你所谓的生活吗？还要多久你才会厌烦？回答我。之前那个孩子至少还有一点儿个性。"

　　"虚荣心让她滋生了超越身份的念头。我知道你偏爱丰满的类型，但是我的口味不拘一格。"文森特嚼着烤土豆，"变化是生活的调味品，你比大多数人更清楚这一点。"

　　"一切都乱套了，我知道。这个世界已经完蛋了，我的孩子。纸钞取代了黄金至高无上的地位，化学勾兑物代替了真正的啤酒……"

文森特大声地打哈欠，老人砰的一声放下刀叉，推开盘子："这盘垃圾根本没有味道。厨师在搞什么鬼？"

"你病了，父亲。"文森特品尝着萝卜，眼中闪过一丝嘲讽的光芒，"蔬菜爽脆，肉嫩多汁，山葵酱辛辣爽口。恐怕你的味蕾已经不同往日。"

"你总以为自己无所不知。"老人咂咂他的假牙，这是他最常表达责备的方式，"然而，眼下我们正面临着历史上最严重的危机。看看我们失去的那些人。现在，又传来查德威克的不幸消息……"

"查德威克倦怠了。他太信任瑟罗。他只想年轻人服从他的命令。人上了年纪又安于现状，就会变成这样。"

鬣蜥的眼睛闪烁不定："我们中谁安于现状呢？我只看到我毕生的心血受到威胁，你却无动于衷，不免让我想到潘格洛斯博士。"

开口之前，文森特花了半分钟咀嚼裹满肉汁的烤牛肉："我宁愿抓住机遇，也不愿哀叹挫折。虽然帕尔多和基尔里的死令人惋惜，但是他们至少不能再阻挠进展。"

"你的意思是，挡你的路？"老人声音嘶哑。

"如果你愿意的话，"文森特耸耸肩，"雷切尔·萨维尔纳克是幕后主使，您一定也看出来了。"

老人低下头："我低估她了。"

"她帮了我一个大忙，虽然这是她最不愿意做的事。"

"你知道，她父亲疯了。"

"在中央刑事法庭用小刀割喉，是吗？"文森特的笑容恶意满满，"我当然知道。我们之间不必再避讳谈论这桩丑闻。"

"你说得对。"假牙又发出咔嗒咔嗒的声响，"我一辈子都在为萨维尔纳克家卖命，但是这是不道德的背叛。大法官逃离伦敦，远离公众视野。另外，他的女儿……"

文森特笑了："我相信，她的理智也摇摇欲坠。"

"或许尤斯塔斯爵士……"

文森特恼怒地说："你真以为那个女人能允许老莱弗斯送她去疗养院？她比基尔里的妻子坚韧得多，"他顿了一下："也比她母亲坚韧。"

老人什么也没说，仿佛失败的化身。

"至于她的理智，"文森特说，"现在只剩下一个问题。她需要有人帮她通风报信吗？"

他往后靠进椅子背，凝视着沾着酒渍的桌布，深红色污点如同血迹一般。

雅各布既没有吃早餐，也没有吃午餐。他不觉得饿，喝了几杯水后整个人逐渐清醒过来。他要做的第一件事就是逃离这个鬼地方，另谋住处，或者回到阿姆威尔街。他剩余的财产还留在埃德加之家，房租已经付到一月底，即使女房东死了，他依旧有权住在那里。他只是不确定自己能否承受那一切，不过验证的唯一办法是回到犯罪现场。那儿就是犯罪现场。即便派辛丝·多德并非遭人谋杀，长久以来，自杀依旧是一项违背上帝与人类生存意愿的重罪。房东太太无法被葬在圣地，除非有人能证明她不是自杀。但是，谁在乎呢？

雅各布收拾好行李，通知那个消瘦的侏儒他不回来了——对方听见这个消息的反应如此冷淡，或许他真的是一个展出的标本，然后，动身前往阿姆威尔街。途中，他经过一个报摊，旁边贴着《号角报》某个竞争对手的宣传海报。雅各布瞥了一眼，脚步一个趔趄，差点儿被迎面而来的出租车撞倒。

"头条！伦敦警察厅警司面临共谋罪指控！"

他赶忙摸了摸口袋，掏出几枚硬币。他知道不该支持竞争对手的生意，但他别无选择。雅各布靠着灯柱，一目十行地扫过整篇报道。这篇新闻稿堪称无米之炊的典型案例，他禁不住赞叹特稿部的报道技巧。

查德威克警司因牵扯近期瑟罗探员的死亡事件而被捕入狱。媒体怀疑他参与了本弗利特事件——以防读者可能已经忘记前一天的新闻，报道旧事重提，又不厌其烦地罗列了一遍骇人听闻的细节——但是，他的涉案性质尚不清楚。戈弗雷·马尔赫恩爵士向新闻界做了一份简短的声明，用"待审"一词搪塞，拒绝再发表任何有意义的言论。

雅各布折好报纸，递还给一脸困惑的小贩。他可不希望拿着竞争对手的低劣小报遇见任何熟人。即便被人撞见在马奇蒙特街的店铺柜台前挥舞法国色情明信片，也不会有那么尴尬。

几分钟后，雅各布站在埃德加之家门外。他本以为门口有警察站岗，然而那地方空无一人。伦敦警察厅大概正全力以赴地处理瑟罗遇害案和查德威克被捕引发的一系列麻烦。一个五十岁因煤气中毒而死的贫困妇女当然算不上当务之急。

他急忙跑回自己的房间，甚至不敢看一眼厨房，或者他和伊莱恩曾经相拥躺过的沙发。虽然他又回到这里，但是他不确定自己能不能承受在这儿过夜。万般回忆涌上心头。

雅各布掏出抽屉里剩余的衣物，思索着接下来应该去哪儿，思绪不受控地想到雷切尔·萨维尔纳克。她在查德威克被捕的过程中扮演了什么角色？她编织了一张如此错综复杂的网，雅各布很难相信警司的落马与她无关。

楼下传来一阵猛烈的敲门声，他从沉思中惊醒。雅各布几乎不假思索地跨过门槛，锁上前门，内心不由得庆幸自己的反应。一阵寒意漫过全身。他的房间只能俯瞰小巷，于是他匆匆穿过楼梯平台，进入屋前的一间空房间，透过窗帘缝隙朝窗外窥探。然而，前门上方的雨棚遮住了他的视野，他看不见是谁弄出了这么大动静。他应该假装不在吗？

一个念头出现在他的脑海，莫非是雷切尔派特鲁曼来找他？她或许是想伤害他，但这念头令他厌恶不已。毕竟，司机曾经在本弗利特救过他的命。不过，他们之前打过的几次交道并没留给他多少幻想空间。雷切尔能猜到他迷恋她的美貌，她完全可以利用他。他不过是一枚棋子，雷切尔早准备好把本弗利特谋杀案的罪名嫁祸给他。雅各布发觉自己竟然不住地祈祷他没有失去利用价值。

敲门声越来越响。无论谁想让他开门，都不愿得不到回应就离开。或许有人看见他进门了。如果是这样的话，造访者迟迟得不到回应，很可能破门而入。那扇门虽然很结实，但是对于特鲁曼而言就像一扇纸门，他完全能一拳打穿。

雅各布绷紧肌肉，走下楼。

"这件事会毁了我。"戈弗雷·马尔赫恩爵士说。

奥克斯探长坐在助理警务处处长办公桌的另一边，委婉地保持沉默，心想，这个老家伙说得没错。

"腐败的警察是一回事儿，"戈弗雷爵士说，"但是警司……新闻界又要大做文章了。"

　　他满怀期待地看着下属。奥克斯清了清嗓子。

　　"我们只能寄希望于很快有其他事情分散他们的注意力，长官。"

　　"据说，印度民族主义者正在策划一场暴行，"戈弗雷爵士满怀希望，"如果我们能挫败他们的话……"

　　他的声音越来越小。二人都清楚关于印度半岛极端主义者的情报既粗略又靠不住。奥克斯觉得是时候换个话题了。

　　"查德威克警司一直保持缄默，长官。无论做不做苦役，相比长期监禁，他似乎更畏惧背叛同谋的后果。"

　　戈弗雷爵士握紧拳头，猛砸办公桌："我们面对的到底是一群什么样的家伙，奥克斯？这群卑鄙的男人怎么能向查德威克这种拥有良好公共服务记录、先后六次荣获英勇嘉奖的警察施加如此大的压力？"

　　有钱能使鬼推磨，奥克斯想，但是绝对不只贿赂而已。他们深谙灌输敬畏之道。不，是一种比敬畏更强烈的情绪——畏惧。

　　"您一直说男人，长官，可是我们尚不清楚萨维尔纳克小姐在搞什么把戏。"

　　"你什么意思？她指控查德威克时，突如其来。"戈弗雷爵士尴尬地顿了一下，险些脱口而出，他本以为雷切尔要揭露奥克斯的恶行，"可以这么说，我们根本不知道怀里养了一条毒蛇。查德威克显然牵扯了本弗利特的事，她无意中发现了他的秘密。然而，她没有透露给媒体。我曾经讲过，现在还要再强调一遍，这个小姑娘的谨慎和克制令人钦佩。"

"我不确定雷切尔·萨维尔纳克有没有犯过错,"奥克斯平静地说,"她做的每件事都有自己的原因。我很好奇她的动机。"

"依我看,"戈弗雷爵士说,"她可真有公德心。"

奥克斯半天没接话:"貌似如此,长官。不过是不是还有其他因素驱使她呢?"

"比如?"

"雷切尔·萨维尔纳克冒充业余侦探,她间接地牵扯了林纳克的死,我觉得她跟帕尔多的死也有关系,虽然我无法证实。她雇用的私家侦探惨遭谋杀,基尔里遇害时她也在场,由于她的指认,一位受人尊敬的高级警察眼下正关在牢房里饱受煎熬。所有事件彼此关联,背后一定有原因。"

戈弗雷爵士盯着他:"昨晚,查德威克被带走后……你跟她谈过。我知道她擅长打马虎眼,但是你有发现任何线索吗?"

奥克斯咬了咬牙:"直觉告诉我,雷切尔·萨维尔纳克正履行一项使命。任何阻碍她的家伙都要遭到铲除。"

"可是,阻碍她什么呢?"

奥克斯摇摇头:"问题就在这里,长官。我现在依然毫无头绪。"

不速之客不停地拍打着前门,雅各布笨手笨脚地摸索出钥匙。他打开门,只见一个矮胖、斜肩、胡子拉碴的男人站在他面前。雅各布不自觉地后退一步,迟疑间来者跨进走廊,砰的一声关上门。

对方紧握拳头,雅各布发觉他戴着金属指节套。

"她在哪儿?"

"伊莱恩？"雅各布慌张得像一个在糖果店偷东西时被当场抓获的男孩，"她死了。谋杀。她母亲自杀了。"

男人举起右拳："别傻了，你知道我说的是谁。"

雅各布浑身颤抖。他该如何发出警报呢？此刻正值克勒肯维尔宁静的星期日下午。就算他大吵大闹，又有谁听得见？

"你是说……雷切尔·萨维尔纳克？她不……"

男人一把抓住他的脖子："我告诉过你别犯傻。她在哪儿？"

"我……对不起……"雅各布呼吸困难，被男人用力掐住脖子，"谁……？"

"那个叫德拉米尔的女人。"

"她不在这儿。她没来过这儿。她……"

"别浪费我的时间。她不在家，但是你见过她。她藏哪儿了？"

"我……老实说，我不知道。"勒着脖子的手指越掐越紧，他喘不过气来，"我确实跟她聊过。"

"然后呢？"男人松开钳制。

"她很害怕，说要离开家。我猜她正东躲西藏。我希望能再次听到她的消息，但是不知道那是什么时候。"

金属指节套砸在他的太阳穴上，他大声呼喊。泪水模糊了他的眼睛。

"我真该杀了你，就冲你是个爱哭鬼。"男人说。

雅各布感觉血正顺着他的脸颊流下来。他还不想死。

"如果我知道，我肯定告诉你。"

懦弱还是人之常情？他拼命地喘了一口气。恐惧令他窒息。

"最后一次。她住哪儿？"

"我不知道！"

男人一拳打向他的肋骨："非要我打断你这副小身板的每一根骨头吗？"

"她不信任我，没跟我说。"

他咳出这几个字。这几拳伤得他很重，内出血怎么办？继派辛丝·多德死后不到二十四小时，他也要死在这儿吗？

男人恶狠狠地盯了他很久，微微点了点头："谁能信任你这样的懦夫呢？"

雅各布十分难堪。他羞愧难当，却早已顾不得自己的尊严。生命中的一切最终只能归结成几个字：他只想活下去。

"你被我们盯上了，"袭击者说，"一旦你知道她在哪儿，立刻在《号角报》的私人广告栏里登个广告，写上你的名字加她的地址。立刻、马上，懂了吗？"

雅各布咯咯出声，但愿那个男人明白他的意思。

"说话算话，不要拖拉。否则，下次我就把你麻秆一样的脖子拧成两段。"

那个人转身离开，雅各布瘫倒在地。鲜血流过他的手，渗进花纹地毯里，染脏了粉色的玫瑰图样。但是他不在乎，他还活着。这一刻，其他一切都不再重要。

27

　　"某个块头比你大的家伙找你麻烦了，小伙子？"第二天早上开完编辑会，戈默索尔追问道。

　　雅各布勉强挤出一丝微笑："撞门上了，先生。门赢了。"

　　"是这样啊！"

　　"看起来吓人而已。"

　　"谢天谢地。"

　　雅各布的脸抽搐了一下。当天早上，他对着剃须镜查看自己脸上的伤口和瘀青时，默默说服自己，他侥幸摆脱了那个恶棍和他的金属指节套。不速之客离开后，他平静下来，觉得自己能活下来十分幸运，于是下定决心要好好活着。雅各布躺在自己位于阿姆威尔街的房间里过了一夜，经历了过去几天生理和心理的连续打击后，他早早爬上床，断断续续地睡到闹钟响起。据他观察，没有人监视埃德加之家，但他后来突然想到，擅长监视的人同时善于躲避。

戈默索尔生性不轻信别人，责备似的瞥了他一眼。

"你着实让我担心，小伙子。撞门当然没问题，但是千万别忘记汤姆·贝茨的遭遇，更不用说那个小麻烦鬼麦卡林登。对于《号角报》的记者们而言，眼下正是危险时期。鉴于你经常与死亡擦肩而过，这里没有哪家人寿保险公司能把你当成一个好的风险投资对象。"

雅各布放弃口出狂言，立刻悔悟道："对不起，先生。我明白这份工作需要我背后多长一双眼睛。我不会让你失望的。"

戈默索尔拍了拍他的肩膀："不要只是说说而已，小伙子。祸不单行，我不想在你的墓碑旁哀悼。无论如何，不希望是冬天。我不喜欢葬礼，寒冷刺骨的冬天就更讨厌了。"

戈默索尔关于天气的预测是对的。一夜之间气温骤降，雅各布冒着雨夹雪艰难地走到佛里特街。他从编辑室回到汤姆·贝茨的办公室——不，他的办公室——他告诫自己必须向前看，而不是总沉湎于过去。昨晚，他一直苦恼要不要遵循鲍德温那套"安全第一"的理论。

问题是，这个口号害鲍德温在上次选举中落败，毁掉了他的职业生涯。犯罪调查记者需要冒险，即便如此，每天把自己的生命置于危险之中未免过于恪尽职守。但是，雅各布无法放弃调查雷切尔·萨维尔纳克。那比他脸上的伤口更疼。这是他欠汤姆的，他要像哈利·劳德一样一路走到尽头。否则不仅辜负了汤姆，也失信于莎拉·德拉米尔。

莎拉能遵守约定再次联系他吗？但愿如此，尽管他也不太确定这种想法是出于好奇还是求生欲。如果她联系他，他们需要采取一些防范措施。利用虚构的信息编造一个广告，还是干脆什么都不做呢？每当想起那个恶棍想查明她下落时的那股狠劲儿，他都禁不住打寒战。指使他的家伙要么是想搞清楚莎拉究竟知道些什么，要么是觉得她知道得太多，想让她永远闭嘴。

雅各布咬着嘴唇。雷切尔·萨维尔纳克的手下曾在本弗利特救过他一命。他不愿相信她动机不纯。莎拉曾迫切地想要雷切尔知晓帕尔多的威胁。雷切尔没理由希望她遭遇不测吧？

然而，雷切尔蕴含着一些野蛮、难测的特质。她神情平静地看着威廉·基尔里被活活烧死，威胁他保守本弗利特遭遇时的那份自信令他胆寒。特鲁曼杀了麦卡林登——感谢上帝！——她眼皮都没眨一下。他从没见过如此镇定的女人。这不合理。

一部黑色的电话静静地躺在他的办公桌上。他伸出手，想要致电冈特公馆——找雷切尔聊聊的念头蠢蠢欲动。但是，她已经说得很清楚，他们再次联络的时机只能由她来决定，雅各布悻悻地收回手。他不敢忤逆雷切尔的意愿。

给伦敦警察厅打个电话怎么样？说不定奥克斯探长愿意分给他半个小时，尽管他依旧不愿意透露查德威克被捕的确切原因。

突然，电话铃声大作。雅各布吓了一大跳。莫非探长知道他在想什么？

他拿起听筒，电话那端传来佩吉独特又聒噪的吸鼻子声。

"有位女士找你。"

他的心怦怦直跳。莎拉还是雷切尔，谁找他？

"她叫什么名字？"他想象佩吉愁眉苦脸的样子。

"她自称温娜·蒂尔森夫人。她有着奇怪的口音。"

莎拉，他想，一定是莎拉，因为害怕于是假装成别人。

"让她接电话。"

"弗林特先生？"

声音很陌生，是一个上了年纪的女人，她的口音让人联想到英格兰西南腹地。

"莎拉，"他小声问，"是你吗？"

"对不起，弗林特先生。那姑娘没告诉您吗？我是蒂尔森。桑克里德的温娜·蒂尔森夫人。"

他眨眨眼："桑克里德？没听说过。"

"康沃尔郡的桑克里德。您的名字是我的一个好朋友告诉我的。"她的声音有些颤抖，"他叫我给您打电话，说这很重要。"

"您的朋友是谁，蒂尔森夫人？"

他听到那位夫人咽了口唾沫，声音听着似乎快要哭了："他上个星期去世了。"

雅各布绞尽脑汁。最近的逝者名单有点儿长。"他叫什么名字？"

他几乎想象得出电话另一端的女人紧握着听筒的样子。她听起来似乎已经竭尽全力。除非她是像莎拉一样优秀的演员，否则这次对话于她而言着实有些困难。

"列维·舒梅克先生。"

一瞬间，雅各布哑口无言。此刻他的思绪乱得仿若他所置身的办公室。

"您还在听吗，弗林特先生？"那个女人听起来十分胆怯，仿佛她犯了什么大错一般。

"是的，是的，"他说，"我只是没想到能接到这通电话。"

"对不起。这么突然地打电话给您，您一定觉得很失礼吧。我知道您很忙，有很多更重要的事情要做，而不是跟我这样的无名小卒说话。"

"请不要道歉，"怕她挂断电话，他急忙说，"很高兴接到您的来电。"

"要不是列维坚持，我真的不想打扰您。"

"列维的朋友，"他大方地说，"也是我的朋友。"

"您能这么说真是太好了，先生。"

"可以叫我雅各布，很高兴接到您的来电。您有什么特别想告诉我的吗？"

"有关录音机。"她说。

"我不太明白。"

"他最后一次来这儿的时候录了一份录音。他希望您第一个听。"

雷切尔同特鲁曼夫妇和玛莎一起喝咖啡。女佣打开收音机，里面正播放着杰克·希尔顿和他的管弦乐队演奏的《生命中最美好的事物都是免费的》。一幢大房子的手绘平面图摊在旁边的小圆几上，下面叠着一张伦敦地图。

"星期三近在咫尺，"她说，"很快就要结束了。"

玛莎随着音乐哼唱："不敢相信我们已经走了这么远。"

"我信守了我的诺言，"雷切尔说，"现在，我们年轻的朋友们做好准备了吗？"

"当然。"玛莎拔高声调，竭力抑制自己的兴奋，"他们已经做好了充分的准备。"

"没有顾忌？没有动摇？"

"我们经过精挑细选，"玛莎尝了一口咖啡，"他们不会屈服，你可以相信我。"

"我把性命托付给你了。"雷切尔温柔地说。

"今天下午我去取左轮手枪，换了个军械商。当然，他的名声不错，守口如瓶。"特鲁曼开口道。

"太好了。"雷切尔转头问女管家，"你拜访过药剂师吗？"

"今天一大早就去过了，当时你还在跑步机上跑步。"特鲁曼夫人说，"我不明白你为什么要自找麻烦？"

"你知道我喜欢保持苗条。做好准备，迎接一切可能发生的事情。"雷切尔笑着说，"你有足够的时间做必要的准备吗？"

"绰绰有余，"老妇人说，"我只是好奇……"

雷切尔夸张地叹息："你总好奇。如果你担心奥克斯有威胁，我来打消你的顾虑。继查德威克的事之后，他现在完全听命于我。"

"可是，雅各布·弗林特呢？他有可能毁掉一切。"

"我深表怀疑。"雷切尔看了一眼手表，"他很快就要动身前往康沃尔郡了。"

温娜·蒂尔森结结巴巴地向雅各布讲述了她的故事。曾经，她是彭赞斯一个土地主家的家庭教师，后来嫁给了一个在镇子里开杂货店、年长她十五岁的男人。五年前，她的丈夫去世了，1928年夏天，列维·舒梅克来到康沃尔郡的海边，度了一个星期的假。二人坐在莫拉布花园里聆听乐队演奏时，随意地攀谈起来。他们很快变得

293

热络，舒梅克成了常客。他谈及退休，并在普罗旺斯购置了一套房子，还出资翻新了温娜位于康沃尔郡乡下的小别墅。她说，他们之间有一种默契。列维已不再年轻，她觉得他已经准备好离开伦敦，跟她共度余生。他们会辗转英国和法国两地。

最近，他的工作时间很长，虽然他从不谈论自己接手的案子，但是她看得出目前正在进行的调查令他忧心忡忡。去世前几天，他匆匆回过一趟康沃尔，带回一台录音机，把自己关在书房里待了一下午。后来，他说他准备了一份录音"以防我遭遇不测"。她很担心，恳求他放弃工作，他说他很快就会金盆洗手。如果大事不妙，他可能得赶忙穿越英吉利海峡，躲到普罗旺斯。如果不幸如此，等确定安全后，他再通知她赶来会合。

星期三，列维打来电话。他急得要命，逼她发誓，如果出于某种原因，他无法亲口告诉雅各布，她一定要代为转达那份录音。显然，他是在雅各布滑下消防梯后给她打的电话，很可能就在他临死时。没过几分钟，列维听见楼下有人敲门，电话被掐断。

紧接着，列维的律师发来一封电报，温娜·蒂尔森得知爱人的死讯。悲伤淹没了她。但是，她要遵从列维的遗愿。

"您能来一趟吗，弗林特先生？"她说，"这是他的心愿。"

"您的小别墅在哪儿？"

"桑克里德是位于彭赞斯以西几英里的一个小村庄。列维常说这里是个无名小镇。他喜欢隐居。截然不同于喧嚣的伦敦，至少我这么觉得。我从没到过比托基更远的地方。"

地理不是雅各布的强项，但是桑克里德听起来很遥远。不仅如此，曾经的乡间探访经历让他望而却步。他想起那张劣质小报——

《见证者》——刊登的头条新闻。

血洗本弗利特小屋！

"您能过来吗，弗林特先生？我知道您很忙，但是如果不重要的话，列维也不会这么坚持。"

他会掉入另一个陷阱吗？他环顾房间，寻找启发。汤姆·贝茨仿佛伏在他耳边低语："拿不定主意的时候，兜圈子。"

雅各布清了清嗓子："蒂尔森夫人，很遗憾您痛失所爱，请再次接受我的哀悼。虽然我只见过舒梅克先生一次，但是他的名声首屈一指。感谢您打电话来。"

他顿了一下，现编现讲："我的日程排得很满，但是我很想去一趟桑克里德。今天晚些时候我再给您回电话确认安排。"

"您人真好，弗林特先生。"她听起来十分真诚，但是斯坦利·瑟罗也一样，更不用说伊莱恩和她的母亲，"您有我的电话号码。我今天不打算出门。这里冷得要命。"

挂断电话后，他着手核实温娜·蒂尔森的背景。得益于一位热心的康沃尔郡人的帮助，雅各布查阅到一份五年前她丈夫的葬礼讣告，据描述她丈夫是一位杂货商和食品供应商。但是，致电者也有可能是受雇冒充那个女人。避难小屋听起来诗情画意——他脑海中勾画着茅草屋顶和红玫瑰环绕的鲜艳前门——但是，它有没有可能也归属于帕尔多地产公司呢？于是，他请波泽帮忙，到林肯律师学院附近的土地注册处打听消息。

"你在浪费我的时间，"波泽说，"那些新出台的房产规定并不适用于在康沃尔郡买房的业主。我想你可以去特鲁罗试试看。"

"没关系,"雅各布疲惫地说,"机会非常渺茫。"

如果当时他询问过列维·舒梅克律师的名字,现在或许能用来核实事实。但是众所周知,律师们不愿意讨论客户的情况,更不用说向记者提供有用的小道消息。最后,他决定凭直觉行事。他回复了温娜·蒂尔森的电话,通知对方他会搭卧铺车过去。放下电话后,雅各布扪心自问,自己是不是犯了一个致命的错误?

雅各布此前没坐过卧铺车,而这次搭乘大西部铁路线的旅程出奇地愉快。这趟火车远未达到满负荷,他整夜都没有受到打扰。雅各布回到埃德加之家,收拾了一个轻便的行李袋,然后顺着消防梯溜出去,以防有人监视,接着在法灵顿路拦了一辆出租车,奔赴帕丁顿。据他观察,没有人跟踪他。

他约好十点钟拜访温娜·蒂尔森。于是,他先找了一家小咖啡馆吃早餐,这是冬季为数不多的几家还在营业的咖啡馆之一。透过雾蒙蒙的窗户,他望着船只进出港口,眺望远处的地平线,瓦灰色的大海和炭灰色的天空交相辉映。

没多久,雅各布就跟一个年龄是他两倍大、性格开朗的女服务员调笑起来,她响亮的笑声如同她的胸脯一样令人惊叹。她毫不掩饰地打量着他青一块紫一块的脸,好奇究竟是什么风把一个操着约克郡口音的年轻人吹到这儿来。雅各布说想见两位老朋友——列维·舒梅克和温娜·蒂尔森,回答他的是一声震惊的喘息。

"这么说,你没有听说那个新闻吗?"

"新闻?"他睁大了眼睛。幸好他没承认自己是个记者。

"哦，天哪，太令人伤心了。我和温娜的哥哥是同学。那位可爱的女士，在镇子里很受欢迎。生活竟然如此残酷。起先，她的丈夫死于心脏病，现在她的男朋友也去世了，淹死的——尸体竟然是从泰晤士河里发现的。你还能想到比这更可怕的事吗？"

雅各布推断，列维的死讯传到彭赞斯之前经过删减和歪曲。邻里间普遍觉得，他一定是某天喝多了，掉进河里淹死的。这不符合他的性格，但是大家还能怎么解释他的死因呢？没有人知道他经受过严刑逼供。雅各布一边消化猪肉香肠，一边暗自庆幸。这一次，他的直觉没有背叛他。温娜·蒂尔森说的是实话。

女服务员告诉他哪儿能拦到出租车，雅各布离开餐厅时对方还同他挥手致意。他沿着偏僻、曲折的乡间小路往桑克里德走，跟这里相比，约克郡的乡下甚至显得更像大城市一些。途中，司机给他讲了这里一口古老的圣井和关于它的传说。雅各布心想，没有哪里比肮脏、刺激、危险的白教堂区更与众不同。

他们把车停在一栋粉刷成白色的石头建筑外。院子里没有玫瑰花，也没有茅草屋顶，不过草坪养护得很好，透过树丛能依稀看到村子里的教堂。指示牌上仔细地漆着"避难小屋"几个字。这就是列维·舒梅克的第二个家，很难想象，这里完全不像他那间破烂的办公室。每扇窗户都拉上了窗帘，以示尊敬。

雅各布迈上小路，按响门铃。门开了，一个大概四十五岁的女人勉强挤出一丝欢迎的微笑。她穿着一身黑，散发着一种暗淡的优雅和庄重。她的眼睛周围遍布着交错的皱纹，泪水浸红了她的脸颊，但是她的手握起来很温暖。她留着一头浅黄色的秀发，五官端正，讨人喜欢；雅各布明白列维·舒梅克从她身上看到了什么。对方给人的第一印象是个正派的女人，善于帮助爱人暂时抽离私人侦探要面对的残酷现实。

女人帮他摘掉帽子，接过外套和行李包，领他走进前厅，壁炉里的柴火熊熊燃烧。她察觉他正仔细地端详古色古香的红木家具和厚厚的阿克明斯特地毯。

"单靠蒂尔森留给我的遗产，我永远买不起这样的东西。列维非常大方。你是怎么认识他的？"

"当时我正在跟进一篇报道的线索，我想他或许能帮上忙。"雅各布站在炉火前，"他死的那天下午，我去过他的办公室。"

"事务律师没有告诉我列维是怎么死的，"温娜·蒂尔森平静地说，"后来，他的秘书打电话过来，我追问到底发生了什么事，她说要经过验尸才知道。我知道她想表现得体贴些，但是我比大家想象的更坚强。遇见列维之前，我已经送走了两个孩子和两任丈夫。我不相信他是意外溺水而亡。他是游泳健将，我们以前常去纽林游泳。请告诉我真相。他是被谋杀的，对吗？"

雅各布低下头："对不起，蒂尔森夫人。我不知道谁该为他的死负责，但是我怀疑跟他调查的事情有关。他告诉我有人跟踪他，他打算离开这个国家。我欠他一条命，他说服我顺着防火梯离开他的办公室。我猜，我刚走他立刻给你打了电话。如果我再多待十分钟，我想我也得遇袭、遇害。可以这么说，他救了我的命。"

一直害怕的事情得到了证实，她闭上眼睛，努力消化这个噩耗："列维在乌克兰有过难以形容的恐怖经历，他曾经说没有什么能与之相比。然而，最近情况变化了。他似乎总时不时地回头张望。他不像是会害怕的人。"

"他很勇敢。"

温娜·蒂尔森端详他脸上的瘀青和伤口："看样子，你也是。"

"小口角。"他挥了挥手，"没什么。"

"你觉得列维的录音能帮我们找到杀害他的凶手吗？"

"运气好的话。"雅各布说，"你听过吗？"

"没有，我没准备好再听他的声音。"她哽咽道，"对不起，弗林特先生，我觉得这太难了。上上个星期，列维短暂地回来过一趟，他就是在那个时候录了这份录音。他肯定已经意识到自己有生命危险。我留你一个人慢慢听。看，设备放在那边的餐具柜上。"

她走出房间，关上门，雅各布拿出笔记本和铅笔，准备聆听一位逝者的声音。

28

"我正在讲的这个故事，"舒梅克操着一口近乎完美的英语，"不知道结局如何。我也不知道会不会有人听我讲。如果真的有人听到，那么说明我已经死了。倘若我死得蹊跷，我相信这份录音有助于将凶手绳之以法。

"去年秋天，一个自称特鲁曼的男人找上门。他咨询我能否针对几位知名人士进行高度机密的调查。我凭借自己的资历获得了他的肯定，然后开出了一个超过我最高收费的日薪报价。他眼都没眨就同意了。

"他提供了四个名字：克劳德·林纳克、劳伦斯·帕尔多、威廉·基尔里和文森特·汉纳威，他们分别是艺术家、金融家、演员兼剧团总监和事务律师。四个人中基尔里最出名，但是这些人我都有所耳闻。特鲁曼说他想要一份关于这些人的个人习惯和经济活动内容的详细报告。关于经济活动，他只感兴趣涉及这些人私生活的部分。

他拒绝透露他的调查目的，并称希望我能不设限地进行调查。

"特鲁曼精明能干，但是并没有表现出坐拥巨额财富之流特有的那种傲慢。饱经风霜的脸和长满老茧的手，说明他多年来一直从事着艰苦的工作，其中大部分是户外工作。显然，他背后还有一位不便露面的委托人。

"当我说出自己的推测后，他承认他代表雷切尔·萨维尔纳克小姐。我隐约记得有位已故的大法官姓这个姓氏，特鲁曼证实她就是他的女儿。这位小姐最近刚到伦敦，出于某些原因好奇她父亲生前的一些旧识。他说我只需要知道这些。

"我说，只有见到我的客户，我才愿意接受指示。最终，我们达成一致，我到冈特公馆拜访了她，那里曾是诈骗犯克罗桑的家。与其说那是一栋家庭住宅，倒不如说是一座豪华城堡。不过，更令人着迷的是雷切尔·萨维尔纳克本人。她出奇地镇定，仿佛面对鞭打和斩首都面不改色的虔诚的女圣人一般。

"虽然她极其理智，但我依然察觉到一丝狂热。那是一个为了达到目的愿意毁灭一切的女人——或许牺牲自己也在所不惜。

"虽然我心存疑虑，但还是屈服于强烈的好奇心，以及人类最古老的弱点。不是漂亮女人的诱惑，而是畅想着靠她付给我的报酬过上舒适的退休生活。

"起初，我质疑她能否付得起我开价的这笔巨款。她不仅准备好了答案，甚至向我展示了她父亲的遗嘱。大法官为她办理了财产托管，只要过了二十五岁生日，她便有权完全支配这笔钱。大法官当律师的这些年里积累了大量的财富，除了能继承一大笔遗产，还有一座岛屿和一座虽然破旧但面积可观的庄园。雷切尔·萨维尔纳克是英国最富有的女性之一。

"没过多久，我全职为她效力，尽管她还雇用了其他私家侦探。正如她所说，她从不把鸡蛋放在一个篮子里。她委派我调查一个叫瑟罗的警察，一对住在克勒肯维尔姓多德的母女，以及《号角报》的三位记者——汤姆·贝茨、奥利·麦卡林登和雅各布·弗林特。

"关于克劳德·林纳克，我拼凑出一副堕落虐待狂、二流艺术家、三流浪荡子的形象。我拿着雷切尔·萨维尔纳克给的支票簿四处挥霍，由此得知他对待虚空剧院年轻女孩时的轻佻举止，以及他跟多莉·本森之间的风流韵事。多莉遇害后，她的前男友被捕入狱，但是我的调查结果表明，林纳克才是合情合理的嫌疑人。我如实告知雷切尔·萨维尔纳克，建议她立即报警。

"出乎我的意料，她二话不说就答应了，并保证不会提及我的名字。她说话算话，但是伦敦警察厅的小丑们畏惧部长的淫威，不敢问讯他的弟弟，遭拒后她大概直接接触了林纳克。我不知道她跟他说了什么，不过足以逼他自杀。

"尽管这听起来有点儿反常，我还是打消了疑虑。或许她从已故父亲那里得知了一些能够令其前同事们名誉扫地的内幕消息，只是想通过我证实她的怀疑，伸张正义。然而，当她指示我调查戈弗雷·马尔赫恩爵士、亚瑟·查德威克警司和奥克斯探长的背景时，我大感不解。我发现瑟罗探员跟那个叫多德的女孩交往甚密。瑟罗跟那姑娘的母亲有一些相似之处，二人都入不敷出。关于伦敦警察厅的腐败传闻不绝于耳，但是我原以为只有苏豪区的警察才收受贿赂，睁一只眼闭一只眼地袒护当地的犯罪窝点。我从没想过这种腐败已经渗透到领导层。然而，令人担忧的是，现在我推断亚瑟·查德威克的支出也远远超过他的收入。最近那笔数目不多的遗产根本解释不了我的怀疑。

　　"帕尔多、基尔里和汉纳威同属一个小圈子。帕尔多的第二任妻子是他在虚空剧院认识的粗鄙女人，不过她是自然死亡。基尔里自诩俘获过很多人的芳心，不过最终跟一个经济独立的意大利寡妇安定下来。汉纳威是个单身汉，他不止一次搞大过年轻姑娘的肚子，再花大价钱打掉未出生的孩子。

　　"麦卡林登跟那伙儿人是一丘之貉。弗林特聪明但冲动。他和之前的麦卡林登一样，寄宿在多德母女家。贝茨尽职尽责，遵纪守法。他对雷切尔·萨维尔纳克很感兴趣，一直打听她的情况，直到后来有人开车撞伤了他。"

　　舒梅克咳了一声："那次事故有些蹊跷，虽然雷切尔·萨维尔纳克没有指示我做什么，但是我擅自进行了调查。关键证人报了个假名字，后来失踪了，我怀疑贝茨的事故是有人蓄意为之。祸根莫非是他的好奇心？

　　"我去了一趟大英博物馆的报纸阅览室，仔细翻阅了贝茨发表的文章，意外地发现他十分关注最近发生的一起恶性谋杀案，以及一个名叫哈罗德·科尔曼的罪犯。通过这篇凶杀案的报道，我又顺藤摸瓜查到他曾经报道过科尔曼被判过失杀人罪的新闻。一位赌马庄家在一场牵扯了六个人的争执中惨遭杀害，指认科尔曼造成致命一击的证据有待商榷，贝茨暗示他代人受过。这已经不是黑帮第一次牺牲自己人保护更大的恶势力。科尔曼越狱后，贝茨关于越狱的报道让人再次联想起当初那个值得怀疑的定罪证据。

　　"我的下一个调查对象是科尔曼。一个近期刚刚获释的家伙和他曾是沃姆伍德-斯克拉比斯监狱的同牢难友，对方告诉我科尔曼跟他透露过一些秘密。简言之，科尔曼原名史密斯，1916年趁休假时逃出军队。之后，他回到家乡坎伯兰郡，自称哈罗德·布朗，不断地换工作。后来，他又改姓科尔曼，在北部赛马场靠收'保护费'赚点小钱。这些人威胁赌马庄家们，如果不付保护费就搅黄他们的生意；收保护费时，流氓拎着一只水桶绕着赛道走，每个赌马庄家都要往里面扔半克朗。移居伦敦后，科尔曼把眼光放得更高了。直至被捕前，他一直混迹于罗瑟希剃刀帮。

"真正吓到我的是他之前的所作所为。确切地说，是他刚逃离军队时干过的一份工作。他曾在某个偏远的北方岛屿庄园里做过几个星期的管家，这事让他的狱友感觉特别好笑。"舒梅克顿了一下，"那位雇主正是萨维尔纳克大法官。"

一阵小心翼翼的敲门声传来，雅各布按停机器。

"我真是上了年纪，竟然忘了待客之道。"温娜·蒂尔森端来一个茶盘，"要喝点什么吗？"

"非常感谢。"

她看着他："你还好吗？"

"很好，"雅各布急忙回答，"只是感觉很奇怪，听着他的声音，心里知道……"

"这就是为什么我不忍心听的原因。这很懦弱吗，弗林特先生？"

他摇摇头。

"那好吧。我留你一个人慢慢听。"

门在她身后关上的那一刻，房间里再次响起列维的声音。

"狱友的话有多少是真，又有多少夸张的成分？科尔曼的故事太离奇了，反倒让我觉得，即使经过修饰，它也一定有真实的内核。

"他说大法官难以捉摸。尽管有求必应的医生采取鸡尾酒疗法稳定他的精神和脾气，他依然时常表现得古怪而暴力。冈特岛的每个人都憎恶他——除了他的女儿雷切尔。雷切尔继承了他残忍的性格。只要一生气，她一定要找一个毫无还手能力的人或者别的什么东西撒气。有次她跟父亲吵完架，科尔曼亲眼看见她拧断了用人的宠物猫的脖子。

"还有一个和雷切尔·萨维尔纳克年纪相仿的女孩也住在萨维尔纳克庄园。大法官外甥非婚生的女儿，朱丽叶·布伦塔诺。她父亲——查尔斯·布伦塔诺是大法官的外甥，当过兵。他曾是个赌徒，与大法官关系亲厚。朱丽叶的母亲是个法国站街女，战争爆发前母女俩一直生活在布伦塔诺的庇护下。差不多同一时间，大法官在中央刑事法庭试图割喉，因此被迫退出公众视野。布伦塔诺奔赴法国参战前，把他的情妇和女儿送到了萨维尔纳克庄园。他在战争中作战英勇，成了英雄，后来受了重伤。直到停战的几个星期后，他才回到冈特岛。

"朱丽叶是个体弱多病的孩子，患有肺病，而科尔曼觉得她母亲为了保护她免受伤害夸大了她的病情。雷切尔痛恨她们的出现，面对朱丽叶滋生出强烈而不理智的嫉妒。为了满足她父亲的偏执妄想，她谎称布伦塔诺虐待她，然后说服大法官除掉布伦塔诺和他的情妇。科尔曼得到一笔钱，奉命绑架这对情侣，把他们带到伦敦某处。之后他回到冈特岛，但是布伦塔诺和那个女人再也没有回来。据说，他俩死于流感。但是，科尔曼相信大法官的同伙除掉了他俩，不到十五岁的雷切尔·萨维尔纳克一手策划了二人的死亡。

"科尔曼告诉狱友，他离开冈特岛是因为他发现那个地方和那里的人一样惹人厌。雷切尔年纪虽小，但科尔曼觉得她是十足的恶魔。他似乎对萨维尔纳克一家很感兴趣——正如贝茨沉迷于调查科尔曼一样。他隐晦地暗示自己知道雷切尔·萨维尔纳克的秘密，一旦出狱，他便能凭此渔利。

"那位狱友完全不知道科尔曼越狱之后到遇害之前这段时间里都干了些什么。科尔曼临死时经受的拷打像是帮派所为，但是又有些许不同。这一次，他们不仅用了剃刀，还有酸溶液。想必他当时但求一死。

"没有人因谋杀科尔曼而被捕。多亏了贝茨，只有《号角报》一家媒体费心报道了这件事。至于雷切尔在布伦塔诺及其情妇之死中发挥了什么作用，科尔曼或许有些夸大其词。一个小女孩真能那么坏吗？不过，有一点他说得对，这对情侣是一起死的。我在萨默塞特公爵府查到了查尔斯·布伦塔诺和一个叫伊薇特·维维耶的女人的死亡证明。死亡原因是心脏衰竭，可是很多原因都可能导致心脏衰竭。

"死亡时间和地点是1919年1月29日的大法官巷。没有更确切的地址。两份死亡证明都出自英国最著名的医师尤斯塔斯·莱弗斯爵士之手。我发现他和帕尔多、基尔里还有汉纳威同属一家国际象棋俱乐部。此外，还有其他一些来自各行各业的杰出人士——政治家、商人、主教，甚至工会领袖。

"这家弃兵俱乐部，位于林肯律师学院和大法官巷旁边的绞刑场——一栋名为冈特律师事务所的大楼里。冈特律师事务所正是莱昂内尔·萨维尔纳克创办的律师事务所。这栋大楼也是汉纳威·汉纳威律师事务所的所在地，许多同基尔里和帕尔多相关联的企业也注册在此。

"这些发现几乎是我了解的最新情况。我担心事情已经到了紧要关头,但是我无法猜测接下来的走向。最近,我不止一次被人跟踪——至于跟踪我的人是谁,我不敢肯定。我不想遭受跟贝茨一样的厄运。雷切尔·萨维尔纳克已经通知我停止调查劳伦斯·帕尔多,林纳克死前四十八小时她下达过同样的指令。倘若帕尔多也死于非命的话,我要立即终止与雷切尔·萨维尔纳克的合约。"

"我没有指控任何人犯有任何刑事犯罪。"录音接近尾声时,列维·舒梅克的措辞仿若事务律师一般谨慎,避免造成任何的诽谤暗示,"我只想陈述我所知道的事实,即便有什么的话,也留给其他人评判。"

这就是全部。雅各布静静地坐了几分钟,试图厘清他所听到的一切。尽管老人的语气很平静,但不难察觉他的焦虑。他发觉自己身处危险之中。雅各布毫不怀疑他害怕雷切尔·萨维尔纳克。

假设科尔曼说得没错,雷切尔通过她父亲以某种方式借大法官的朋友们之手干掉了查尔斯·布伦塔诺和伊薇特·维维耶。后来,她继承了一大笔遗产,又在伦敦开始了新生活,她肯定不惜一切代价地想保守自己的秘密。难道她打算除掉杀害这对情侣的凶手吗?

作为一个逃犯,科尔曼非常需要钱。他很可能很早就认识了汤姆·贝茨,因此汤姆有兴趣报道他的故事。

科尔曼说他知道她的秘密。

雷切尔想用钱堵住他的嘴,还是用死亡确保他守口如瓶?疯狂的冒险令雷切尔·萨维尔纳克兴奋不已。也许这家人都疯了。

朱丽叶·布伦塔诺的日记

1919年2月5日

可怕的风暴肆虐了一整天。这是我记忆中天气最糟糕的一天。风暴把树连根拔起，就像孩子摘掉雏菊一样容易。海水漫过堤道四英尺深，海面波涛汹涌，任何企图乘船穿越冈特海峡的行为无疑都是自寻死路。

电话线断了。哈罗德·布朗还逗留在村子里，可能已经喝光酒吧里的酒。与此同时，克里夫正慢慢恢复体力。亨里埃塔说雷切尔今天早上开始咳嗽。现在她发烧了，语无伦次。

谁知道接下来的日子还会发生些什么呢？

29

登上返回伦敦的火车前，雅各布打了个电话回《号角报》。佩吉的声音听起来很高兴，没有人找他，这个倒霉的家伙。换句话说，奥克斯、莎拉和雷切尔·萨维尔纳克都没有消息。

火车轰隆隆地驶过英国乡村时，他凝视着窗外光秃秃的树林和冷清的草甸。逝者的遗言似乎令他陷入了一种奇怪的忧郁状态。自搬到伦敦以来，他第一次体会到一种比饥饿更锐利的痛苦。他孑然一身。莎拉很迷人，不过她曾是百万富翁的情妇。即使她没有受过伤害——正如他殷切期望的那样，他也深知他们俩判若云泥。

至于雷切尔·萨维尔纳克，互道再见时，温娜·蒂尔森的话止住了他的脚步。

"那位秘书也告诉我你需要听一下列维的录音。"

"秘书？"

"是啊，我告诉过你。她打电话问我，列维有没有给谁留过消息。她的老板需要知悉，跟遗嘱认证有关；我不懂诉讼程序的细节，但这是法律赋予你的权利。于是，我告诉她关于录音机的事，还说列维嘱咐我给你打电话。"

他心里一紧："你是这么说的？"

"是啊，她似乎毫不意外。其实，她还帮了我的忙，甚至给了我《号角报》的电话号码，免得我再费心查。她建议我等到星期一早上通知你，我采纳了她的建议。"

雅各布心想，除了雷切尔·萨维尔纳克，那位秘书还能是谁呢？雷切尔很可能从其他听命于她的私家侦探那里得知了温娜·蒂尔森的存在以及列维的律师的名字。她从不存侥幸心理，即便列维死后也依旧密切关注着他。

然而，她没有阻止他前往康沃尔郡。她所做的一切只是确保他这个星期伊始再动身，而不是更早的时间。雷切尔似乎想让他了解她的一切。

又或者她只是希望他离开伦敦一段时间？

加布里埃尔·汉纳威喝完咖啡——一种花大价钱进口的浓郁的巴西拼配咖啡——怒视着那个酒窝少女。她捧着水壶绕着餐桌匆忙走动，文森特·汉纳威调皮地拍了拍她的屁股。

"尤因在哪儿？"老人气喘吁吁，"我按铃叫他，他没有回应。"

"对不起，先生，"女佣说，"尤因先生不在这儿。"

"不在这儿？"加布里埃尔粗糙的脸愤怒地皱成一团，"你说他不在这儿是什么意思？他是我的管家，该死的。他不可能不在。"

"您需要我再按一次铃吗，先生？您可以亲自看看。"

鼹蜥眯起眼睛："你不觉得你很无礼吗，小姐？"

"对不起，先生。我只是想试着帮您。"

"再努努力，该死的。你还没说明白呢。"

"半个小时前，我看见他戴着帽子，穿着外套，先生。看样子要出门。"

"胡说八道！我们用餐时，他不可能未经允许溜出去。"

女孩瑟瑟发抖。文森特又喝了一口咖啡，然后捻了捻鼻孔里钻出来的一根鼻毛，仿佛这样有助于思考。

"尤因说过他要去哪儿吗，比阿特丽斯？"

"没有，先生。但是五分钟后，我刚好有事出去，发现他的摩托车不见了。"

"奇怪。"他转过头看向父亲，"星期日我过来的时候就觉得他看起来有些古怪。你不会以为……你没事吧？"

加布里埃尔·汉纳威五官扭曲，低声说："不太舒服，所以我才想见尤因，问问他龙虾是哪来的。"

"这儿太暖和了。"文森特松开衣领，"我喜欢烧得正旺的炉火，但是或许……"

"我到底怎么了？"老人气喘吁吁，"我感觉头晕……那该死的龙虾。"

女佣半敞开餐厅门。门后传来一阵低沉、优美的哼唱。文森特听出那是一首流行歌曲的旋律。

你是我咖啡里的奶油。

"谁在那儿？"他喊道。

哼唱停止了，一个不见身影的女人喃喃地说："不要怪罪龙虾。"

父子俩同时抬起头，看着餐厅门敞开。

雷切尔·萨维尔纳克走进房间，身后跟着特鲁曼。二人都戴着手套，手里握着左轮手枪；雷切尔的枪口对着父亲，特鲁曼的枪口指向儿子。

"怪我吧。"她说。

天色已晚，一辆出租车载着雅各布停在埃德加之家门外。阿姆威尔街静悄悄的，傍晚的薄雾渐浓。他透过夜幕环顾四周，附近没有闲逛的身影。然而，当他把钥匙插进锁眼时，有人低声唤他的名字。

"雅各布！"

他打开门，拎着行李包跌跌撞撞地跨过门槛。

"雅各布，是我。莎拉！"

黑暗中闪出一个人影。他发现面前站着一个驼背的老妇人；她穿着寡妇的丧服，戴着一顶黑色软帽，鼻梁上架着一副厚厚的眼镜，拎着一个磨损严重的大提包。他敢按着《圣经》发誓这辈子从没见过她，但是耳听为实。

他一把抓住她的肩膀，拉进屋子，关门，上锁。

"我根本没认出你！"

她摇晃着身子，挺直驼背，摘掉帽子扔在地板上："别忘了，我是个演员。"

惊讶变成欣喜，他大声地笑起来："千面女郎！"

她动作浮夸地摘掉眼镜，老太婆摇身一变，幻化成笑容戏谑的年轻女人，仿佛见证一个神话故事的精彩瞬间。

"我不确定有没有人监视你的房子。不过我已经在附近闲逛一个多小时了，像个无事可做的老太婆一样踱来踱去，我敢肯定这里没有人盯梢。"

"星期日这儿来过一位不速之客，"他揉了揉受伤的脸，瘀青依然一触即痛，"他想找你。"

莎拉叹息一声："我也许早该想到。"

"我说了实话。我根本不知道你在哪儿。"

"我明白了，你的伤原来是这么来的。"她用指尖轻抚他的脸颊，"可怜的孩子。"

"出了什么事，莎拉？"他追问，"谁想抓你？"

"他们听命于文森特·汉纳威。"

"汉纳威为什么要抓你？"

"因为威廉跟我透露过天谴会的事。"

"我并没有跟你交实底。"莎拉说。

他们陷在靠背长椅里，几天前他和伊莱恩也坐过同一个地方。最后，雅各布走进厨房里的犯罪现场，取出多德夫人食品储藏室中的夏微雪利葡萄酒，给他俩每人倒了一杯。

"关于天谴会，你知道些什么？"他问道，"对我来说，它只是个名字而已。我是从一个警察那里听说的，但是我求证过雷切尔·萨维尔纳克，她告诉我根本不存在。我不确定她是不是在说……"

"说谎？"莎拉眉头一蹙，"天谴会是萨维尔纳克大法官一手创立的。"

315

"你确定吗？"雅各布感觉脊背发凉。

"她一定耻于承认她父亲的所作所为。那个秘密社团会集了一群享乐主义者，一群甘于堕落的有钱人。他们假装追求最天真的消遣，并以此为乐。"

"弃兵俱乐部，"雅各布缓缓道来，"位于绞刑场。"

"没错。这个社团由萨维尔纳克大法官一手创办。威廉、帕尔多和克劳德·林纳克同属一门。阿尔弗雷德·林纳克也占一席之地，汉纳威父子更是中坚力量，以及其他习惯了随心所欲的男人，无拘无束地享受异国风情。"

雅各布自言自语："他们管理孤儿院，以慈善的形象示人，但是他们的目的其实是源源不断的年轻女孩。"

"不仅仅是女孩，"莎拉小声说，"男孩也一样。我跟你说过。孤儿们一到十四岁便被送往汉纳威这样的人家当用人，少数幸运儿得到一份剧院的工作，例如我，以及多莉·本森，还有后来成为劳伦斯·帕尔多第二任妻子的那个轻佻女子，威妮弗蕾德·默里。不过，天谴会的成员很少和他们的受害者们结婚。一旦达到目的，这些人通常会从世界上消失。"

雅各布厌恶道："卑鄙。"

"结交权贵朋友帮威廉赚了一大笔钱。他没有沾染与他们一样的恶习，但是他睁一只眼闭一只眼。我求他报警，告诉伦敦警察厅究竟发生了什么，他反问我是不是希望我俩的脚踝都拴着石块沉到泰晤士河河底，或者落得更糟糕的下场。"

"你一定吓坏了。"

"我们都是。威廉承认，即使只吐露一点点内幕也会置我于危险之中，但是他承诺会确保我的安全。如果我有勇气说出来就好了！保持沉默也没能救得了他，不是吗？"

"你千万别那么想。"

"我控制不住，雅各布！然而天谴会的触角已经蔓延到政府，甚至伦敦警察厅。"

"查德威克警司已经被捕了。"

"是的，我在新闻公告牌里看到了那篇报道。只有上帝知道接下来会发生什么。"她轻轻抚着雅各布的手，她的手一片冰凉，但是他不在乎，"我明白我犯了个严重的错误，但是当时我必须相信威廉。然而，现在我失去了他。"

文森特·汉纳威擦了擦额头，雷切尔问："心跳加速？头晕？"

他的目光从枪口转向杯子："是咖啡吗？"

雷切尔抬起空着的那只手朝那个年轻女佣做了个手势，对方习惯性的卑躬屈膝已经被一种令人生畏的严厉所取代。

"你完美地履行了你的承诺，比阿特丽斯。你知道接下来会发生什么。"

加布里埃尔·汉纳威喘着粗气，脏话连篇，女佣踱出餐厅。枪口丝毫未动。

"没错，咖啡，"雷切尔说，"掺了氰化钾。"

"氰化物？"文森特的眼睛里闪过恐惧的光芒，"告诉我你想要什么，我可以满足你。只要你愿意……"

特鲁曼打断他的话："不管怎样，她都会得到她想要的。"

"所有准备工作已就绪，"雷切尔说，"电话线已经切断。你的管家骑着摩托车去了苏豪区，钱包里揣着五百英镑。"

"五百英镑！"老人惊叫道。

"是啊，他误以为自己走了狗屎运，撞见一个天大的失误。区区一百英镑就买通他背叛你。钱塞进信封里留给他，我猜他甚至不敢相信自己的运气。"

文森特张开嘴想说话，雷切尔伸出一根手指点了点他的嘴唇："嘘，比阿特丽斯马上回来。"

话音刚落，女佣回到餐厅，手里拎着一个又旧又脏的锡罐。一桶汽油。

"你接下来打算怎么办？"雅各布问。

"我存了一笔钱，"莎拉说，"在虚空剧院工作时，威廉支付我工资，还有津贴。明天我即将开始新的生活。我想留在伦敦，但是……"

"但是？"

"我必须和雷切尔·萨维尔纳克谈谈。只有她能终结这场疯狂。"

"你凭什么这么想？"

莎拉深吸一口气："劳伦斯·帕尔多痛骂她的那些话，我并没有全告诉你。请原谅我，雅各布。考虑到我俩的安全，我不知道说多少合适。"

雅各布握紧她的手，她没有挣脱，雅各布说："没有什么要原谅的。"

"你人真好。"她回握了一下，"帕尔多确信雷切尔要篡他和文森特·汉纳威等人的权。"

雅各布一脸困惑："篡权？"

"他声称雷切尔想继承她父亲的遗志。"

"你是说——掌管天谴会？"

"但我不相信，"莎拉连忙否认，"她是女人，不是禽兽。我猜她悔恨她父亲的所作所为，想要了结他亲手创造的一切。"

"某种赎罪？"

莎拉叹了口气："明天，等我决定住在哪儿之后，我希望跟她谈谈。"

"今晚留在这儿吧。"雅各布冲动地说。

"这儿？"她笑道，"你人真好，但是你已经为我冒过险。你脸上的瘀青很快就会消失，但是下次或许更惨。"

"我不在乎。有必要的话，我可以整夜不睡以确保你的安全。"

她挑了挑眉毛："你是个好人，雅各布，不过想想你的名声。我是个有过去的女人。可怕的过去。"

"我不在乎你的过去，"他说，"我只在乎你现在是谁、未来是谁。二楼有个带床的空房间，可以俯瞰整条街道。多德夫人预备留给新房客的。我发誓，没有人会打扰你。"

她犹豫了一下："你真慷慨，雅各布。"

他们互相凝视着对方的眼睛，雅各布感觉自己脸红了。

"拜托，这是真心的提议，没有任何别有用心的动机。"

"谢谢你，雅各布。那么，就今晚，我心怀感激地接受你的好意。"她靠过来，轻轻地啄了一下他的脸，一股紫丁香的芬芳沁入他的心脾。

加布里埃尔·汉纳威弯腰干呕，他的儿子伸着双臂恳求。

"雷切尔，亲爱的。天谴会是你的囊中之物。请相信我，我从没想过阻碍你。大法官创立了一切，你完全有权追随他的脚步。你想要他的一切，对吗？权柄、荣耀，全是你的。"

雷切尔点点头，女佣打开汽油桶。先是餐桌，然后是地毯，最后是窗帘。文森特·汉纳威蜷缩成一团，眼睁睁地看着。他面颊泛红，汗津津的，写满想跳出椅子逃走的念头。

雷切尔瞄准文森特餐盘旁的酒杯，开枪。玻璃杯砰的一声像炸弹一样爆开，一块玻璃碎片击中了文森特的脸。他疯狂地哀号，两手摩挲自己的脸颊，伤口涌出鲜血。

老人抬起头，嘶哑地嚷道："你父亲疯了，你也疯了！"

雷切尔莞尔一笑："请放心，大法官的罪行并没有逃脱惩罚。"

餐厅里弥漫着汽油的味道。酒窝少女掏出围裙里的火柴盒。

"求你了，"文森特低声说，"你不能摧毁我们所有人。"

"没错，"雷切尔说，"我有门钥匙，我们打算把你俩反锁在房子里。我们的车停在外面。比阿特丽斯和厨师跟我们一起离开。大火肆虐时，我们会沿着车道驶离。氰化物杀死你们之前，你们会死于浓烟吗？特鲁曼觉得能，但是我不太确定。我们可以打个赌，不过勘验没法提供明确的答案。这座古老、阴森的大厦将毁于一旦。一片冒烟的废墟留给法医检测的证据所剩无几，很可能只剩你的牙齿。"

毒素开始发挥效力，文森特憋红了脸，充血的眼角流下眼泪。

"你逃不掉的。"

"事实上，"雷切尔说，"我能。"

"不！"

"伦敦警察厅很快就会得知尤因的下落，然后发现他的真名其实叫沃尔特·巴斯比，这个看似可靠的家伙前科累累，其中不乏盗窃雇主，以及纵火掩盖犯罪行迹。"

"什么？"

"你应该学学列维·舒梅克，仔细核查他的推荐信。尤因要如何解释他口袋里的五百英镑，以及比阿特丽斯致信孤儿院的朋友时提及他对她的恶意中伤？一目了然的公诉案。尤因欺凌年轻女性，担心事情暴露，于是决定及时止损，盗窃了你藏在《幽谷之王》背后的保险箱，偷了一笔不小数目的现金打算开始新生活。"

加布里埃尔·汉纳威紧抓着自己的喉咙，嘶哑的声音几乎听不见。

"发发慈悲。"

"你提醒了我，"雷切尔说，"你上次大发慈悲是什么时候？"

她和特鲁曼各自后退一步，动作整齐划一。

"说得够多了。"她转身看向女佣，"我信守了我的诺言，比阿特丽斯，舞台交给你。"

女孩紧盯着文森特，从小盒子里捻了一根火柴。雷切尔站在门口轻轻地唱着歌。

即使怀恨在心的孤儿也会这么做。

放手去干吧……

朱丽叶·布伦塔诺的日记

1919年2月6日

事情发生得很快，有时确实如此。雷切尔感染流感几个小时后撒手人寰。

亨里埃塔说，她脸色发青，呼吸困难。当瘟疫降临时，一切挣扎都是徒劳。就像此前的许多人一样，她窒息而亡。

即便医生能赶过来，也没有什么区别。西班牙流感蔓延全球，全世界的医生都无能为力，又能指望一位当地的医师做些什么呢？

亨里埃塔说，大法官一直陪伴她直至生命最后一刻。

"这件事会摧毁他。"

"他几年前就毁了。"我说。

"他跟她说话的时候，仿佛她还活着一样。"

"在他眼里，她是完美的，是永远不会犯错的女孩。所以她才变得那么恶劣——"

"噢，朱丽叶。我们不能说坏话——"

"我厌恶她，"我说，"雷切尔·萨维尔纳克善妒、自负、残忍。她也厌恶我。"

亨里埃塔苍白的脸颊泛起红晕。她不习惯直言不讳，至少面对她侍奉的人时不会，但是她很诚实，不会否认事实。她抚摸着我的手。

我知道她很害怕，害怕丢掉工作，害怕癫狂的愤怒令大法官诉诸暴力，或许，也害怕我。

至于我，我一点儿也不害怕。先是失去父母，紧接着雷切尔离世，我茫然不知所措。然而，有个问题清晰、不容回绝地充斥我的脑海。

接下来会发生什么？

30

在埃德加之家吃早餐恍若一种超现实的体验。雅各布和莎拉分坐在餐桌的两侧，传递黄油，啜饮浓茶，好似一对中年夫妇。屋外，昨夜的浓雾依旧缭绕，但是旺盛的炉火把房间烤得暖烘烘的，空气中弥漫着烤面包、约克茶和杏子果酱的香气，雅各布几乎想不起，几天前这里还是多德夫人的领地。

经过一夜辗转反侧，雅各布的眼睛疲惫不堪，关节嘎吱作响，他强烈地意识到莎拉在这间屋子里的存在感，对她的渴望使他备感煎熬。某个疯狂的时刻，他想敲敲她的门，询问她是否需要陪伴。听他说完没有任何别有用心的动机，她的反应给了他希望，但是他不敢冒险破坏他们之间的友谊。尽管她有丰富的经历，但是孤儿院的那些年给她留下的伤疤一定尚未痊愈。

今天早上她穿着一件皱巴巴的奶油色连衣裙，看起来还不到十七岁。当她把裸露的手臂放在桌子上时，他发现自己难以抑制想爱抚它们的冲动。她第一次造访《号角报》时，他怎么没有察觉她的可爱呢？曾经的女演员扮演着胆小羞怯的模样，避免二人之间的距离感，没有奈费尔提蒂女王惯常的异域风情。她觉得自己的表演完美无缺；因为他没有胆怯，他们的友谊之花自然而然地绽放。

她任劳任怨的勇敢赢得了他的心。她在孤儿院曾经受的一切足以压垮一个软弱的灵魂。过去的几天里，她克服了目睹前情人惨死的震惊和悲痛，躲过两次生命威胁，幸存下来。她不卑不亢，像雷切尔·萨维尔纳克一样令人敬畏。

莎拉咬了一口吐司："你在想什么？"

"我什么时候能再见到你？"他的渴望如此幼稚，但是他无法控制自己。

她拿起纸巾擦了擦嘴，看了一眼碗橱上的钟："你上班已经迟到了。别担心，一旦我决定接下来去哪儿，就会联系你。"

"你可以暂时留在这儿。"

"你真慷慨。"

诚实迫使他赶忙解释："借用一个过世女人的房子，不过就一两天……"

她微笑道："别担心我。走吧，我很快就会见到你。"

波泽是每天清晨第一个到达《号角报》大厦的资深记者，雅各布经过采编部时，他正大声咀嚼着考克斯黄苹果。作为问候，他询问雅各布前一天去哪儿了。

"我乘卧铺火车去了康沃尔郡，因为一条线索。"

"但愿你能说服戈默索尔报销这一趟的费用。"波泽举着苹果核瞄准废纸篓，像往常一样，没投中，"听说汉普斯特的事了吗？"

"什么事？"

"豪宅被付之一炬，两名住户命丧大火。我以为你会感兴趣。"

波泽的缺点之一就是喜欢制造悬念，不过雅各布眼下没心情，"蓄意纵火吗？"

"貌似如此。警察厅已经拘留了一名嫌疑人。死者的身份引起了我的注意，于是我想到了你。"

"为什么？"

波泽眉开眼笑："因为你对绞刑场感兴趣。这对父子就在那儿做生意。他们是一家律师事务所的负责人，汉纳威·汉纳威律师事务所。"

雅各布目瞪口呆地看着他："文森特·汉纳威死了？他父亲也死了？"

"他们被烧成灰烬，"波泽难掩兴奋，"令人震惊的纵火及谋杀案。作为首席犯罪调查记者，你可以就这场悲剧提炼出几个段落，虽然案件本身并没有什么神秘之处。"

"发生了什么？"

"简言之，管家干的。"

雅各布难以置信地笑了笑："严肃点儿。"

"句句属实，"波泽自鸣得意地说，"那家伙听起来像个彻头彻尾的流氓。有诈骗雇主的前科，警察逮捕他时，他正在杰拉德街的一家妓院里花天酒地。据说，他把夹克挂在门上，口袋里塞了好多五英镑的纸钞。"

"我最好跟伦敦警察厅谈谈。"

"好主意，我亲爱的朋友。顺便问一句，你到底为什么对绞刑场感兴趣？"

不过，雅各布已经跑回自己的办公室。

"我可以证实警方公告的细节。"电话另一端，奥克斯探长惋惜的语气听起来像是殡仪馆的工作人员，"昨晚汉普斯特的一栋房子里发现了两具尸体，警方以纵火谋杀的罪名立案。目前逮捕了一名四十七岁的男子。"

"你确定那两具尸体是汉纳威父子？"雅各布问，"如果尸体烧得面目全非，很可能——"

"警方也同样警惕错认的风险，"探长冷冷地说，"这就是为什么截至目前警方尚未透露受害者姓名的原因。汉纳威父子在哈利街看同一位牙医，警方正就紧急事态咨询他。"

"私下里，你确信是他们吗？"

奥克斯的语气逐渐缓和："非常确信。"

"究竟发生了什么？"

"我想，告诉你也无妨。一切都会水落石出。老人的管家名叫尤因。据大家所知，他是个体面又勤奋的家伙。而加布里埃尔·汉纳威不知道的是，尤因是个假名。他原名沃尔特·巴斯比，二十五年前曾在德比郡一个地主家做用人。巴斯比搞大了一个女佣的肚子，为了支付堕胎费用，他偷了雇主的一些小摆设，事情败露后他放火烧了房子。那场火并没有造成多大的损失，但是巴斯比被关进了斯特兰奇韦斯监狱。获释后，他用尤因的身份重新来过，伪造了推荐信重操旧业。两年前，老汉纳威原来的管家退休后，雇用了他。直至昨晚房子着火，大家才意识到问题的严重性。所有迹象都表明，那家伙随意地四处泼洒汽油，然后放了火。"

"尤因？"

"还能是谁？宅子里还有一位年轻的女佣和一位厨师，警方发现了一些烧焦的用人制服的碎片，这或许是他们剩下的全部东西。"

雅各布颤抖道："尤因应该当值吗？"

"根据我们的调查，是的。文森特·汉纳威定期和父亲一起吃饭，或许尤因跟文森特起过冲突。路过的司机发现火情后报警，等消防队控制住火势，房子连同里面几乎所有东西都化为一片灰烬。现场惨烈。"

"警方怎么找到尤因的？"

"火灾发生几小时后，警方接到一通匿名电话。一个不愿意透露姓名的家伙称尤因一直公然毁谤汉纳威一家，甚至吹嘘可能要对他们做些什么。他说他看见尤因在苏豪区的一家酒吧里大肆挥霍，还勾搭了一个妓女。"

"通知你这些，他很有公德心啊！"

他想象得出奥克斯耸耸肩，漠不关心的模样："每天都有人给警方通风报信清偿账务。没有他们，监狱要空一半。"

"你们很快就抓到了尤因？"

"搜捕酒吧对面的妓院时发现了他，半夜被捕入狱。他手里有将近五百英镑。"

雅各布吹了声口哨："对于管家而言可是一大笔钱。"

"他跟警方吹嘘钱是赌马赢的。想不到吧，他又说不出具体押了谁。他偷加布里埃尔·汉纳威的钱是板上钉钉的事，小汉纳威起

329

疑心后，他放火烧了房子。旧习难改。只是这次，他会因为自己的罪行被处以绞刑。"

雅各布的脑海浮现出一幅画面。阴冷的清晨，一个戴着兜帽的男人登上断头台。

他打了个哆嗦："你确定没有其他人参与吗？"

"比如？"奥克斯问。

一个名字挂在雅各布颤抖的唇边：雷切尔·萨维尔纳克。

但是，他什么也没说，探长挂断电话。

雅各布还在消化汉纳威父子的死讯，电话铃适时响起。佩吉操着她一贯不以为然的语气，宣称有位特鲁曼大人想和他通话。

他感觉喉咙又干又哑："转接过来。"

女管家说："弗林特先生？我代表萨维尔纳克小姐致电。她要我通知你，她想给你一个独家报道的机会。你今天下午能拜访冈特公馆一趟吗？"

"等我查下日程表。"

"四点整，"女管家说，"你知道最好不要让她失望。"

没等他想出一个无礼的答复，对方就挂断了电话。

他揉了揉酸痛的眼睛。过去的几天里发生了那么多事情，他来不及完全消化。清晨在茫然中消逝，电话铃再次响起时，他惊讶地发现已经三点了。

"我很忙，"他唐突地说，"什么事？"

"有位女士找你，"佩吉说，"需要我赶她走吗？"

他的心漏跳了一拍："她叫什么名字？"

"德拉米尔小姐。"

"我马上过来。"

"现在没那么忙了，是吧？"佩吉刻薄地问。

莎拉站在接待处等他。她的皮毛大衣和围巾同她整洁的发型一样优雅。他举起手指按了一下嘴唇，不希望佩吉偷听，匆忙领着莎拉回到办公室。

"你接管了你前领导的办公室，"她说，"祝贺你。"

雅各布脸色羞红："似乎是这样。到处都是汤姆的东西，不过没关系。你听说了吗？"

"关于汉纳威一家？是不是很不可思议？我刚刚看过报纸。对不起，不是你们的报纸。《见证者》的头版刊登了这则新闻。有人放火烧了老人的房子，警方已经逮捕了嫌疑人。"

"加布里埃尔·汉纳威的管家，"雅各布说，"奥克斯探长告诉我他有过类似的前科。"

她眼睛瞪得老大："你不觉得……雷切尔·萨维尔纳克跟这件事有关吗？"

"说到雷切尔·萨维尔纳克，"他说，"没什么不可能。"

她的眼睛闪闪发亮："我相信你被她迷住了。"

"瞎说！"他不得不控制自己过多的反驳，"坦白说，她让我害怕，让我想起那些不惜一切代价追求目标的狂热分子。"

"我明白。为达目的，不择手段。"

他忍不住说："你似乎一点儿也不惊讶。"

"帕尔多死了，汉纳威父子也死了。这三个男人都消遣、虐待过无数女人。内心深处，我确信他们憎恨女性。他们的存在对于雷切尔·萨维尔纳克而言是致命的危险，对我来说也一样。现在他们都不在了，我也能自由呼吸了。"

她曾经的情人威廉·基尔里也死了，雅各布默默想，更不用说林纳克、麦卡林登和瑟罗。莎拉轻信他人的性格令他担忧。她的人生一直受到无耻之徒的利用。

"她的女管家刚给我打过电话，"他说，"雷切尔·萨维尔纳克邀请我四点去她家。"

"真的吗？"她扬起眉毛，"我真嫉妒。她找你有什么事？"

"她想给我一则独家新闻。我只知道这些。"

"多么激动人心啊！"莎拉拍拍手，"试想一下一个女人摧毁整个天谴会。"

他叹了口气："但是她想毁掉它吗？"

"你看不出来吗？自她来到伦敦，那一直是她的目标。"

"其他成员呢？"

"留存者？他们缺少领袖。没有大脑，身体就无法运作。大法官精神错乱之后，加布里埃尔·汉纳威掌权多年，之后交给文森特。威廉说有些成员希望他能挑战文森特的领导权，但是他志不在此。我敢肯定是汉纳威父子派那个恶棍到阿姆威尔街逼问你的下落的，他们知道我憎恨他们。现在，父子俩死了，腐朽的大厦只能土崩瓦解。一切都要感谢雷切尔·萨维尔纳克。"

雅各布点点头表示同意，但是心思根本不在这上面。天谴会的成员们看重传承，如果特权不能一代接一代地传下去，又有什么用呢？或许雷切尔·萨维尔纳克想夺权，掌管父亲一手创办的组织？

"你去拜访她时，能让我跟着一起去吗？"她说，"如果你不愿意，我就不进屋。"

雅各布有些犹豫。如果跟她说这趟伦敦市中心某幢豪宅的下午茶之旅很危险，似乎有自己高人一等之嫌。他放任想象力漫游得太远了。

"毕竟，"莎拉厚着脸皮微笑，"如果我和她是情敌的话，我想多了解她一些。"

三点五十分，一辆出租车载他们赶到广场。浓雾迫近，正如雅各布和雷切尔搭讪的那个晚上一样潮湿、寒冷，也是劳伦斯·帕尔多死的那个晚上。付钱给司机时，雅各布有一种回到原点的感觉。

"弗林特先生！"

他转过身，发现自己正盯着菲利普·奥克斯探长。

"什么风把你吹来了？"

"我也想问你同样的问题。噢，下午好，德拉米尔小姐。我们见过……虚空剧院那个悲惨的夜晚。"

莎拉优雅地钻出出租车，面带坦率的好奇打量着面前的警察："你好，又见面了，探长。"

"我从雷切尔·萨维尔纳克的女管家那里收到一条信息，"雅各布解释道，"如果我四点过来，她会给我一篇独家新闻。"

"真的吗？真大方。"探长满脸怀疑，"德拉米尔小姐呢？"

"我们成了朋友。"雅各布忍不住戒备起来。而且，有美丽的女演员做伴并不是什么可耻的事，不管她有着怎样可怕的过去，"我跟她说了雷切尔·萨维尔纳克的事，她很好奇"。

"出于兴趣，探长，"莎拉懒洋洋地问，"你为什么在这儿？"

奥克斯拨弄领带："我收到信，通知我四点过来。"

"噢？我经常听说一通电话就能召来伦敦警察厅的人，没想到这么容易。"

"不合规矩，小姐，我得承认。"微弱的叫声分散了奥克斯的注意力，"那是什么？"

他抬起头，雅各布伸长脖子。昏暗中，他依稀看见冈特公馆的屋顶上站着个穿皮毛大衣的女人。

"是她吗？"莎拉小声问。

"没错，是她，那头黑发，错不了，"奥克斯嘟囔着，"上面有个封闭游泳池，屋顶花园式露台，但是这种天气……哦，上帝啊，她不是要跳下来吧？"

屋顶边缘是一圈低矮的铁栏杆，那个女人走过去，手握栏杆，顺着它移动，渐渐后退，消失在视线之外。

雅各布吓得浑身发冷，大叫道："雷切尔！我是雅各布·弗林特。你为什么要见我？"

话还没说完，他就意识到自己的错误。她并不是想见他，她是想让他看着她。她站在远离街道的屋顶边缘，摇摇欲坠，随时要摔下来似的。

奥克斯掏出口袋里的哨子，用力吹起来："萨维尔纳克小姐！不要鲁莽！"

冈特公馆的前门砰的一声被推开，特鲁曼跳下台阶，他的妻子跌跌撞撞地跟着他。司机吓得脸色发黑，女人泪流满面。

"发生了什么事，伙计？"奥克斯问。

"她上了顶楼，"特鲁曼生气地低声说，"我跟着她，她把我锁在外面。我们就担心会发生这种事，自从……"

"自从文森特·汉纳威死后？"莎拉问。

"大法官曾经不停地企图自杀！"特鲁曼夫人抽泣道，"她始终无法忘记。"

女管家的声音回荡在耳边，雅各布突然想起本弗利特谋杀案那晚她说过的话："唯一能摧毁她的人……只有她自己。"她似乎一语成谶。莫非她一直担心雷切尔自杀吗？

"我们没时间说这个！"特鲁曼嚷道，"她现在在哪儿？"

"她不见了，"雅各布说，"房子后面有台阶吗？"

"一部生锈的旧消防梯，绝对的死亡陷阱。"

一条铺着鹅卵石的小巷隔开冈特公馆和毗邻的建筑物。雅各布朝前迈了一步，奥克斯紧跟着他，特鲁曼赶上来把二人挤到一边，停在小巷的入口处，抬起头凝望上方，粗犷的面庞满是绝望。

"别这样！"他怒吼道，"听我说！我求你了！"

昏暗中，雅各布几乎看不清四层楼顶那个晃动的人影。他们听到远处传来一声哭喊，特鲁曼夫人痛苦地呻吟。

紧接着，一声尖叫划破潮湿的空气，他听见令人作呕的重击声。特鲁曼沿着小巷狂奔，奥克斯穷追不舍。一名警察听到哨声后紧随其后。

女管家惊声尖叫，莎拉倒抽一口冷气："噢，上帝！求求她不要这么做！"

雅各布喊道："在这儿等着！"

他沿着小巷飞奔，但是其实没有必要跑。他什么也做不了。奥克斯探长、警察和特鲁曼堵在通道的尽头。司机硕大的手掌捂住双眼，像一只受伤的动物般呻吟着。

"退后!"奥克斯大喊。

雅各布回头看了一眼。莎拉和特鲁曼夫人满脸惊恐。毁容的女佣气喘吁吁地跑到他们身旁。她发出一声发狂似的尖叫。

"不!"

一堵高大的砖墙隔开冈特公馆的庭院和公共通道。墙顶插着像匕首一样锋利的黑色钢钉。

"去拿一条床单,"特鲁曼朝女佣吼道,"可怜可怜吧,玛莎,别看了!"

雅各布想,哪个精神正常的人想看呢?

钢钉刺穿了一个穿着豹纹大衣的女人。她低垂着头,脖子像断了似的。一头乌黑亮丽的秀发很难认错。转过头之前,雅各布对上雷切尔·萨维尔纳克那双茫然睁大的眼睛。

朱丽叶·布伦塔诺的日记

1919年2月7日

午夜已经过去很久，我还是睡不着。这么短的时间内发生了这么多事情。我们的世界已然天翻地覆。

今天下午，堤道终于可以通行，哈罗德·布朗回到萨维尔纳克庄园。我正在厨房同亨里埃塔聊天，我俩听见他大摇大摆地走进来。

"躲进食品储藏室！"她低声说。

我急忙溜走。一听见他猥琐的招呼声，我就知道他又喝得烂醉如泥。

"克里夫想见你，"亨里埃塔对他说，"他现在好多了，也知道你对玛莎做了什么。"

布朗愤怒地咒骂："他已经离死不远……"

"嗯，死的是那个姑娘。小雷切尔。"

"什么？"

"嘿，谢天谢地，总算解脱了。是她指使你给上尉和维维耶小姐下药的吗？"

"看在上帝的分儿上！"我听到他的尖叫，"放下刀！"

"我恨不得……"她喃喃自语。

"我走，你不会再见到我。"他讲话含混不清，语无伦次。我听得出来他根本没有为自己辩护的意思。

我钻出藏身之处："别放下刀，亨里埃塔。让他也尝尝玛莎受的苦！"

他骂了我几句，转身跌跌撞撞地走出厨房。

"克里夫！"我大喊，"他逃跑了！"

可是克里夫依旧在楼上卧床不起。他的身体还没有恢复，无法抓住复仇的机会。尽管我想追上布朗，举起我弱小的拳头狠狠地揍他，亨里埃塔却拉住了我。

后来，她来到我的房间，告诉我，布朗已经离开冈特岛，她不希望他再回来。至于大法官，他想见我。

我当然拒绝了。自我和妈妈到这儿，她一直叮嘱我跟他保持距离。

然而，亨里埃塔恳求我，她说，这一次他神志清醒，却濒临破碎。

我十分好奇，他病态的内心究竟在想些什么？最后，我心软了。

她领我走进他的书房。他离开女儿的病床，坐回自己的办公桌前。他抬起头，脸上布满痛苦的皱纹，看起来足有一百岁。

"雷切尔，"他说，"你气色真好，亲爱的。现在，去睡觉吧。晚安，我的宝贝。"

说完，他低头看起办公桌上的文件。

我说不出话来。亨里埃塔示意我跟她离开。我们一出去，她反手

关上门，竖起一根手指放在唇边。

"跟我去厨房。"

克里夫在厨房里等着我俩。他看起来很憔悴，勉强露出一丝苍白的微笑，询问我是否见过大法官。

"他神志不清，似乎没有理解雷切尔的事。他叫我雷切尔。"

亨里埃塔和克里夫交换了一下眼神。

"为什么不迎合他呢？"克里夫问，"你又能有什么损失？"

31

"我应该把这个消息发给报社。"半个小时后，雅各布说。

"《号角报》可以等。"莎拉告诉他。

二人面前摆了两个空的白兰地酒杯。他和莎拉躲在距离冈特公馆半英里的一家酒馆里。宽敞、舒适的包间挤满欢快的爱尔兰人，橡木横梁悬着装饰的夜壶。奥克斯探长没让莎拉看尸体，但是她苍白的脸色足以证明她目睹另一个女人死去时的震惊。她给他们每人点了一杯法国白兰地，雅各布没有拒绝。

"雷切尔不缺活下去的理由，"他已经不是第一次这么说，"年轻、漂亮，极其富有。为什么一冲动什么都不要了？"

"一时冲动吗？"莎拉轻轻地问，"她邀请你和奥克斯探长做她的见证人。这就像一名女演员的最后一幕，令人难忘的告别演出。"

他的头痛得像被人打了一顿："但是为什么呢？"

"内疚，悔恨，谁知道呢？"

他不想透露太多，于是小心翼翼地说："她的管家曾暗示我她有自杀倾向，我当时没注意。但是或许……她为什么内疚？她把林纳克绳之以法了，她……"

"噢，雅各布。"莎拉捏了捏他冰冷的手，"你还没看出来吗？她继承了萨维尔纳克大法官的疯狂。不仅如此。"

他猛然抬头："你在说什么？"

"虚空剧院最后那晚，威廉说起过她。他和她在楼上的私人休息室聊了一会儿，然后下楼走进更衣室。他闷闷不乐，所以我追问他怎么了。他只说，雷切尔的父亲——别忘了，那是他钦佩的人——令他害怕，但是他发现雷切尔更可怕。不饶人，他当时这么说，记仇。当时我不理解，但是现在我怀疑……"

"怀疑什么？"

她轻咬嘴唇："是不是雷切尔怂恿乔治·巴恩斯谋杀威廉。"

"你怎么能这么想？！"

"为什么不能？"她把杯垫揉成一团，"他撞树的那辆车是谁付的钱？"

雅各布闭上眼睛："你想再来一杯白兰地吗？"

酒吧里的一个爱尔兰人唱起歌，没有调子，声音响亮。她微微战栗："记得列维·舒梅克跟你说过什么吗？雷切尔小时候曾唆使她父亲杀了布伦塔诺和他的情妇。假设她打算以这样或者那样的方式除掉所有知道真相的人呢？不仅仅是帕尔多，还有林纳克，汉纳威父子——以及威廉，甚至可能还有你的同事，贝茨。假设哈罗德·科尔曼想敲诈她，她能轻而易举地安排他的老相识们找到他。

列维·舒梅克他……"

他惊恐地凝视着她忧伤的眼睛："她如何做到这一切呢？"

"只要有足够多的钱，你可以操纵一切。我推测不出具体细节，不过我敢肯定她精心安排过时间。你瞧，今天刚好是天谴会成立五十周年纪念日。"

"什么？"

"威廉告诉我，1880年1月29日大法官创立了这个社团，每年的纪念日都要举行可怕的庆祝仪式。"

"仪式？"

"一群精挑细选的成员齐聚绞刑场。威廉没给我讲过细节，庆祝活动十分堕落，无法形容。他暗示说……每年，他们都会为了消遣杀人。"

雅各布感觉心跳加速："查尔斯·布伦塔诺和伊薇特·维维耶死于11年前的1月29日。"

"日期说明了一切，"莎拉小声说，"雷切尔·萨维尔纳克把他俩献祭给他父亲的小集团？"

"她那时才十四岁！"

"她是她父亲的女儿。"

"所以，她选择今天终结这一切？"

"我猜她觉得这很合适。"

他低沉地呻吟道："只有上帝知道真相。"

"坦白讲，"莎拉说，"我们可能永远无法得知确切的真相，除非奥克斯能威吓她的司机坦白秘密。"

雅各布回想起本弗利特谋杀案发生的那个晚上，不由得一阵心烦。他迫切地想掩盖自己在那次事件中所扮演的角色。虽然他没有参与谋杀，但是他误导了警方。雷切尔虽然死了，但是特鲁曼夫妇都是训练有素的骗子。或许他还有危险？

"我觉得他不是那种人。"

"他是哪种人？"她的表情出乎意料地凶狠，"我们如何确定自己在跟什么样的人说话？你是个记者，你理应知道人们从来不像他们看起来那样。即使他们不靠舞台谋生。"

雅各布明知自己应该回办公室，报道雷切尔·萨维尔纳克骇人听闻的自杀事件，但是他既疲惫又丧气，无法连贯地写出一段话。至于莎拉，那天早上她得知了一个好消息。寡妇比安奇从米兰回来了，邀请莎拉暂时下榻她和基尔里位于凯里街的房子。

"那是你想要的吗？"站在街角等出租车时，他问道。

"危急时的避难所，"她微笑道，"非常豪华的避难所。我觉得自己很幸运。"

"你能保证自己的安全吗？"

"你看不出来吗？"她问，"结束了。疯狂的因素已经消除。奇亚拉·比安奇一直待我不薄。欧陆人如此有教养。那是一幢大房子，甚至有套独立公寓。"

"很好。"他的心思不在这里。雷切尔的死让他感觉冰冷、空虚。

"足够两个人住。"她说。

雅各布盯着她："你……？"

"请原谅这个不恰当的建议。"她挤出一丝笑容，"我比你大，是个有过去的女人。你是个聪明的小伙子，决心自己闯出一条路来。就当我没提过这件事。"

雅各布抓着她的手，直至出租车的前灯划破浓雾，他才松开。

莎拉按响凯里街一幢两面临街的乔治亚式住宅的门铃，大门打开。一位瘦小的身穿蓝色束腰外衣的中国女人鞠躬致意，然后站到一边，请他们进屋，逃离寒冷和雾气。

"晚上好，夫人。"

"谢谢你，梅。这位是我的客人，弗林特先生。他稍后会派人去取他的东西。现在，请带他去客厅。"她转身看向雅各布，"我得打扮得体面些，给我五分钟时间。比安奇马上就到。梅会给你倒杯喝的，让你暖和起来。我推荐伟杰罗马三桶典藏白兰地。"

梅领着雅各布穿过挂满画框的宽敞走廊。恕他眼拙，这些画看起来像是早期绘画大师的作品：拉斐尔、贝利尼，或许还有提香。还没来得及细看，那个娇小的女人就把他领进一个富丽堂皇的方正房间，墙壁嵌着壁画，奢华的长沙发散落着天鹅绒坐垫，以及图案复杂的波斯地毯。装潢尽是意大利贵族的味道。往水晶酒杯里斟满酒后，那个小鸟模样的娇小女人转身离开，随手关上门。雅各布靠着长沙发，品尝着美酒，闭上眼睛，想象自己正躺在托斯卡纳的宫殿里。

雷切尔之死对他而言无疑是个巨大的打击，他不确定自己能否心平气和地报道这件事。他走得太远、太快。帕尔多自杀的那天晚上，那个潜伏在冈特公馆门外的稚嫩记者已经长大了。

未来会怎样？莎拉和雷切尔·萨维尔纳克截然不同。她善于表现自己的脆弱，唤起他的保护欲，然而毫无疑问，她拥有强大的意志力。正如目睹雷切尔自杀时，他吓得双腿发软，而莎拉却是惊愕多过恐惧。尽管她直言不讳，但是关于天谴会的险恶故事，她肯定还有很多没有讲。

一阵轻快的敲门声打断了他的思绪。房间尽头的门开了，一个女人走进来。绸缎一般的黑发一直垂到她纤细的腰部，肩上披着一件几乎透明的丝绒披肩，敞开扣子，露出里面苹果绿的雪纺晚礼服。她踩着高跟鞋，戴着白色哑光手套，一只手捏着绣着珊瑚和珍珠的丝绸包，另一只手拿着长长的烟嘴儿，在雅各布看来，她似乎是欧洲大陆时尚的缩影。一个皮肤黝黑、肌肉发达的男佣跟着她走进房间。

"晚上好，弗林特先生。"

雅各布对意大利语的了解几乎同他与聪明老成的米兰女士的交谈经验一样有限。他们戴着手套握手吗？他不知道该做什么，只能生硬地微微鞠了一躬。

"晚上好，比安奇夫人。"

令他惊讶的是，那个女人微笑着，装模作样地拍拍手："太棒了！你说得几乎和当地人一样流利！"

她当然是在逗他，但是他发现自己回应了她的微笑。

"您真善良，比安奇夫人。"

"不用谢，雅各布。"

他瞪大眼睛。刹那间，她的声音变了。直白的英语取代了流畅的意大利语，甚至带着一点儿伦敦口音。他绝不会搞错。

寡妇比安奇就是莎拉·德拉米尔。

朱丽叶·布伦塔诺的日记

1919年6月30日

　　我简直不敢相信，但是依然没有人发现。

　　我们很幸运，没错，但是幸运也是勇敢的回报。今天我们面临了最严峻的考验，大法官的老朋友来访（当然，我一直称呼他大法官。称呼他"父亲"只会令我窒息。）所谓的朋友是他的事务律师，加布里埃尔·汉纳威。

　　显然，大法官的外表和举止出乎他的意料。仅仅两个星期前，这个老暴君笨手笨脚地试图结束这一切，他摔下楼梯，折断了一根肋骨。大多数时间，他服用大量的镇静剂。我质疑过亨里埃塔的决定，同意汉纳威造访究竟是不是明智之举，但是她说，如果继续拖延时间，只会让他起疑心。一旦他看到大法官的状态，以后再拒绝他时就能博取他的理解。说不定他也能松一口气。

　　我被引荐给他，虽然他肉眼可见地不习惯跟一个十四岁的女孩说话，但还是跟我客套了几句，说自上次在我母亲的葬礼见过我之后，我长大了不少。雷切尔的母亲——他所谓的母亲。我相信他没察觉有什么不妥之处。

我不想承认，但是或许我和雷切尔的长相比我想象的更相似。她长得比我矮，比我胖，因为她太懒了，但是这个年龄段的女孩外貌变化得很快。我留长了头发，又在亨里埃塔的指导下改变了头发的颜色，模仿她的风格。过不了多久，我会再变一次。我俩都长着黑眼睛、高颧骨，虽然她的肤色更白又是鹰钩鼻，但是人们不会太留意这些细节。当我罕见地现身村庄时，每个人都理所当然地以为我就是那个人。我甚至无意中听见女裁缝跟她的邻居说我减掉了婴儿肥。一个神色怀疑的女人嘀咕着我有了些许年轻女士的模样。

　　多年的与世隔绝反而成了优势。我们和外面的世界没有什么联系，它对我们也知之甚少。我很感激我母亲在大法官尚能为非作歹的时候一直保护我。尽管她没受过教育，但是她鼓励我多读书。当然，图书馆里的一些书不适合我这个年龄段的女孩阅读，或者不适合任何年龄段的女孩。不过，我受益匪浅。亨里埃塔说我少年老成。

　　大法官能明白多少呢？难道他完全骗过自己，真的相信雷切尔还活着吗？或者他只是假装，其实心知肚明那个以朱丽叶·布伦塔诺的名义被草草埋藏的女孩就是他的女儿？葬礼很折磨人，但是谢天谢地仪式很简短，几乎没什么人参加。成千上万的人死于流感，一个很少有人见过的女孩的离世几乎没引发任何关注，无论年迈的乡村医生、愚笨的牧师，还是教区里的其他人，甚少有人讨论。

　　虽然大法官声称雷切尔是他的挚爱，但是他和她之间没有什么羁绊，甚至他从伦敦回到冈特岛度过余生也是如此。她只不过是一份更珍贵些的财产，就像他图书馆里那些罕见的初版书一样。

克里夫说服我相信这个办法能给我们所有人带来希望。如果大法官想把我当成他的女儿，迎合他又有什么害处呢？这不可能比另一种选择更糟糕。

他说得对。假如大法官被关进疯人院，后果无法想象。作为他的外甥和妓女的私生女，我跟他攀不上任何亲戚关系，甚至还要落得无瓦遮头的下场。

然而，作为雷切尔·萨维尔纳克，有朝一日我却有可能继承一大笔财产。

32

"莎拉！真的是你吗？"雅各布的嗓音因震惊而嘶哑。

她笑着扯掉白手套，连同烟嘴儿一起递给男佣："是的，雅各布，你看穿了我的伪装。我一直过着双重生活。我发现自己受制于孤儿这个形象。威廉是个幻想家，正如我们剧院里的许多人一样。他想要一个漂亮的外国情妇，于是我填补了他生活中的空缺。这个身份适合我展现迷人的新个性。莎拉没有什么忌讳，奇亚拉·比安奇更是百无禁忌。"

她耸耸肩，男佣接过披肩搭在胳膊上："我迷惑到你了吗，雅各布？"

"我不知道该说些什么。"他喃喃自语。

她笑了笑："奇亚拉·比安奇和莎拉·德拉米尔从没一起出现过，但是这并不奇怪。很少有情妇和前任能成为灵魂伴侣——尽管每个人都不放过任何机会强调她们私下相处得有多好。热爱表演之人的精神寄托。这是高雅的欺诈艺术，我亲爱的雅各布。"

"我想是吧。"他打了个哈欠，"对不起，我跟你说过我昨晚过得很糟糕。"

"的确。"她隐去灿烂的笑容，"现在我们应该讨论一下接下来怎么办。"

男佣无动于衷地看着。雅克布指着她奢华的生活环境问道："你一定是个非常富有的女人，莎拉。这些都是你的？"

"是的，包括每一件列奥纳多的作品。至少，完成继承手续之后是这样的。威廉·基尔里把他的全部财产都遗赠给我了。"她的眼睛闪闪发光，仿佛一个未婚姑妈，讲着近乎下流的笑话，"无意冒犯，它确实缓解了打击。你说得对，没有谁愿意承认自己很有钱。这么说吧，我过得很舒服。"

他局促不安："我的意思是，我只是一个普通记者，而你是漂亮的女继承人。即使你身无分文，也可以选择你想要的男人。你为什么要和我共度未来？"

"你身上有一个讨人喜欢的地方，"她说，"尽管你在新闻工作中虚张声势，但是你本人非常谦逊。不像可怜的威廉，他的自负仿佛珠穆朗玛峰般不可逾越。倘若我们在我年轻时相遇，谁知道我们能一起创造怎样的成就呢？"

她的语气温和，措辞却严厉。她一直戏耍他。现在他们要收网了。

别无他法，只有趁着他还保有一丝尊严时离开。雅各布挣扎着站起身。每个动作都出乎意料地沉重，他无助地瘫倒在沙发上。莎拉示意男佣，对方朝前迈了一步。

"不，不，"雅各布说，"我没事。老实说，我不需要帮忙。"

莎拉叹了口气："噢，雅各布，你高估了我的盛情。魅力只能帮你到这里，你太容易上当受骗。"

"听着，没必要……"

收到她的示意，男佣的手伸进夹克，掏出一把纤细的匕首，刀柄由珍珠母雕刻而成。他迅速地用闪闪发光的刀刃抵住雅各布的喉咙。

"高迪诺来自意大利东北部，"她说，"他的家族在马尼亚戈以制造这些令人生畏的武器闻名。每件都是手工制作，工艺精良。不要轻举妄动。这是他叔叔最喜欢的刀，他一直迫不及待地想试试。只消一眨眼的工夫，他就能肢解一个人。"

"莎拉，"雅各布咬紧牙关，"这是在开玩笑吗？"

"我没有开玩笑，"她轻声说，"虽然我承认我的幽默感有时很残忍。当我说我们应该讨论一下接下来怎么办的时候，我的意思是我必须跟你解释一下我打算怎么处置你。"

钢刃擦过他的皮肤，然而，他只涌起一丝可怕的厌倦："白兰地里下药了？"

"别担心，不是科学未知的致命毒药，"她说，"你只是摄入了一点温和的镇静剂。这种混合物不会造成持久的伤害，只是你的头会阵痛，四肢像坠铅一样沉，毫无抵抗能力。"

"很高兴得知这个消息，"雅各布忍不住发挥自己蹩脚的幽默感，"不存在任何持久的损伤。"

"不会是因为镇静剂。"她平静地说，"另外，剩下的都是坏消息。还记得吗，今天是1月29日，天谴会五十周年纪念日。按照传统，每年的今天，我们通过献祭庆祝过去、现在和未来的好运。雷切尔·萨维尔纳克剥夺了我奉献她不朽灵魂的机会，不过我可以用你

353

将就一下。"

"你在胡说些什么，"他含含糊糊地说，"别装了。一点儿都不好笑。"

"即使女演员也不能一直玩假扮游戏。"莎拉打开提包，拿出一把小手枪，"一切关于天谴会的可怕想象都是真的。至于胡说，千万别一副高人一等的样子。即便只是开枪打伤你，你的血也会毁掉这块漂亮的地毯。"

"莎拉，"他小声说，"你为什么要这么做？"

"因为，"她回答，"没有什么能与终极的快乐相提并论，那种掌控另一个人生命的兴奋感。"

高迪诺用铁丝捆住他的手腕和脚踝，然后像捆包裹一样把他绑在沙发上。雅各布无力地挣扎了两三次，惹恼了大个子，他抬起肉乎乎的大手扇了他几巴掌。在此期间，莎拉讲述了她的故事。她说，多年来媒体采访一直让她大失所望。她能跟《舞台报》记者吐露的东西不多。然而，雅各布不一样。

她出生时，母亲没有结婚，于是她被送往牛津孤儿之家。严格来说，她并不是孤儿，但是她母亲在她两三岁时去世了。她的父亲有权有势，因此她比其他孩子享有更多特权。她对魔术和马斯基林的兴趣始于对现实的逃避，后来逐渐迷恋起荒诞的舞台幻术。她憎恨孤儿院的规则和限制，舞台表演让她有机会伪装自己。

"我喜欢伪装，"她说，"远超过一切。威廉迷恋我。我们编造了他处处留情的故事，只是为了掩饰他有多沉迷于我。他一直求我嫁给他，但是我一直拒绝。即便嫁给有钱有势的男人，也要过安稳、舒适的家庭生活，一想到这些我就厌恶得不得了。我永远不会成为谁的俘虏或者奴隶。

"我虚构了难以捉摸的寡妇比安奇这个角色，再扮演惨遭抛弃的情人——大胆的莎拉·德拉米尔，这极大地取悦了我。我痴迷于威廉所讲述的天谴会。目睹过孤儿院所发生的一切，再没有任何堕落能让我震惊。渐渐地，威廉也无法满足我的胃口。我梦想有一天能加入天谴会，甚至将它发扬光大。一个大胆又崇高的抱负，你不这么觉得吗？"

雅各布从没见过她的目光如此炯炯有神。尽管他又虚弱又疲倦，但是他依旧管不住自己的嘴。

"莎拉，这也是一种奴役。束缚自己沉湎于那些残忍的权贵人士所谓的传统中。"

"你不明白，"她说，"这是我与生俱来的权力。"

"你说得对。我不明白。"

雅各布迷离地看着她轻抚手枪。

"我父亲是萨维尔纳克大法官。我是他的长女。"

他的思绪现在比伦敦的街道还无序。白兰地里的镇静剂或许很温和，但是他依旧什么都搞不懂。

"你和雷切尔是同父异母的姐妹？"

"法律剥夺了我的继承权。一张愚蠢的纸，一张结婚证。一些我出生前发生的事让我俩的生活截然不同。我是大法官的亲骨肉，但是这毫无意义。只因为她是婚生子，我是私生子。"

雅各布咕哝道："可是他把你当成孤儿看待，送你进孤儿院。"

"我母亲是个妓女，因酗酒而死。他是当时最厉害的律师。离开剑桥后，他创办了天谴会，帮助那些堕落、颓废的富家子弟宣泄精力和激情。社团的资金用于精明的投资，购置各类房产容纳成员们的情妇或者充当妓院。"

"恶心。"雅各布嘀咕。

"绞刑场是一切的核心。孤儿院为社团成员们提供了源源不断的……新鲜血液。每种口味都能得到满足。我母亲隐瞒了她怀孕的消息，直至我早产，否则她跟她未出生的孩子都要被处理掉。后来，我被托付给曼迪夫人照管。"

"很抱歉。"雅各布不知道还能说些什么。

她挥了挥枪，打消他的同情："怜悯只适合失败者。我坚信自己注定是个伟人，甚至不知道我父亲的身份前我也这么觉得。"

"你是怎么发现的？"

"他亲口说的，就在他辞去法官职务之前。他召见过我——是的，关于这一点我也撒了谎。他忧郁而坦率。神志清醒时，他能痛苦地意识到自己的大脑正在衰竭。他告诉我他曾考虑过自杀——那是他在伦敦中央刑事法庭割喉的前几天。他通过加布里埃尔·汉纳威给了我一笔钱。虽然数目不小，但也只是他财产的一小部分而已。他说他的继承人必定是雷切尔，尽管她比我小。这就是法律。他说他也希望私生子是雷切尔，而不是我，但是他明媒正娶的夫人是她母亲，而不是我母亲。那一刻，我明白他确实很在乎我，而且雷切尔也有些不对劲。我恨她妨碍了我，尽管她幸福得不知道我的存在。

"他逃回冈特岛，但是吩咐加布里埃尔·汉纳威确保我不受伤害。汉纳威家已成气候，麦卡林登家和林纳克家也不差。他们的权势与生俱来，不管是在社会上还是天谴会皆是如此。甚至威廉也自视领袖，视我为伴妃。但是，我从不甘于人后。"

雅各布小声说："为什么这么看重它？这种人渣组织有什么特别的？"

他天真的反应让她不由得努了努嘴。"你还不明白吗？政府更替，银行兴衰，天谴会延续至今。世界经历了四年的屠杀，但是一场战争却创造了数百万的财富。帕尔多和加布里埃尔·汉纳威擅长赚钱。我们随心所欲，不蒙任何人的恩。"她控制不住地拔高嗓门，"我们拥有未来。"

"你听起来像个政治狂热分子。"他咕哝着。

"查尔斯·布伦塔诺想从政，"她嘲讽道，"但是战壕改变了他，他萌生出改变世界的念头——建造一个安居乐业的地方。于是，他决心背叛天谴会。"

"他也是成员之一？"

"他曾经是大法官的宠儿，无畏又风流。老人对他视若己出。曾经，他是那种一把牌输赢两万的赌徒，甚至都不用一眨眼的工夫。后来，他跟一个法国女人有了一个孩子……"

"伊薇特·维维耶。"雅各布脱口而出。

她狠狠瞪了他一眼："你会成为新闻界的损失，雅各布。你知道雷切尔多恨布伦塔诺的女儿吗？"

"我知道的一切都源自舒梅克。"他说。

"毫无疑问，布伦塔诺不能娶她。维维耶是个妓女。但是她和他们的女儿一直在他的庇护下生活在伦敦，直至战争一触即发。朱丽叶没被送去孤儿院。布伦塔诺游说大法官把她和她母亲安置到冈特岛直至战争结束，那个老傻瓜居然同意了。她为什么能过奢侈的日子，而我却只能待在孤儿院？我是大法官的亲生女儿，我更应该去冈特岛。"

雅各布昏昏沉沉，绝望又难以置信地看着她，但是她毫无察觉。

"布伦塔诺和文森特·汉纳威曾在法国并肩作战，但是汉纳威面对敌人十分怯懦。炮击最猛烈时，他惊慌失措，举白旗投降。他麾下有五个人战死，其余都被俘虏。布伦塔诺永远无法原谅汉纳威背信弃义。他蔑视天谴会。如果他还活着，他也会毁掉它——但是大法官不允许他出局，直至雷切尔将他玩弄于股掌之中。她发现了除掉朱丽叶及其父母的机会，于是撒了一个弥天大谎，谎称布伦塔诺对她意图不轨，结果竟然得逞了。大法官同意处罚布伦塔诺和那个女人。他们被下药、绑架，带到伦敦的绞刑场。"

"然后谋杀。"

"叛徒的惩罚。"她耸耸肩，"我就不告诉你细节了，你听了只会晕过去。他们羽翼未满的女儿死于西班牙流感，至少据说是这样。谁知道雷切尔有没有给她下毒呢？谁又在乎呢？他们一家三口都解脱了。大法官的精神混沌不堪，雷切尔和她的跟班们统治着冈特岛。大法官苟延残喘了好几年，连加布里埃尔·汉纳威也被拒之门外。雷切尔和她的党羽守着那座孤岛，等待大法官归西。二十五岁生日那天，她继承了无法想象的财富，直奔伦敦。

"起初我以为她一心要掌控天谴会，今天我才意识到她一心只想毁灭。抹掉过去，再抹掉自己。帕尔多、汉纳威父子和威廉都知道她怂恿大法官干掉了布伦塔诺和他的情妇。所以，他们也得死。"

他脑袋里的齿轮嘎吱作响："克劳德·林纳克呢？"

"那样的软骨头就不该入会，"她轻蔑地说，"他很容易成为雷切尔的猎物。他的死向威廉和其他人传递了一个消息。他们谁都不知道怎么办才好。没人能跟疯子谈判。那些人惊恐万分，就像战壕里的文森特·汉纳威一样，所以帕尔多才杀了那个叫海耶斯的女人。她离开孤儿院时根本一无所知，但是他害怕雷切尔发现她，不敢冒任何风险。汤姆·贝茨四处打探信息，显然应该赶紧解决掉他，但是其他人就像十二月的火鸡一样惊慌失措。我根本指望不了他们。于是，某天晚上，我乔装成清道夫。"

雅各布喉咙干涩："你是伊尔沃斯·西尔？"

"你瞧，是的，"她操着悦耳的威尔士口音说，"威廉以前常说我在女扮男装这方面无人能及，骗过那个帮我录笔录的笨警察并不难。他没有在我身上浪费太多时间，或许他以为我是个同性恋。毛里齐奥开车撞死了贝茨。汉纳威父子试图吓跑雷切尔，但是最后被几个外行搞砸了。对付列维·舒梅克的时候，我没犯同样的错误。我通过威廉认识了一个夜总会老板，剃刀帮随时听候他的差遣。那伙人非常专业。"

雅各布瘀青的脸依旧一碰就疼："阿姆威尔街恐吓我的那个人呢？"

"另一个雇工。很高兴你没有透露我的行踪，说明我已经彻底博取了你的信任。你非常勇敢，虽然现在看起来好像准备大哭一场似的。"

雅各布紧咬着嘴唇，什么也没说。

"行了，眼泪留到以后吧。"她叹了口气，"自负的威廉自以为能让雷切尔屈服。这是致命的错误。当他和其他人还犹豫不决时，她一个接一个地结果了他们。"

"她如何在不牵连自己的前提下杀掉这么多人呢？"

"她说服帕尔多和林纳克相信游戏已经结束了。帕尔多时日无多，林纳克满脑子都是毒品，攻破他俩的心理防线其实并不难。然后，她同乔治·巴恩斯密谋杀害威廉。至于汉纳威父子，显然她贿赂了管家。她以为他们的死能瓦解天谴会。"

"她为什么自杀？"

莎拉笑了笑："一旦实现目标，她就没了其他能支撑她活下去的理由。虽然我们都是大法官的孩子，但是一个关键因素令我俩相去甚远。她继承了大法官的自毁冲动，而我完全没有。"

铁丝勒紧他的手腕和脚踝，痛得他泪流满面。镇静剂的效力逐渐消退，但是他依然感觉头晕目眩。绝望的处境让他困惑，他怎能如此轻信他人呢？一个小时前，他还幻想着跟这个女人共度余生。

"你觉得不停跟我说话能增加你逃跑的机会吗？"她看了眼手表，"恰恰相反。我们谈话的这会儿工夫，梅正在做准备。是时候去绞刑场了。"

默默站在一旁的高迪诺闻言上前一步，抓住雅各布的肩膀，将他一把拽下沙发。

"绞刑场？"雅各布小声嘀咕。

"还有别的地方吗？"她回答，"五十年前的今天，天谴会在那里诞生。当成一种荣誉吧，你将被写入我们的历史。"

"外面可能有雾，"雅各布说，"但是你不怕有人注意到我们吗？"

"呀，雅各布。你还在虚张声势吗？"她笑了笑，"放心，我不会把你当成中世纪的恶棍那样带你游街。跟我来。"

她信步走出房间，高迪诺拖着雅各布紧随其后。走到走廊尽头，她推开一扇门，点亮灯。一段石头阶梯映入眼帘，她三步并作两步地快步下楼，激动得像个孩子一般。即使穿着高跟鞋，也如履平地。

高迪诺把雅各布推到前面。楼梯陡峭，雅各布无法抓到任何东西保持平衡，差一点儿摔下去。

莎拉站在楼梯尽头静候二人。眼下他们身处一个方正的小空间里，一条狭窄的通道朝林肯律师学院的方向蜿蜒。隧道只有六英尺高，高迪诺不得不歪着头，以免蹭到脑袋。

"电灯，"莎拉指着嵌入隧道砖墙的小灯，"你瞧，各种现代化便利设施。伦敦这一带沿着古老的舰队河有很多地下通道、下水道，我们以巴泽尔杰特意想不到的方式发掘了它们的潜力。"

她轻快地朝前走，高迪诺拽着雅各布跟在她身后。地面坑坑洼洼，很干燥，但是空气中弥漫着一股死水的气味。雅各布半闭着眼睛，试图将捆住手脚的疼痛和面对隧道尽头未知的恐惧赶出脑海。他不知道过了多长时间，终于这队可怕的人马停在一扇上锁的铁门前。莎拉掏出一把钥匙。

"我们到了，"她说，"绞刑场就在我们上方。我们进去吧。"

铁门无声地被打开。莎拉按下开关，六根树枝形吊灯散发的光芒照亮了他们面前的房间。雅各布睁开眼睛，又闭上。他简直不敢相信自己看见了什么。

地下会所和绅士俱乐部的吸烟室一样装备完善，但是面积却是后者的两倍，举架很高。室内的空气比隧道里新鲜得多，雅各布推测这要归功于某种看不见却效果明显的通风系统。皮革扶手椅和切斯特菲尔德长沙发提供了奢华的休息区，巨大酒架和吧台占据了一整面墙。对面的墙上挂着各式各样的挂毯，雅各布猜灵感或许来源于暴力、荒诞的情色作品。几天前如果跟他描绘这些说不定能吓到他，然而现在已经没有什么能让他震惊了。侧壁有门，而房间尽头安放了一处高台。台子上有一个奇异、令人望而生畏的身影——一座比真人还大的镀金裸女雕像。

　　高迪诺把他推进房间，砰的一声关上身后的铁门。莎拉张开双臂，示意了一圈："欢迎来到天谴会的发祥地。"

朱丽叶·布伦塔诺的日记

1920年2月6日

一年转瞬即逝。我几乎不敢相信。一切都变了，但是从表面看，冈特岛的生活跟以前没有两样。

大法官的精神状态持续恶化，这让我十分沮丧。查明我父母死亡真相最好的办法就是让他亲口告诉我。要么说服他，要么强迫他。两种方法我都试过了，但是都徒劳无功。我不确定他说的话是否可信。

了解真相需要时间，而我有的是时间。亨里埃塔说我固执，但是她也不得不承认，谈到耐心和毅力，没有人能比得过我。我的意志力支撑我以新名字开始新生活。一个曾经令我毛骨悚然的名字。

我摇身一变成为雷切尔·萨维尔纳克。

33

痛苦、恐惧和绝望麻痹了雅各布。没有人知道他在这里，他也没有机会挣脱束缚。假如奥克斯没有跟随救护车护送雷切尔的尸体去停尸房就好了。除了探长，他想不出还有谁——当然，《号角报》也没有谁——会关心他现在身在何处。

"过去的五十年里，"莎拉说，"这个房间见证了无数隐秘的消遣。资深的会员们竞相贡献各种创造性的纪念仪式。献祭的概念激发了人类想象力最邪恶的一面，梨刑、痛苦转盘、铜牛、犹大的摇篮。各种制造痛苦的精妙手段。窑烤不诚实的厨师，油炸肥胖的情妇。一切都是为了团契的乐趣。"

雅各布眨了眨眼睛，泪水夺眶而出："他们在哪儿？"

"耐心点儿，雅各布。多亏了雷切尔·萨维尔纳克，我们的人手已经所剩无几。不过半个小时后，人们会陆续抵达。今晚，他们将推举我掌控天谴会。"

"你打算怎么处置我？"他小声问。

莎拉靠近高台上那个巨大的镀金雕像，示意男佣跟上。雅各布的心怦怦直跳，好像要炸开似的。雅各布拒绝向前，男佣一巴掌打在他的太阳穴上，又推了他一把。

"请允许我为你介绍爱琵加。"

水晶吊灯耀眼的光芒令他难以集中注意力。要不是高迪诺一直搀扶他，遍体鳞伤的他早已瘫倒在地。

"爱琵加？"

"爱琵加是大名鼎鼎的斯巴达暴君国王的妻子。他参照妻子的外形，打造了一款自动刑具，用来对付他的反对者，设计理念旨在折磨他的敌人。爱琵加内部布满锋利的长钉，她深情的拥抱能夺人性命。"

雅各布注意到长钉。这座巨大的裸体雕像从头到脚都布满细小、尖锐的钢刃。

"它比那些成就过伟大魔术师名声的装置早了两千年。"她敬畏地压低嗓音，"冯·肯佩伦的国际象棋自动机'土耳其行棋傀儡'、约翰·内维尔·马斯基林的惠斯特牌棋牌手'塞克'，诸如此类，那些我渴望超越的机械杰作。现在，我制造出一台活生生的杀人机器。"

她清了清嗓子："来吧，爱琵加。雅各布·弗林特想向你致敬。他生性浪漫。请预演一下你们如何将自己托付给对方。"

看不见的齿轮和车轮的叮当声传入雅各布的耳朵，极度的恐惧令他仿佛陷入催眠状态。爱琵加缓缓地伸出长长的胳膊，接着是两条带关节的腿。爱琵加跨下高台，开始往前走。它的动作僵硬、机械，但是很有目的性，朝他伸出的手臂布满刀片。一旦爱琵加抓住他，他肯定血肉模糊。

"稍后，待观众到场时，它会把你抱在怀里，然后……"

雅各布凝视着爱琵加茫然的眼睛："莎拉，求你了。"

莎拉打了个响指："等等，爱琵加。现在还不是时候。"

爱琵加继续移动。一步一步，越靠越近。

"停下，爱琵加！"莎拉大喊，"你听不见我说话吗？为时过早。立刻停下！"

爱琵加继续前进，笨拙而吵闹地径直朝雅各布奔去。雅各布察觉身旁的高迪诺身体僵直，他紧紧地抓着雅各布的胳膊。有问题。魔术没起作用。或者它运转得太好了，不再受莎拉的控制。这台刑具有了自己的想法。

"停下！"莎拉后退一步，"不许动。"

爱琵加继续前进。

"立即停下！"高迪诺操着意大利语命令道。

男佣松开钳制，雅各布摔进一把皮革扶手椅里。他挣扎着保持平衡，爱琵加越来越近，朝他伸长手臂。

莎拉掏出包里的手枪，扣动扳机。无事发生。

"高迪诺！"她尖叫，"拦住她！"

高迪诺举起弹簧小折刀。爱琵加仿佛察觉了似的，改变了方向。爱琵加向右转，转身朝莎拉·德拉米尔靠近。

"停下！"

高迪诺冲上前，挥舞弹簧小折刀，面朝爱琵加，挡在女主人身前。爱琵加抬起一只手臂，夺走他手里的刀。刀刃划破他的衣袖，他痛苦地尖叫。雅各布眼看着鲜血晕染了破损的布料。

"梅，够了！"莎拉哭喊。

莎拉犹豫了一会儿，然后踢掉鞋子，跌跌撞撞地走向房间后面的铁门。爱琵加笨重地尾随她。左手边的门猛地被推开，特鲁曼跨进房间。

特鲁曼攥着一把左轮手枪，朝房间另一端开了一枪，击中对面酒架上的一个瓶子。玻璃碎片像弹片一样乱飞。红酒喷溅，玷污了浅色的挂毯。

"下次，"他说，"我会瞄准心脏。"

高迪诺瘫倒在地，紧紧地抓着自己受伤的胳膊。

"梅！"莎拉脸色煞白，"你怎么能？"

右手边的门被打开。雅各布屏住呼吸。那个娇小的中国女人出现了，手里抓着一把钢丝钳。

莎拉不敢置信地看着她："梅！你在……？"

她的目光又转回到爱琵加身上。那台机器抖动着，仿佛在展示自己的肌肉。梅割断它的绑索，雅各布听到金属板划开的刺耳声响。爱琵加的秘密即将浮出水面。

雷切尔·萨维尔纳克光着脚，只穿着白色棉质的背心和短裤，从机器背面钻了出来。她的头发乱蓬蓬的，面颊由于使劲儿染上一抹粉红。她气喘吁吁地哼着小调，雅各布依稀听出那句"不可无礼"。

"关于我的死亡报道有些言过其实，"她说，"抱歉让你失望了，莎拉。这就是魔术的问题所在，一面对现实，魔术的魅力立刻烟消云散。"

莎拉张了张嘴,想要说话,但是一句话也说不出来。整整十五秒,两对男女一动不动,这幅戏剧性的画面同时上演了勇敢和失败。梅啪的一声剪断铁丝。由于绑得太紧,雅各布的手脚几乎失去知觉,浑身上下都隐隐作痛。

　　莎拉低下头,奔向敞开的房门。特鲁曼举起枪,鸣枪示意,又打碎一瓶酒。雅各布躲过飞溅的玻璃碴儿,然而莎拉逃出了房间。

　　“盯紧我们的朋友。”雷切尔指着高迪诺嘱咐特鲁曼。梅举起钢丝钳,雷切尔摇摇头,“这是万不得已的办法”。

　　雅各布揉了揉酸痛的手腕:“我们不能让她跑了!”

　　“跟我来。”

　　雷切尔大步流星地穿过房间,跨过房门。雅各布一瘸一拐地紧随其后,拐进另一条砖墙隧道。两段短台阶映入眼帘,一条通往一扇挂锁的木门,另一条底部有一口漆黑的水井。这条地道同之前凯里街那条一样,曲曲折折,所以他也猜不出究竟通向哪里,不过它又低又窄,而且有股臭味。雷切尔阔步向前,消失在视线之外。

　　雅各布步履蹒跚地跟着,恶臭的空气猛地呛得他直咳嗽。拐过弯,隧道变直,他听见莎拉倒抽一口凉气,坚硬的地面划伤了她的脚。雷切尔站在他前方五码远的地方,喘着粗气,她难以保持平衡。雅各布听见雷切尔强咽下一声喊叫,锯齿状的石头刺破了她的脚掌。

　　又往前走了五十码,她停下来,面前的隧道开阔成一片圆形空间。他追上去,二人紧紧抓住对方的胳膊,互相搀扶。她单薄、瘦长的身体因疲惫而不住地颤抖。她在爱琵加里蜷缩了那么久,雅各布感觉她已经没什么力气了。

　　前方的隧道一分为二。其中一条隧道尽头的圆形房间里堆满各色奇怪的装置：带尖刺的金属头套和缰绳，配有滑轮的精巧木制装置和一个巨大的铁丝笼。雷切尔捕捉到他惊恐的表情。

"刑具储藏室，"她气喘吁吁地说，"这可是残酷狂欢必不可少的一部分。"

他凝望着隧道的另一端。通道越来越窄，气味越来越难闻。

"前面是下水道的一条支流，"雷切尔说，"她永远逃不掉。"

二人手挽着手，跌跌撞撞地往前走。他们沿着隧道，朝地下深处走去。这里没有电灯，光线昏暗，几乎看不清莎拉。

莎拉依然穿着比安奇寡妇的华丽服饰，飘逸的长裙总是碍事。她弯着腰，沿着只有一块砖那么宽的平台缓缓挪动。雅各布发现那其实是一堵用来拦截下水道的高墙，沟渠和主隧道汇合于此。墙的尽头是黑漆漆的洞口，雅各布看不清远处还有什么。

"你确定吗？"他小声问。

"舰队河的下水系统形成了一个庞杂的迷宫。你得有长筒胶靴和铁肺才能多走几步。"

莎拉滑了一跤，伸出一只手扶住隧道墙壁。她摇摇晃晃地往左靠，以防摔进右侧深不见底的下水道。

雅各布屏住呼吸。那个想要他命的女人眼下正命悬一线。

"她说你有自杀倾向。"他压低嗓音。

雷切尔冷哼一声："像许多一心想要成为领袖的家伙一样，她一辈子都在痴心妄想。"

臭气熏天。雅各布一阵反胃，眼睛却始终离不开莎拉。她聚精会神，仿佛走钢索一般。平台潮湿而危险。每走一步，她都要停下来，深吸一口毒气。雅各布意识到雷切尔就在他身边，她瘦削、只穿着背心和短裤的身体透过寒冷潮湿的空气传来一丝温暖。他们紧挨着彼此。

"危在旦夕。"她小声说。

莎拉的脚被长裙的褶裥绊了一下，瞬间失去平衡，赤脚一滑，她挥舞双手尖叫着一通乱抓，一头扎进下水道，砰的一声，撞在斑驳的护堤上。

雷切尔抓着雅各布的手，侧身往前走。二人一步一步地站上砖台，下面的污水渠里尽是大团的垃圾，翻腾着、散发着恶臭，像流沙一样致命。落差足有十英尺，莎拉头朝下落地。长裙随着翻滚的废水起伏，假发掉进石缝里，往日的靓丽早已不见踪影。除了伦敦下水道汩汩流淌的污泥，什么都没有。

雅各布转过身，干呕起来。甚至莎拉所说的下油锅也比这种死法强，至少更快，也没有这么肮脏。

朱丽叶·布伦塔诺的日记

1921年2月6日

　　转眼又是一年。大法官、亨里埃塔、克里夫、玛莎和我平静地生活在这里。几乎没有人打扰我们，我们也不打扰任何人。老汉纳威时不时地给大法官写信，片纸只字，提议拜访冈特岛，额外附一封用某种密码编辑的长信。

　　大法官从没看过这些信。我代为回应，解释说他仍然不适合见客。

　　谨慎必不可少。不过也没人揭发过我。随着时间的流逝，我的信心与日俱增。大法官的精神状态不堪一击，即便他说出真相，也没有人会相信他。至于哈罗德·布朗，自他对可怜的玛莎做过那些龌龊事后，他没再露过面。

　　在冈特岛，我从来不会找不到事情做，或者不知道该学些什么。这就是我时常疏忽这本日记的原因。我需要几年时间探索，我打算好好利用一下这段日子。

　　我翻遍我的童年记忆，但是脑海中的图像仿佛褪了色的老照片一

样。我们住在国王十字车站，虽然没有多少钱，但是还能勉强度日。我父亲不和我们同住，他的来访就像是特别的奖励。他高大英俊，谈吐文雅，我十分敬畏他。我的父母没有结婚，住在隔壁的男孩曾因此取笑过我。不过他再没犯过同样的错误。

小时候，我喜欢在街上乱跑，而不是穿漂亮衣服或者玩洋娃娃。后来我开始咳嗽，体重逐渐下降，医生诊断我患了肺病。那时正值战争爆发前夕，我父亲应征入伍，赶来同我吻别，并告诉我们他已经安排我和我母亲搬到萨维尔纳克庄园，同他生病的舅舅同住。父亲说，那里很清静，我慢慢就能恢复健康。

雷切尔从不掩饰她对我们的蔑视。她憎恨我母亲，因为大法官似乎对她有些好感。直至今天，我都不知道我母亲为了保护我做过多少牺牲。

随着时间的推移，我逐渐恢复体力。有时我偷偷溜出庄园，沿着海岸线跑步，伴着海浪游泳，攀爬陡峭的山岩。雷切尔从不做这些。或许她迅速败给流感的原因正是懒惰。

我知道伪装很成功。我鲁莽地开始，不计后果。自那一刻起，克里夫、亨里埃塔和玛莎成了我的犯罪搭档。

事实上，我很享受做雷切尔·萨维尔纳克，喜欢把我的品位强加给她。一个曾经只看低劣短篇小说的女孩现在常埋头苦读。一个曾视学习为苦差事的女孩现在一心尝试探索冈特岛之外的世界，这样她就能在时机到来之际占得先机。

大法官中风后，我们探听不出任何有意义的线索调查我父母的遭

遇。他身心俱毁。克里夫严重失聪的表姐——一个叫伯莎的老妇人赶来充当他的护士。

我们组成了一个奇怪的家庭，几个人游荡在一幢巨大的老房子里。为了方便维护，我们封闭了半栋大楼。但是我一直不断地探索那些安静、发霉的房间，我觉得萨维尔纳克庄园的某个地方一定隐藏着关于我父母的秘密。

上个星期，我有了突破。历经无止尽地寻找，我发现大法官书房的墙壁里有个秘密橱柜，里面的文件满是和律师来信一样的密码。其中有一份他的临终遗嘱。原件由汉纳威持有。至少这份文件里面是英文，如果法律条文也算英文的话。

简言之，大法官几乎把一切都留给了他深爱的女儿雷切尔·萨维尔纳克。她二十五岁生日时，便能继承遗产。每个在其死亡之日受雇的用人都能获得一小笔遗赠。如果他的女儿在二十五岁之前去世的话，所有遗产都归"弃兵俱乐部"所有，遗嘱中还提及，大法官为"成为该俱乐部的创始人和首任会长而自豪"。

弃兵俱乐部的地址正是汉纳威律师事务所的地址。冈特律师事务所位于林肯律师学院的绞刑场。大法官曾在那里做律师。他年轻时喜欢下国际象棋。我要确保弃兵俱乐部拿不到一便士遗产。

根据我对大法官法律书籍的研究，他过早离世显然对我没有任何好处。届时汉纳威可以凭借遗嘱控制信托机构。一份措辞更宽松、允许我一满法定年龄便能继承遗产的遗嘱势必对我更有利。克里夫是个天生的实干家，他觉得值得一试。但是我觉得伪造或者说服大法官更

改遗嘱的风险太大了，太容易节外生枝。我不能引起别人的注意，更不能以任何方式引起汉纳戚的怀疑。我们必须保证大法官活着，直到我能继承遗产。

之后……

总有一天，我要去绞刑场。

关于克里夫和亨里埃塔，这对我最忠诚的朋友，我有个好消息要说。今年四月，他们将举办一场低调的婚礼。亨里埃塔即将成为特鲁曼夫人。玛莎和我是他俩的伴娘。

34

"你打算跟他说多少？"克里夫·特鲁曼问。

"多说一点儿吧，"雷切尔说，"但是不够解答他全部的疑惑。"

"不透露关于朱丽叶·布伦塔诺的事？"

"噢，不，"她说，"不提她。"

"如果哈罗德·布朗那天没在厨房看见你就好了，只有他察觉你不是……"

她抬起一只手："够了。"

"布朗跟汤姆·贝茨谈过。万一他透露了你的秘密呢？"

雷切尔摇了摇头："没有报酬？那可不是他的做事风格。"

"如果他跟别人说过你的事呢？如果……"

"重要的是今天。"她长吁一口气，"明天就顺其自然吧。"

现在是四点，距离她所谓的自杀刚好过去二十四小时，眼下他们正在冈特公馆的屋顶花园散步。这是一个异常暖和的下午，落日染红了蓝灰色的天空。陶土盆里的雪花莲和黄色的番红花开得正好。透过封闭恒温游泳池的玻璃墙，雷切尔看见水里的雅各布正在游第四圈。海蒂·特鲁曼坐在游泳池边的藤椅里织着一件开襟羊毛衫，玛莎埋头阅读一本名为《迎接现实》的小说。桌上放着红酒杯和平底杯，旁边立着几瓶梅洛和夏布利酒，还有一大杯为特鲁曼准备的吉尼斯黑啤酒。

他说："玛莎觉得你看上雅各布·弗林特了。"

"玛莎生性浪漫。"

"海蒂不是，但是她同意玛莎的看法。"

"你不觉得他太软弱了吗？"

"他在绞刑场抖得像一片树叶。"

"那种情况下，当然可以原谅吧。"

"这么说你爱上他了？"

雷切尔哈哈大笑："你跟海蒂一样坏，她做媒的兴趣堪比她杞人忧天的程度。她为什么想让我嫁给一个如此容易轻信他人的家伙，竟然爱上了我所谓的同父异母的姐姐？雅各布是个讨人喜欢的年轻人，我鲜少遇见这样的类型。我对他——菲茨杰拉德先生怎么说来着——产生了一股微妙的好奇心。仅此而已。"

她推开嵌入玻璃墙的门。玛莎正伴着留声机播放的唱片——卡萨洛马管弦乐团演奏的《幸福的日子又来了》——光着脚打拍子。她走进暖房，雅各布爬出游泳池，拿起一条松软的白毛巾。雷切尔脱掉皮毛夹克，给每个人倒了一杯酒。

"敬罪有应得。"她举起酒杯。

雅各布品着红酒："再次感谢。谢谢你救了我的命，又允许我在这儿留宿。"

"我们不能让你回埃德加之家或者凯里街，"雷切尔说，"陪伴死去的女鬼。欢迎你来跟我们一起休养一两天，也方便你再找住的地方。首席犯罪调查记者需要一个属于自己的空间，一个策划新独家报道的地方。"

他放下杯子，拿起毛巾擦拭湿头发："戈默索尔很满意我关于莎拉·德拉米尔的报道。"

"'女魔术师不幸死于意外事件'算不上头条新闻吧。"雷切尔耸了耸肩，"她的落幕演出已经沦落到第五版了。"

"你教会了我谨慎，"他说，"我希望你能信任我。"

她笑了笑："耐心点儿，雅各布。我还没准备好敞开心扉呢。正如《号角报》的读者们也没准备好接受像爱琵加自动刑具这样可笑的东西一样。"

"你答应过我，揭秘你所谓的自杀，满足我的好奇心。毕竟，你跟奥克斯分享了你的计划。你是如何说服他跟你合作的？"

"尽管他怀疑权贵之间存在某种阴谋集团，但是他根本不知道天谴会。他误以为可怜的戈弗雷·马尔赫恩爵士参与其中。同样地，奥克斯的青云直上也让我怀疑他是不是跟查德威克关系密切，但是事实证明他是个好警察。一旦我确信我们或多或少站在同一战线，我觉得我们有必要齐心协力。我并没有分享我所知道的一切。"

"那么你摔在栏杆上的事呢？"

"汉纳威父子死后，奥克斯来见我。我告诉他，害死汤姆·贝茨和列维·舒梅克的不法分子正在操纵你。"

留声机的唱片播完了。雅各布喝了一大口葡萄酒："哎哟。"

"你要我实话实说的，"雷切尔说，"我告诉奥克斯，我需要让你和莎拉·德拉米尔相信我已经死了。我还告诉他，她是我同父异母的姐姐，她继承了大法官的疯狂，我只是想让她露出真面目。"

　　"一旦汉纳威父子不在了，她最后的目标就是争夺天谴会的领导权。"

　　"完全正确。"

　　"可是汉纳威家的管家怎么办？因为他没犯过的罪而被送上绞刑架受刑？"

　　"他这一辈子至少强奸过三个女人。其中一个甚至溺死了自己和她刚出生的孩子。"

　　雅各布羞愧万分："我不知道。"

　　"有些事还是不知道为妙，"雷切尔说，"昨天，我约你四点过来，我希望莎拉·德拉米尔能坚持陪你来。天谴会的五十周年庆典对我俩而言都很重要。她原本计划引诱我去绞刑场，而我则需要人赃俱获的时间和空间。于是，我为她设计了一场魔术。"

　　"怎么做？"

　　她打了个哈欠："魔术师和侦探一样，他们的解释往往令人扫兴。你留宿这里的第一个晚上，海蒂无意中提起我有自杀倾向，在你心里埋下了一颗种子。"

　　他眼睛瞪得老大："那是故意的？剧本的一部分？"

　　"莎拉必然会怀疑，所以你得先被骗，这样才能让她相信我真的死了，她才能无所畏惧。"

　　雅各布哼了一声："很高兴为您服务。"

　　"别生气，雅各布，这不适合你。那天早上，玛莎让海蒂剪短了她漂亮的头发，算是为实现崇高目标做出的一点牺牲。等你、莎拉和奥克斯赶到时，她戴着假发，穿着我最喜欢的一套衣服的复制品，在这里走来走去吸引你们的注意，然后躲到你们看不见的地方，发出一声刺耳的尖叫，假装摔下去。我则伪装成一具被刺穿的尸体，浑身淋满假血。奥克斯和他的手下，还有救护车司机，为这幅画面增添了几分真实感。海蒂痛苦地号啕大哭，只有海蒂哭得出来。"

亨里埃塔哼了一声："你以为你很幽默吗？"

"嗯。"

"但是，玛莎跟我们一起跑进小巷子……"

"她乘电梯直接下来，脱掉制服外面的皮毛大衣，戴上现在戴的那顶假发。"

"怪不得她当时气喘吁吁。"雅各布叹息道，"莎拉手枪里的子弹是梅清空的吗？"

"是的。十八个月前，她和两个姐妹乘船来到英国。三个女孩中年龄最大的那个向警方报警，但是查德威克销毁了报告。去年1月29日的周年庆典，汉纳威拿她献祭，杀一儆百。相信我，一旦玛莎和梅成为朋友，拉她入伙轻而易举。"

雅各布靠在椅子上："我想知道更多关于查尔斯·布伦塔诺和伊薇特·维维耶的事。"

雷切尔小心翼翼地开口："我可以跟你保证，他们的死与我无关。"

"莎拉编故事？"

"哈罗德·科尔曼，"雷切尔平静地说，"要为很多事情负责。"

"跟我说说他吧。"

特鲁曼坐在椅子上挪动了一下。突然，玛莎放下书，走出暖房，紧紧地关上了身后的门。

雅各布皱眉道："对不起。我说错什么了吗？"

"科尔曼——或者，我们那时所认识的布朗——是个畜生。他贪恋玛莎，虽然她比我可爱得多，但是她跟我一样大。查尔斯·布伦塔诺和他的情妇保护了她。查尔斯年轻时放荡不羁。他曾是个赌徒，也是个浪荡子，不过和维维耶的风流韵事改变了他。他很爱她，他发誓保护她和他们的孩子不受伤害。但是后来……大法官同他们反目成仇，于是科尔曼抓住机会。他听任大法官的吩咐给二人下了药，把他们绑到伦敦，交给威廉·基尔里和汉纳威父子。"

她的声音不住地颤抖，雅各布第一次见她这样。她喝了·大口酒。

"莎拉告诉我，他们遭受了天谴会的惩罚，"他说，"但是死亡证明上的死因是心脏衰竭。"

"这是鲁弗斯·保罗用来解释绞刑场祭祀仪式的委婉说法。汉纳威担心查尔斯会把他的懦弱公之于众，从而搞垮天谴会，于是让查尔斯受尽折磨，最后当着伊薇特的面绞死了他，再肢解。公开处决，就像绞刑场昔日上演过的一样，只不过这次的观众是经过精挑细选、受邀到场的特殊群体。查尔斯死后，社团成员们尽情享用了伊薇特，最后她也落得同样的下场。"

雷切尔顿了一下，花了些时间平复自己："遗体被火化了。"

"所以，"雅各布缓缓说，"基尔里和汉纳威父子的死法有一种……报应的意味？"

她的神情如同月亮一般冰冷而遥远："哈罗德·布朗回到冈特岛后趁克里夫生病侵犯了玛莎。她像老虎一样反击，用指甲抠烂了他的脸。他泼硫酸报复她。克里夫逐渐康复，布朗逃之夭夭。他把名字改成科尔曼，换了新身份。很长一段时间都找不到他的踪迹，但是我们从未放弃搜寻。"

特鲁曼瞪着雅各布："最终，正义得到伸张。"

"并非只有莎拉·德拉米尔雇用过罗瑟希剃刀帮，"雷切尔说，"他们的头目是真正的资本家，只服务于出价最高者。他们遵守约定，科尔曼生命的最后几个小时漫长得像一辈子。"

雅各布透过玻璃凝望着玛莎，不禁打了个寒战："我觉得她依然很漂亮。"

"我们也这么觉得。"雷切尔轻声说。

"朱丽叶·布伦塔诺呢？"

雷切尔看着他的眼睛："她是自然死亡。"

"我明白了。"雅各布别无选择，只能相信她的话，"所以，你又跟大法官在冈特岛共度了十年。"

"老人不能自理。"海蒂·特鲁曼站起身，重新斟满他们的酒杯，"雷切尔掌管庄园。任何我们不信任的人都不允许靠近。只有我们三个和一位上了年纪的护士，要照顾一个疯子和他……他的女儿，岛外的人都觉得办不到。但是，我们还是挺过来了。"

"你利用那段时间自学，准备迎接大法官去世、你继承他遗产那一天的到来。"雅各布说。

雷切尔点了下头："大法官屡次企图自杀。我们没收了他的药，他又绝食，不过我们尽一切努力推迟那一天的到来，他不得不熬到我快二十五岁的时候。"

她的表情并没有透露出她在想些什么，雅各布不再追问。

"大法官跟你提过天谴会的事吗？"

"他清醒的时间越来越少，"雷切尔说，"不过幸运的是，他把所有的旧文件都藏起来，这些年我破译了它们。"

"文件是用密码编辑的？"

"天谴会的成员们喜欢用普莱费尔密码，它成为这些人谈论敏感话题时的私有语言。他们称之为'规规矩矩地玩'。这种说法满足了他们的幽默感，对于他们而言就像把妓院和施虐狂的地牢伪装成弃兵俱乐部一样有趣。幸运的是，大法官的图书馆是个知识宝藏。我自学了密码学的基础知识，开始破解天谴会的秘密。我偶然间发现了帕尔多、林纳克和基尔里的名字，每多了解一个令人作呕的细节都坚定了我摧毁他们的决心。但是，实现我的计划需要时间和金钱，而天谴会的资源似乎无穷无尽。我需要继承大法官的财产实践我的梦想。"

"于是，你选择蛰伏。"

"伺机而动。等我到达伦敦，我开始联系帕尔多和其他人，利用他们自己的密码散布紧张、分歧和恐惧，放在他尸体旁边的黑兵也出于同样的目的。时机成熟后，我和文森特·汉纳威提过'规规矩矩地玩'，那时他才明白我知道他们的秘密。"

雅各布又喝了几口酒。雷切尔利用密码促成了林纳克和帕尔多的死。她说得对，有时候，无知是福。

"天谴会扭曲而堕落，"她继续说，"只要有权势的集团撑腰，犯罪就是合法的。对他们来说，谋杀，越骇人越好，因为那是一种荣誉的象征。对于林纳克这样的人而言，多莉·本森这种傻瓜美女的性命根本不值一提，玛丽-简·海耶斯也是如此。帕尔多喜欢她，但是这并没能阻止他杀掉她，再砍下她的脑袋，把这些犯罪伪装成杀人狂魔的杰作是天谴会的一贯伎俩。"

"汤姆·贝茨在调查。他跟科尔曼谈过。"

"贝茨也调查过我，"雷切尔说，"我警告过他不要插手我的事。他应该听我的话。"

雅各布突然灵光一现："是你，对不对？"

她冷冷地瞪了他一眼："你什么意思？"

"你资助了他的遗孀？"

雷切尔露出微笑："贝茨夫人恐怕高估了《号角报》的慷慨程度。你千万不要告诉她。"

"当然不会，"雅各布觉察她正悠闲地打量他半裸的身体，"甚至列维·舒梅克也没意识到自己面对的究竟是什么。"

"他关于查德威克、麦卡林登、瑟罗和多德母女的调查结果极具价值。他甚至怀疑过莎拉·德拉米尔和奇亚拉·比安奇是同一个人，只不过没有参透其中的意义。他那个年代的男性普遍低估女性，已经成为一种习惯。"

"那么，你知道她假扮比安奇？"

"莎拉是个很有天赋的女演员，"雷切尔说，"但是没有她自诩的那么聪明。她经常穿梭于凯里街，这暴露了她的身份。一旦她进门，然后比安奇出门，推论就显而易见了。"

"于是玛莎谋得梅的协助？"

"梅讲述了莎拉和那个叫高迪诺的禽兽如何对待她。她和她的姐妹不知道找谁求助，直到我们出现。"

他清了清嗓子："我发现这是你的惯用手法，让用人背叛他们的男主人和女主人。"

"我可不这么看，"雷切尔说，"雇主不义，家仆不忠，这是他们必须付出的代价。你可以私下找克里夫和海蒂聊聊。我给他们惹了这么多麻烦，你或许会发现他俩也抱有一样的看法。"

"别胡扯。"海蒂说。

玛莎从屋顶花园回到暖房。她两眼通红，径直走到雷切尔身边，雷切尔握住她的手，什么也没说。

雅各布喝光杯子里的酒："孤儿院怎么办？"

"我们说话的这段时间，牛津警方已经包围了那里，"雷切尔说，"曼迪夫人拿退休基金投资从鹿特丹走私的钻石，似乎不太明智啊！现在人赃并获，警方立案后会送她进监狱，了此余生。"

"可是莱弗斯、保罗和赫斯洛普呢？"

"他们的惩罚是提心吊胆地生活在恐惧之中，等待敲门声。对于阿尔弗雷德·林纳克、老麦卡林登和他们的朋友而言也是如此。"

"我明白了。"

雷切尔松开玛莎的手："九头蛇不止一个脑袋，雅各布。砍掉一个，还会长出另一个。"

"这难道不是绝望的忠告吗？"他咄咄逼人地问。

"我们生活在现实世界，而不是我们梦想的世界。每个社会都孕育了自己的上层集团，重要的是他们必须接受正义的审判。通过法律程序或者……"

"法庭职权以外？"

她点点头："奥克斯不敢把首相的得力助手送进监狱，更不用说最受欢迎的工会领袖、我们最著名的医生和法医病理学家以及离群的主教了。警方现身绞刑场提醒了早来者，宴会取消了，于是这伙人四下逃窜。"

"这么说警方出警绞刑场了?"

"当然。如果地下出了什么问题怎么办?海蒂把我养得那么好,我差点儿被困死在那个可笑的玩意儿里,那样的话你怎么办?梅警告过我做好心理准备,自动机里很挤。她比我还瘦一点儿,但是从没待在爱琶加那个怪物里熬过十分钟。奥克斯不能冒险牺牲你。"

雅各布瑟瑟发抖。

"快抹去那副可怜兮兮的表情。"她轻轻拍了拍玛莎的手,"你想放张唱片吗?我们可以欣赏克里夫和海蒂跳狐步舞。我也想跳支舞。来吧,雅各布,玛莎和我一起跟你跳。"

玛莎走向留声机,雅各布哈哈大笑。

"好吧,你赢了。"

"她总这样。"海蒂·特鲁曼说。

雷切尔·萨维尔纳克站起身,朝他招手。

"小心,"雅各布说,"我手脚不协调。"

"别担心,"雷切尔说,"我知道怎么对付笨手笨脚的男人。来吧,这是我最喜欢的歌——《让我们开始做吧》。"

致　谢

这本书是我成为小说家的起点。我想感谢所有在我写作期间帮助和鼓励过我的人。我收获过很多人给予的信息和建议，不胜枚举，在此我想特别感谢凯瑟琳（Catherine）、乔纳森（Jonathan）、海伦娜·爱德华兹（Helena Edwards）、凯特·戈德马克（Kate Godsmark）、安·克利夫斯（Ann Cleeves）、杰夫·布拉德利（Geoff Bradley）和莫伊拉·雷德蒙（Moira Redmond）的帮助。我一如既往地感谢我的经纪人詹姆斯·威尔斯（James Wills），同时也要由衷地感谢尼克·奇瑟姆（Nic Cheetham）、索菲·罗宾逊（Sophie Robinson）以及宙斯之首团队信任我的这部小说。